三国志ヒーローズ!!

奥山景布子・著
RICCA・絵

集英社みらい文庫

三国志《さんごくし》ヒーローズ!! 目次《もくじ》

三国志《さんごくし》ヒーローズ!!

主《おも》な登場人物《とうじょうじんぶつ》

魏《ぎ》

曹操《そうそう》

献帝《けんてい》を保護《ほご》し、漢王朝《かんおうちょう》の丞相《じょうしょう》となる。のち、魏王《ぎおう》の位《くらい》を与《あた》えられる。

息子《むすこ》

曹丕《そうひ》

曹操《そうそう》の息子《むすこ》。曹操《そうそう》の死後《しご》、魏《ぎ》の皇帝《こうてい》を名《な》のる。

いとこ

曹仁《そうじん》　**曹洪《そうこう》**

武将《ぶしょう》。曹操《そうそう》のいとこ。曹操《そうそう》と行動《こうどう》をともにする。

臣下《しんか》

荀彧《じゅんいく》

曹操《そうそう》の軍師《ぐんし》。

漢王朝《かんおうちょう》

献帝《けんてい》（協皇子《きょうおうじ》）

九歳《さい》で帝位《ていい》に就《つ》いた漢王朝皇帝《かんおうちょうこうてい》。

臣下《しんか》(?)

董卓《とうたく》

献帝《けんてい》の後見《こうけん》となり、漢王朝《かんおうちょう》の実権《じっけん》を握《にぎ》る。

配下《はいか》

呂布《りょふ》

武将《ぶしょう》。董卓《とうたく》につかえる。

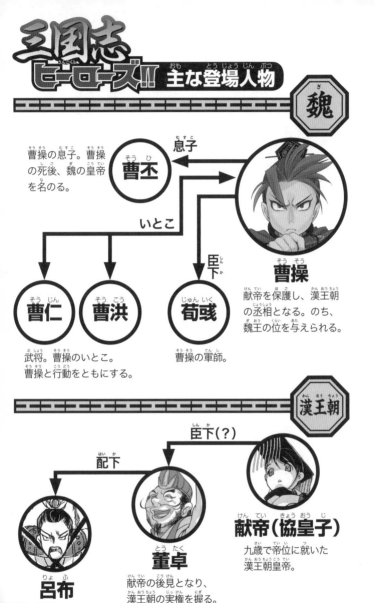

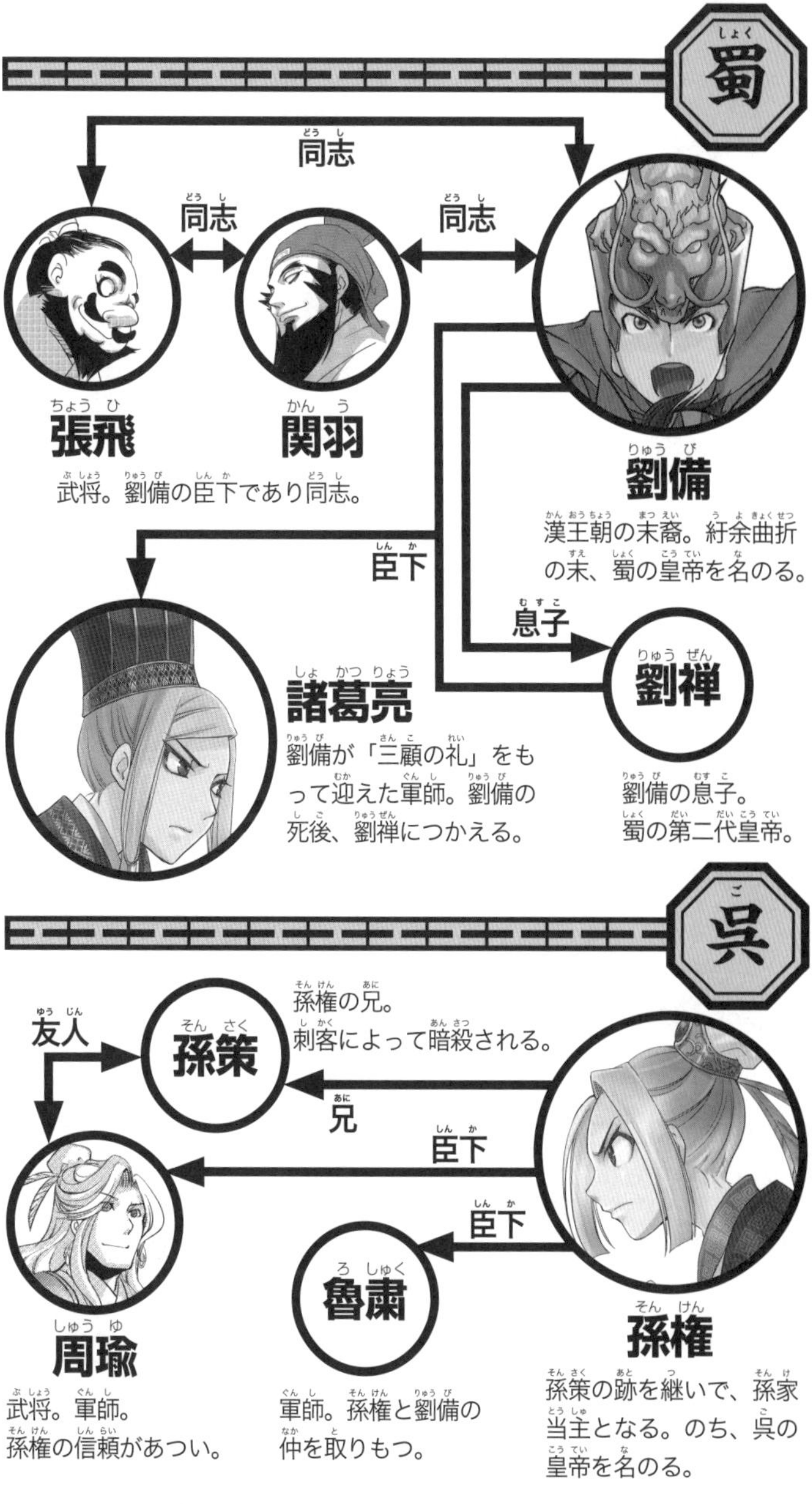
蜀《しょく》
同志《どうし》
同志《どうし》
同志《どうし》
張飛《ちょうひ》
関羽《かんう》
武将《ぶしょう》。劉備《りゅうび》の臣下《しんか》であり同志《どうし》。
劉備《りゅうび》
漢王朝《かんおうちょう》の末裔《まつえい》。紆余曲折《うよきょくせつ》の末《すえ》、蜀《しょく》の皇帝《こうてい》を名《な》のる。
臣下《しんか》
息子《むすこ》
諸葛亮《しょかつりょう》
劉備《りゅうび》が「三顧《さんこ》の礼《れい》」をもって迎《むか》えた軍師《ぐんし》。劉備《りゅうび》の死後《しご》、劉禅《りゅうぜん》につかえる。
劉禅《りゅうぜん》
劉備《りゅうび》の息子《むすこ》。
蜀《しょく》の第《だい》二代皇帝《だいこうてい》。
呉《ご》
友人《ゆうじん》
孫策《そんさく》
孫権《そんけん》の兄《あに》。
刺客《しかく》によって暗殺《あんさつ》される。
兄《あに》
臣下《しんか》
臣下《しんか》
魯粛《ろしゅく》
孫権《そんけん》
周瑜《しゅうゆ》
武将《ぶしょう》。軍師《ぐんし》。
孫権《そんけん》の信頼《しんらい》があつい。
軍師《ぐんし》。孫権《そんけん》と劉備《りゅうび》の仲《なか》を取《と》りもつ。
孫策《そんさく》の跡《あと》を継《つ》いで、孫家《そんけ》当主《とうしゅ》となる。のち、呉《ご》の皇帝《こうてい》を名《な》のる。

まえがき～「三国志《さんごくし》」って、なに？

歴史《れきし》の本《ほん》、小説《しょうせつ》、コミック、アニメ、ゲーム……。

いま、この本《ほん》を手《て》にとってくださった方《かた》のまわりには、きっと「三国志《さんごくし》○○」とか、「○○三《さん》国志《ごくし》」、あるいは、三国志《さんごくし》の登場人物《とうじょうじんぶつ》の名前《なまえ》がついた「○○の曹《そう》操《そう》」「劉備《りゅうび》○○」などといった、楽《たの》しいもの、おもしろいものが、あふれているのではないでしょうか。

では、その「三国志《さんごくし》」って、もとはどんな書物《しょもつ》で、何《なに》が書《か》かれていたのでしょう？

「三国志《さんごくし》」は、古代中国《こだいちゅうごく》の歴史書《れきししょ》のひとつです。

歴史《れきし》について書《か》かれた本《ほん》の中《なか》でも、「国家《こっか》がみとめた書物《しょもつ》」を、「正史《せいし》」といいます。

中国《ちゅうごく》でもっとも古《ふる》い正史《せいし》は「史記《しき》」といい、伝説上《でんせつじょう》の存在《そんざい》とされる中国最初《ちゅうごくさいしょ》の皇帝《こうてい》・黄帝《こうてい》の時代《じだい》から、紀元前《きげんぜん》87年《ねん》まで、前漢《ぜんかん》の

古代中国王朝《こだいちゅうごくおうちょう》と正史歴史書《せいしれきししょ》

西暦《せいれき》（紀元前《きげんぜん》）	王朝《おうちょう》・時代《じだい》	正史歴史書《せいしれきししょ》
2500頃《ころ》～	伝説《でんせつ》の皇帝《こうてい》たち	史記《しき》
2100頃《ころ》～	夏王朝《かおうちょう》	
1600頃《ころ》～	殷王朝《いんおうちょう》	
1050頃《ころ》～	西周王朝《せいしゅうおうちょう》	
770～	東周王朝《とうしゅうおうちょう》（春秋時代《しゅんじゅうじだい》）	
403～	（戦国時代《せんごくじだい》）	
221～	秦王朝《しんおうちょう》	
202～	漢王朝《かんおうちょう》（前漢《ぜんかん》）	漢書《かんじょ》

皇帝《こうてい》の座《ざ》についていた武帝《ぶてい》の治世《ちせい》までのことが書《か》かれています。

その後《ご》、正史《せいし》は「漢書《かんじょ》」「後漢書《ごかんじょ》」と書《か》きつがれ、「三国志《さんごくし》」はそのつぎに位置《いち》します。

とりあげられているのは、西暦《せいれき》180年《ねん》ごろから280年《ねん》ごろまでのおよそ百年間《ひゃくねんかん》のできごとです。

まず、後漢《ごかん》の王朝《おうちょう》による政治《せいじ》が乱《みだ》れ、各地《かくち》で争《あらそ》いがおきるようになります。やがてそれが、曹操《そうそう》、劉備《りゅうび》、孫権《そんけん》の三人《にん》によって少《すこ》しずつ平定《へいてい》されると、「魏《ぎ》・蜀《しょく》・呉《ご》」の三《みっ》つの国《くに》が並立《へいりつ》します。

この国《くに》が三《みっ》つある状態《じょうたい》を「三国時代《さんごくじだい》」といいます。

その後《ご》、263年《ねん》に魏《ぎ》が蜀《しょく》を征服《せいふく》し、あらたに晋《しん》の国《くに》を建《た》てます。

280年《ねん》、呉《ご》も晋《しん》に降伏《こうふく》し、以後《いご》、140年《ねん》ほど、晋《しん》の時代《じだい》がつづくことになります。

正史《せいし》の三国志《さんごくし》は、200年代後半《ねんだいこうはん》に、晋《しん》の役人《やくにん》であった、陳寿《ちんじゅ》という人《ひと》によって書《か》かれました。

陳寿《ちんじゅ》の三国志《さんごくし》は、とりあげるのは、できるかぎり、史実《しじつ》とみとめられることにしぼるという方《ほう》針《しん》であったようで、内容《ないよう》がたいへん簡潔《かんけつ》で、淡々《たんたん》としていました。

400年代《ねんだい》、宋《そう》の時代《じだい》に皇帝《こうてい》となった文帝《ぶんてい》は、それをものたりなく思《おも》い、裴松之《はいしょうし》という人《ひと》に

紀元後《きげんご》		
8〜	新王朝《しんおうちょう》	後漢書《ごかんじょ》
25〜	漢王朝《かんおうちょう》（後漢《ごかん》）	
220〜	（三国時代《さんごくじだい》）	三国志《さんごくし》
265〜	晋《しん》（西晋《せいしん》）	晋書《しんじょ》
420〜	宋王朝《そうおうちょう》（南朝《なんちょう》）	宋書《そうじょ》
439〜	（南北朝時代《なんぼくちょうじだい》）	南斉書《なんせいしょ》・梁書《りょうしょ》・陳書《ちんしょ》など
581〜	隋王朝《ずいおうちょう》	隋書《ずいしょ》
618〜	唐王朝《とうおうちょう》	唐書《とうじょ》

「三国志《さんごくし》に注《ちゅう》をつけよ」と命《めい》じました。

裴松之《はいしょうし》は、たくさんの史料《しりょう》を調《しら》べ、陳寿《ちんじゅ》がくわしく書《か》かなかったことをおぎなったり、おなじできごとであっても、陳寿《ちんじゅ》の書《か》いたのとはくいちがう内容《ないよう》をつたえている史料《しりょう》があることなどを紹介《しょうかい》したり、という作業《さぎょう》をおこないました。

裴松之《はいしょうし》のつけた注《ちゅう》は、人々《ひとびと》の興味《きょうみ》をひき、やがて三国志《さんごくし》は、この注《ちゅう》も合《あ》わせて、読《よ》み物《もの》として楽《たの》しまれたり、語《かた》り物《もの》（人《ひと》を集《あつ》めて、読《よ》み聞《き》かせのような形《かたち》で物語《ものがたり》を演《えん》じてみせる芸能《げいのう》）として演《えん》じられたりするようになります。

やがて、１３００年代《ねんだい》、元《げん》から明《みん》に変《か》わるころになると、今度《こんど》は羅貫中《らかんちゅう》という作家《さっか》が登場《とうじょう》し、陳寿《ちんじゅ》の三国志《さんごくし》と裴松之《はいしょうし》のつけた注《ちゅう》をもとに小説《しょうせつ》を書《か》きました。これを「三国志演義《さんごくしえんぎ》」といいます。

この三国志演義《さんごくしえんぎ》は小説《しょうせつ》なので、史実《しじつ》ではないことも多《おお》くふくまれています。

陳寿《ちんじゅ》は、晋《しん》の役人《やくにん》という立場《たちば》のため、あくまで王朝《おうちょう》の正統《せいとう》は晋《しん》の前身《ぜんしん》である魏《ぎ》にあるという態《たい》度《ど》で全体《ぜんたい》をとらえ、ひとりひとりの人物《じんぶつ》についても、おきたことを客観的《きゃっかんてき》に描《えが》いています。また記述《きじゅつ》の量《りょう》も、魏《ぎ》にかかわることが全体《ぜんたい》の半分《はんぶん》ほどを占《し》め、つぎに呉《ご》が三割程度《わりていど》、蜀《しょく》については二割以下《わりいか》に過《す》ぎません。

それに対《たい》し、羅貫中《らかんちゅう》の三国志演義《さんごくしえんぎ》は、蜀《しょく》の劉備《りゅうび》を正義《せいぎ》のヒーローとして主役級《しゅやくきゅう》にあつかい、魏《ぎ》の曹操《そうそう》を敵役《かたきやく》とするなど、はっきり性格《せいかく》づけをして描《えが》いているようです。これは、物語《ものがたり》としてのおもしろさを優先《ゆうせん》するうえで、劉備《りゅうび》の祖先《そせん》が漢《かん》の皇帝《こうてい》の子孫《しそん》であることを重《おも》んじたためであろうともいわれています。

本書《ほんしょ》・みらい文庫《ぶんこ》の『三国志《さんごくし》ヒーローズ!!』では、三国志《さんごくし》の登場人物《とうじょうじんぶつ》のうち、曹操《そうそう》、劉備《りゅうび》、孫権《そんけん》、諸葛亮《しょかつりょう》の四人《にん》の物語《ものがたり》を、有名《ゆうめい》な出来事《できごと》を中心《ちゅうしん》にわかりやすくまとめてみました。章《しょう》ごとに、それぞれの人物《じんぶつ》の気持《きも》ちや、ものの見方《みかた》に添《そ》って描《えが》いているので、同《おな》じ戦《たたか》いでも、勝者側《しょうしゃがわ》と敗者《はいしゃ》側《がわ》、まったくちがうエピソードのようになっていることもあります。

また、コラムでは、四人《にん》それぞれの家来《けらい》や、家族《かぞく》、敵対《てきたい》する者《もの》などについての興味《きょうみ》ぶかいエピソードや、三国志《さんごくし》がもとになっている名言《めいげん》などもご紹介《しょうかい》しています。

正史《せいし》の三国志《さんごくし》を重《おも》んじつつ、「注《ちゅう》」や「演義《えんぎ》」によって広《ひろ》く人々《ひとびと》に知《し》られたエピソードについても、コラムなどで触《ふ》れていますので、両方《りょうほう》のおもしろさを楽《たの》しんでいただけたら、うれしいと思《おも》います。

本書《ほんしょ》では、主《おも》に正史《せいし》の「三国志《さんごくし》」(陳寿《ちんじゅ》・著《ちょ》)の記述《きじゅつ》に基《もと》づいて物語《ものがたり》を構成《こうせい》していますが、史料《しりょう》の解釈《かいしゃく》などにつきましては、諸説《しょせつ》がありますことを、お断《ことわ》りいたします。

三国志《さんごくし》コラム

物語《ものがたり》をより楽《たの》しむために

すぐにでもヒーローたちの物語《ものがたり》の世界《せかい》へとご案内《あんない》したいのですが、ここでごくかんたんに、古《こ》代中国《だいちゅうごく》の地理風土《ちりふうど》と、ヒーローたちが登場《とうじょう》するまでの天下《てんか》のようすについて、説明《せつめい》をさせてください。

おおよその知識《ちしき》があると、物語《ものがたり》がさらにふかく、幅広《はばひろ》く、楽《たの》しめると思《おも》います。

舞台《ぶたい》となる古代中国《こだいちゅうごく》の範囲《はんい》は、いまの地図《ちず》でいうと、北《きた》は朝鮮半島北部《ちょうせんはんとうほくぶ》、南《みなみ》はベトナム北部《ほくぶ》、西《にし》はモンゴル北部《ほくぶ》までと考《かんが》えられます。

この広大《こうだい》な地域《ちいき》を理解《りかい》する手《て》がかりは、黄河《こうが》と長江《ちょうこう》（揚子江《ようすこう》とも）という、ふたつの大《おお》きな河《かわ》です。たんに「河《かわ》」というだけで黄河《こうが》を、「江《こう》」というだけで長江《ちょうこう》を意味《いみ》することもあります。

黄河《こうが》の北《きた》を「河北《かほく》」、南《みなみ》を「河南《かなん》」、長江《ちょうこう》の北《きた》を「江北《こうほく》」、南《みなみ》を「江南《こうなん》」とよびます。

のちに登場《とうじょう》する曹操《そうそう》の本拠地《ほんきょち》となる魏《ぎ》は、河北《かほく》と河南《かなん》、孫権《そんけん》の本拠地《ほんきょち》となる呉《ご》は江南《こうなん》、劉備《りゅうび》の本拠地《ほんきょち》となる蜀《しょく》は長江上流《ちょうこうじょうりゅう》、山《やま》に囲《かこ》まれた西南地方《せいなんちほう》を中心《ちゅうしん》としていました。

河南《かなん》のうちでも、黄河《こうが》が大《おお》きく南《みなみ》から東《ひがし》へ流《なが》れを変《か》えるあたりを、とくに「中原《ちゅうげん》」とよびます。中国《ちゅうごく》には「中原《ちゅうげん》に鹿《しか》を逐《お》う」ということわざがあります。この「鹿《しか》」は帝王《ていおう》の位《くらい》を意味《いみ》しており、

現在《げんざい》の日本《にほん》との位置関係《いちかんけい》

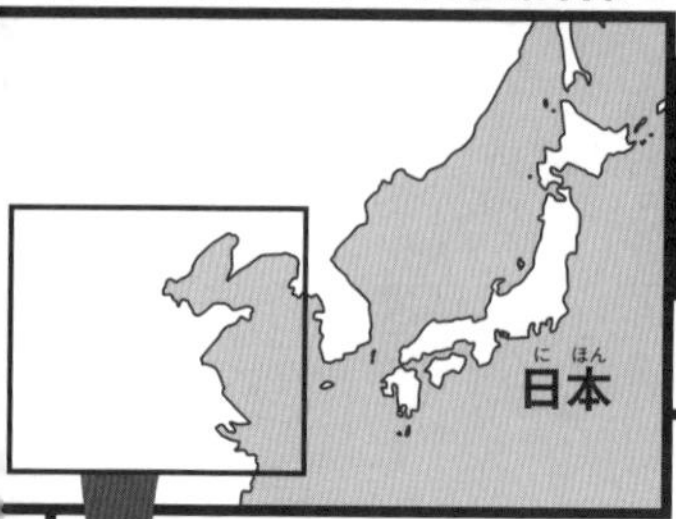

「三国志《さんごくし》」の舞台《ぶたい》

(★現在《げんざい》の都市《とし》)

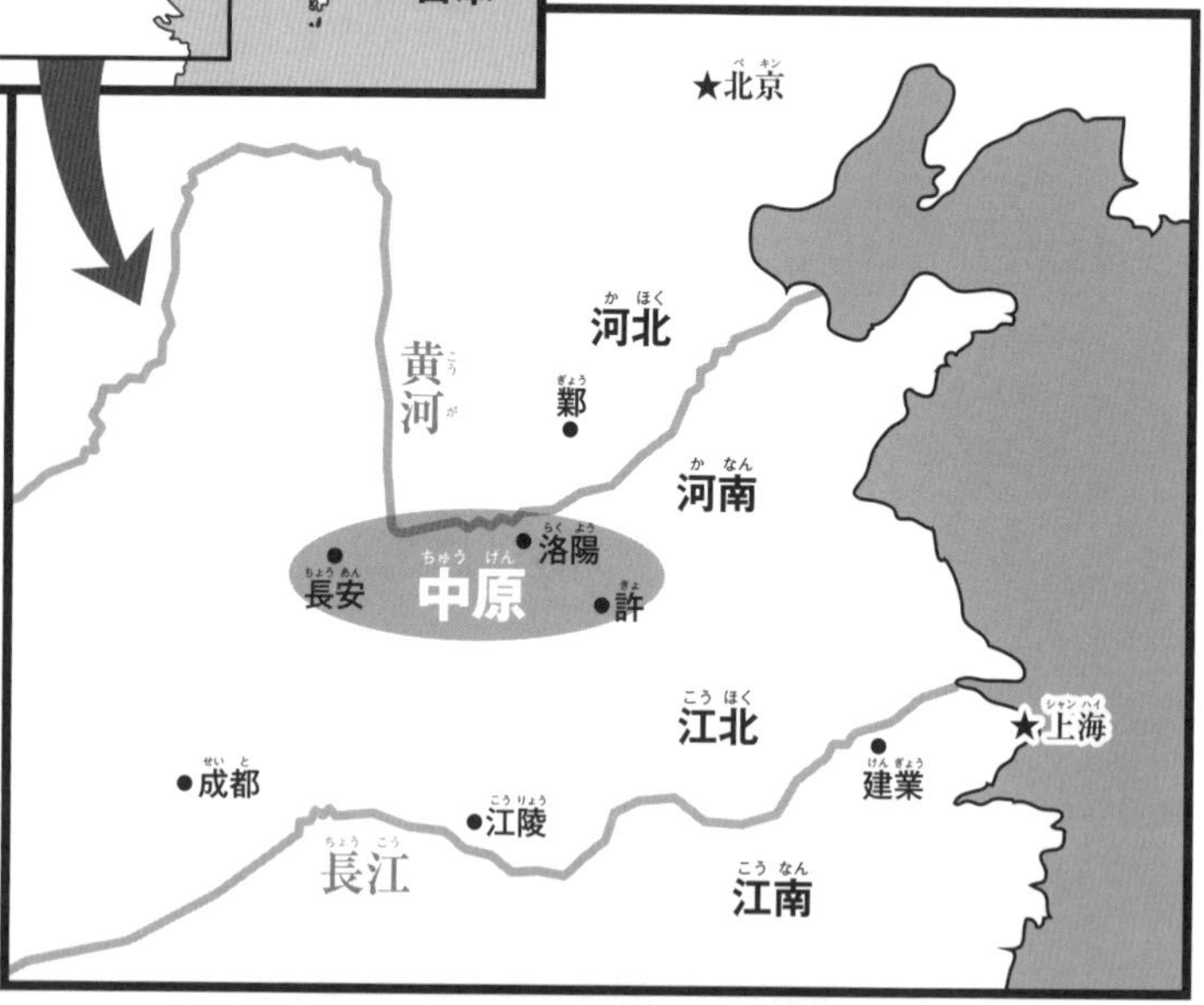

三国《さんごく》のはじまりと終《お》わり

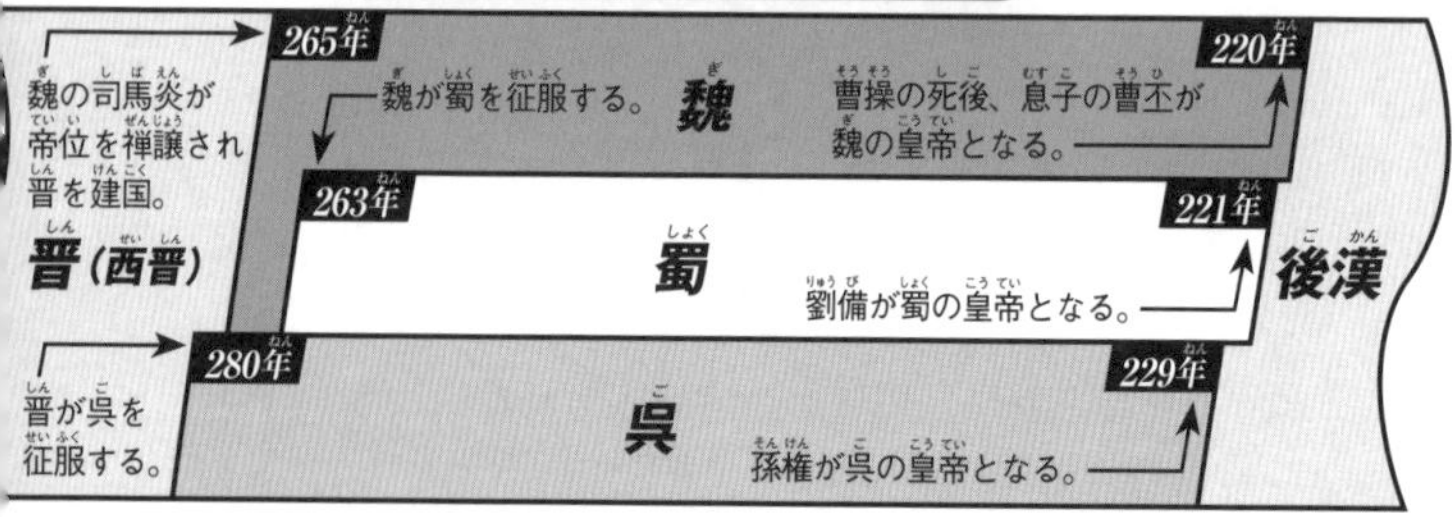

「中原《ちゅうげん》」をとれば天下《てんか》がとれる、つまり、天下《てんか》をとりたければ「中原《ちゅうげん》」を支配《しはい》すべきであるということです。「中原《ちゅうげん》」は「中州《ちゅうしゅう》」ともよばれ、河《かわ》の恵《めぐ》みのおかげで、人々《ひとびと》が暮《く》らしやすい地域《ちいき》でした。

中国《ちゅうごく》で、実在《じつざい》が確認《かくにん》されている最初《さいしょ》の王朝《おうちょう》は殷《いん》（商《しょう》とも）といい、紀元前《きげんぜん》１６００年《ねん》ごろから１２００年《ねん》ごろまでつづいたとされます（年代《ねんだい》については諸説《しょせつ》あります）。その後《ご》、王朝《おうちょう》は周《しゅう》、秦《しん》、そして、三国志《さんごくし》の舞台《ぶたい》となる漢《かん》へとうつりますが、都《みやこ》が置《お》かれたのは、洛陽《らくよう》や長安《ちょうあん》といった、「中原《ちゅうげん》」に位置《いち》する都市《とし》であることがほとんどでした。

王朝《おうちょう》の中心《ちゅうしん》となるのは、いうまでもなく王《おう》です。

漢王朝《かんおうちょう》は、紀元前《きげんぜん》２０２年《ねん》に、劉邦《りゅうほう》によって成立《せいりつ》しました。皇帝《こうてい》となって「高祖《こうそ》」とよばれた劉邦《りゅうほう》は、王朝《おうちょう》の支配体制《しはいたいせい》を築《きず》きあげたあと、それを長《なが》つづきさせようと、「劉氏《りゅうし》にあらざる者《もの》は王《おう》足《た》るべからず」＝じぶんの血筋《ちすじ》を引《ひ》く者《もの》だけが王《おう》となる資格《しかく》があるという原則《げんそく》を徹底《てってい》しました。

その後《ご》、漢王朝《かんおうちょう》は、２００年《ねん》以上《いじょう》にわたってつづき、劉邦自身《りゅうほうじしん》もふくめて14代《だい》の王《おう》が即位《そくい》しました。紀元《きげん》8年《ねん》、15代《だい》として即位《そくい》するはずだった劉嬰《りゅうえい》が、大司馬《だいしば》（主《おも》に軍事《ぐんじ》をとりしきる長官《ちょうかん》）であった王莽《おうもう》に帝位《ていい》をうばわれ、一度《ど》はとだえますが、23年《ねん》に王莽《おうもう》が殺《ころ》されたあと、劉秀《りゅうしゅう》が王《おう》（光武帝《こうぶてい》）となり、25年《ねん》に漢王朝《かんおうちょう》が復活《ふっかつ》しました。

これにより、劉邦《りゅうほう》から劉嬰《りゅうえい》までを前漢《ぜんかん》、劉秀《りゅうしゅう》以後《いご》を後漢《ごかん》と、区別《くべつ》してよぶようになりました。また、前漢《ぜんかん》の都《みやこ》が長安《ちょうあん》、後漢《ごかん》の都《みやこ》が洛陽《らくよう》であったため、その位置関係《いちかんけい》から、前漢《ぜんかん》を西漢《せいかん》、後漢《ごかん》を東漢《とうかん》とよぶ場合《ばあい》もあります。

ところが、後漢《ごかん》では、どういうわけか、皇帝《こうてい》の位《くらい》をまだ若《わか》い皇子《おうじ》がつぐことが重《かさ》なりました。ときには、まだ幼《おさな》い子《こ》どもの皇子《おうじ》がつぐこともありました。

すると、若《わか》い皇帝《こうてい》を補佐《ほさ》するという口実《こうじつ》で、外戚《がいせき》、つまり、皇帝《こうてい》の母方《ははかた》の一族《いちぞく》が政治《せいじ》にふかくかかわるようになり、権力《けんりょく》をもつようになっていったのです。

また、それによって、皇帝《こうてい》の後宮《こうきゅう》（皇帝《こうてい》の妻《つま》たちが暮《く》らすところ）では、「つぎの外戚《がいせき》」をねらう争《あらそ》いもはげしくなりました。

古代中国《こだいちゅうごく》の後宮《こうきゅう》には、原則《げんそく》として皇帝以外《こうていいがい》の男性《だんせい》が入《はい》ることはできませんでした。ただ、宦官《かんがん》だけは、とくべつに出入《でい》りをゆるされていました。

宦官《かんがん》は、もともとは宮刑《きゅうけい》という処罰《しょばつ》によって、生物学的《せいぶつがくてき》な男性《だんせい》としての体《からだ》の機能《きのう》をうばわれた（去勢《きょせい》といいます）のち、王《おう》や皇帝《こうてい》に服従《ふくじゅう》し、そば近《ちか》くで仕《つか》えることになった人《ひと》のことを指《さ》します。

しかし、後宮《こうきゅう》の女《おんな》たちを利用《りよう》して、権力《けんりょく》をにぎる宦官《かんがん》が出《で》てきたため、のちには、じぶんからすすんで去勢《きょせい》の処置《しょち》をうけ、あえて宦官《かんがん》となる者《もの》も増《ふ》えてきます。

後漢時代《ごかんじだい》の後半《こうはん》では、こうして外戚《がいせき》と宦官《かんがん》が権力《けんりょく》を争《あらそ》うようになりますが、彼《かれ》らの多《おお》くは、法《ほう》律《りつ》や制度《せいど》をあまり公正《こうせい》に運営《うんえい》しませんでした。

彼《かれ》らは、じぶんたちに、私的《してき》にお金《かね》や物《もの》などをさしだした人《ひと》だけが有利《ゆうり》になるよう、ものごとを不正《ふせい》にすすめることが多《おお》かったのです。

こういうときにやりとりされるお金《かね》や物《もの》のことを、賄賂《わいろ》といいます。

出世《しゅっせ》を願《ねが》う役人《やくにん》たちは、外戚《がいせき》や宦官《かんがん》にできるだけ多《おお》くの賄賂《わいろ》をさしだしたいので、じぶんがする仕事《しごと》の中《なか》から、より多《おお》くの財産《ざいさん》を得《え》ようとしました。すると今度《こんど》は、役人《やくにん》にじぶんのいうことを聞《き》いてほしい一般《いっぱん》の人《ひと》が、役人《やくにん》に賄賂《わいろ》をわたすようになってしまいます。

その結果《けっか》、役人《やくにん》は法律《ほうりつ》や制度《せいど》を無視《むし》して、裕福《ゆうふく》な人《ひと》のいうことばかり聞《き》きいれ、貧《まず》しい人《ひと》はさらに貧《まず》しくなるという、悪循環《あくじゅんかん》が生《う》まれました。

貧《まず》しさと、「どうせじぶんたちのいうことは王家《おうけ》にとどかない」という絶望《ぜつぼう》からか、各地《かくち》で泥《どろ》棒《ぼう》や強盗《ごうとう》が増《ふ》えていきます。さらには、それが大《おお》きな集団《しゅうだん》になり、地域《ちいき》で大《おお》きな力《ちから》をもったりする場合《ばあい》も出《で》てきます。

こうした状況《じょうきょう》を変《か》えようとこころざす、心正《こころただ》しい官僚《かんりょう》や役人《やくにん》もいないではなかったのですが（彼《かれ》らのことを「清流《せいりゅう》」あるいは「清流派《せいりゅうは》」といいます。彼《かれ》らは宦官《かんがん》のことを「濁流《だくりゅう》」とよんでいました)、宦官《かんがん》と外戚《がいせき》との争《あらそ》いにまきこまれ、都《みやこ》から追《お》いだされたり、牢《ろう》へ入《い》れられたりして、政治《せいじ》の世界《せかい》からどんどん追《お》いやられていきました。

167年《ねん》と169年《ねん》の二度《ど》にわたっておこなわれた、清流派《せいりゅうは》へのきびしい弾圧《だんあつ》は「党錮《とうこ》の禁《きん》」とよばれています。

やがて、王家《おうけ》による政治《せいじ》への絶望《ぜつぼう》がますますふかくなり、地方《ちほう》の統治《とうち》がうまくいかなくなると、各地域《かくちいき》を独自《どくじ》に支配《しはい》する豪族《ごうぞく》たちがあらわれはじめます。

また、宗教《しゅうきょう》に救《すく》いをもとめる人々《ひとびと》も増《ふ》え、信者《しんじゃ》の集団《しゅうだん》が反乱《はんらん》を引《ひ》きおこす事態《じたい》にも発展《はってん》しました。184年《ねん》、道教《どうきょう》に源《みなもと》をもつ、太平道《たいへいどう》という宗教《しゅうきょう》の信者《しんじゃ》たちがおこした反乱《はんらん》は、武装《ぶそう》した信者《しんじゃ》たちが黄色《きいろ》の布《ぬの》を身《み》につけて敵味方《てきみかた》を見分《みわ》ける目印《めじるし》にしたことから、「黄巾《こうきん》の乱《らん》」とよばれます。

黄巾《こうきん》の乱《らん》は、張角《ちょうかく》という指導者《しどうしゃ》のもとで、河北《かほく》から、しだいに河南《かなん》にまで広《ひろ》がりました。

これにあわてた王朝《おうちょう》は、清流派《せいりゅうは》の人々《ひとびと》をよびもどすと同時《どうじ》に、地方《ちほう》で力《ちから》をつけていた豪族《ごうぞく》たちに「黄巾軍《こうきんぐん》を討伐《とうばつ》せよ」とよびかけます。

このよびかけに、各地《かくち》の豪族《ごうぞく》たちが「われこそは、黄巾軍《こうきんぐん》をたおし、王《おう》の信頼《しんらい》を得《え》て、国全体《くにぜんたい》を統一《とういつ》してやろう」と、応《おう》じました。

こうしていよいよ、三国志《さんごくし》の世界《せかい》の幕《まく》が切《き》って落《お》とされたのです。

一、曹《そう》操《そう》の章《しょう》

再出発《さいしゅっぱつ》

「なんというとんでもない一年《ねん》だろう」

１８９年《ねん》。三十五歳《さい》の曹操《そうそう》は、洛陽《らくよう》の都《みやこ》を脱出《だっしゅつ》し、故郷《こきょう》の譙県《しょうけん》（豫州沛郡《よしゅうはいぐん》にある県《けん》のひとつ）をめざしながら、この一年《ねん》の間《あいだ》におきたことを、ふりかえっていた。

曹操《そうそう》がはじめて王朝《おうちょう》に仕《つか》える役人《やくにん》になったのは、二十歳《はたち》のときだった。こういうことはあまりじぶんでいうことではないのだろうが、役人《やくにん》としてはかなり、有能《ゆうのう》なほうだと思《おも》う。

三十歳《さい》のときには、黄巾《こうきん》の乱《らん》を鎮《しず》める戦《たたか》いで手柄《てがら》もあげ、済南《さいなん》（青州《せいしゅう》の郡《ぐん》のひとつ）の太守《たいしゅ》（地方自治体《ちほうじちたい》の長《ちょう》にあたる役職《やくしょく》）にまで出世《しゅっせ》した。

しかし、肝心《かんじん》の王朝《おうちょう》はひどくなる一方《いっぽう》だった。長官《ちょうかん》として成果《せいか》をあげようとしても、王朝《おうちょう》で権力《けんりょく》をもつ外戚《がいせき》や宦官《かんがん》に気《き》にいられなければ、さらなる出世《しゅっせ》はのぞめない。それどころか、かえって罰《ばっ》せられてしまいそうなこともあった。

努力《どりょく》してもむくわれない。そんな世《よ》の中《なか》がいやになってしまった曹操《そうそう》は、病気《びょうき》の届《とど》けを出《だ》して故郷《こきょう》へもどり、読書《どくしょ》や狩《か》りをして過《す》ごしていた。

そんな曹操《そうそう》のもとに、「洛陽《らくよう》を警備《けいび》する典軍校尉《てんぐんこうい》（警備《けいび》のために臨時《りんじ》に置《お》かれた職《しょく》。「尉《い》」は軍事担当《じたんとう》であることをしめす）としてつとめよ」と要請《ようせい》がきたのが、去年《きょねん》、１８８年《ねん》八月《がつ》のことだった。

　ところが、年《とし》が明《あ》けて189年《ねん》の四月《がつ》、霊帝《れいてい》が病気《びょうき》になると、何皇后《かこうごう》を母《はは》とする弁皇子《べんおうじ》と、王美人《おうびじん》（「美人《びじん》」は皇帝《こうてい》に仕《つか》える女性《じょせい》の地位《ちい》をしめすことばで、皇后《こうごう》や夫人《ふじん》より下《した》に位置《いち》する）を母《はは》とする協皇子《きょうおうじ》の、どちらをあとつぎにするかで、争《あらそ》いがおきた。

「まあ、わたしには、正直《しょうじき》どちらでもよかったんだが……」

　外戚《がいせき》と宦官《かんがん》の入《い》り乱《みだ》れる争《あらそ》い。曹操《そうそう》は、冷静《れいせい》になりゆきを見守《みまも》った。

　霊帝《れいてい》がやがて亡《な》くなり、帝位《ていい》についたのは、弁皇子《べんおうじ》のほうだった。ただ、それで王朝《おうちょう》が落《お》ちついたわけではない。今度《こんど》は、弁皇子《べんおうじ》、つまり十七歳《さい》の新帝《しんてい》・少帝《しょうてい》の後見《こうけん》をどうするかで、母親《ははおや》の何皇后《かこうごう》と、祖母《そぼ》の董太后《とうたいこう》が争《あらそ》ったあげく、太后《たいこう》のほうが殺《ころ》されてしまう。

「おまけに、嫁《よめ》が姑《しゅうとめ》を殺《ころ》したあとは、兄妹《きょうだい》げんか。ひどいものだ……」

　何皇后《かこうごう》の兄《あに》で、大将軍《だいしょうぐん》の地位《ちい》にあった何進《かしん》は、よほど宦官《かんがん》がきらいだったのだろう。妹《いもうと》の止《と》めるのを無視《むし》して、地方《ちほう》の豪族《ごうぞく》によびかけて、宦官《かんがん》をみな殺《ごろ》しにする計画《けいかく》をたてたが、計画《けいかく》を知《し》った宦官《かんがん》によって、ぎゃくに殺《ころ》されてしまった。

　しかし、計画《けいかく》にのっていた袁紹《えんしょう》（冀州渤海郡《きしゅうぼっかいぐん》の太守《たいしゅ》）は、何進《かしん》の死後《しご》も宦官《かんがん》の殺害《さつがい》をつづけた。

　すると、おどろいた宦官《かんがん》のうちの数名《すうめい》が、あろうことか、少帝《しょうてい》と協皇子《きょうおうじ》とを人質《ひとじち》にして逃走《とうそう》した。

ただ、その宦官《かんがん》たちは逃《に》げきれないと思《おも》ったのか、途中《とちゅう》で二人《ふたり》を手放《てばな》して自殺《じさつ》してしまった。

少帝《しょうてい》と協皇子《きょうおうじ》の二人《ふたり》は、その後《ご》、民家《みんか》で保護《ほご》された。そして、都《みやこ》へ送《おく》ってもらう途中《とちゅう》で、たまたま、やはり袁紹《えんしょう》の計画《けいかく》にのるつもりだった董卓《とうたく》（并州《へいしゅう》の刺史《しし》。太守《たいしゅ》の上役《うわやく》にあたる役職《やくしょく》）に出会《であ》う。

「そもそもこれが、つぎのまちがいのもとだったな」

曹操《そうそう》はつくづく、そう思《おも》う。

董卓《とうたく》は二人《ふたり》を都《みやこ》へ送《おく》りとどけると、じぶんが後見《こうけん》となって、勝手放題《かってほうだい》なことをつぎつぎやった。年長《ねんちょう》の少帝《しょうてい》を廃位《はいい》し、まだ九歳《さい》と幼《おさな》くて、いうことを聞《き》かせやすい協皇子《きょうおうじ》を新帝《しんてい》・献帝《けんてい》としたうえ、少帝《しょうてい》をその母《はは》・何皇后《かこうごう》もろとも殺害《さつがい》したのだ。

「董卓《とうたく》にはしたがわない。もちろん、このままにしてもおかない」

曹操《そうそう》がいま、故郷《こきょう》へむかっているのは、前《まえ》のように、読書《どくしょ》や狩《か》りをするためではない。

「故郷《こきょう》へもどり、兵《へい》を集《あつ》めて、董卓《とうたく》をたおす。かならず。そして……」

この乱世《らんせ》だ。董卓《とうたく》のような愚《おろ》か者《もの》がここまで成《な》りあがるなら、じぶんはもっと、野心《やしん》をもってもよいだろう。そうではないか。

じぶんの力《ちから》で、努力《どりょく》して、叶《かな》うというのならば。

じぶんで、じぶんの兵《へい》を集《あつ》めよう。曹操《そうそう》は、故郷《こきょう》へと馬《うま》をいそがせた。

三国志《さんごくし》コラム

三国志《さんごくし》のことば その1「檄《げき》を飛《と》ばす」

「檄《げき》を飛《と》ばす」と聞《き》いて、「ああ、だれかをがんばれって励《はげ》ますことだ」と思《おも》った人《ひと》、いませんか？ じつはこれは、本来《ほんらい》の「檄《げき》」の意味《いみ》から考《かんが》えると、まちがった使《つか》い方《かた》です。

檄《げき》とは本来《ほんらい》、何《なに》か事件《じけん》がおきたとき、「みなで行動《こうどう》しよう、集《あつ》まろう」とよびかけるための文章《ぶんしょう》のことをいいます。古代《こだい》では木簡《もっかん》（木《き》の板《いた》）に書《か》かれるのが普通《ふつう》でした。

「正史《せいし》」では、たんに曹操《そうそう》は「じぶんの財産《ざいさん》を投《な》げだして兵《へい》を集《あつ》めた」と書《か》かれているだけですが、「演義《えんぎ》」のほうでは、曹操《そうそう》が偽物《にせもの》の詔《しょう》（帝《みかど》のおことば）をつくり、それをもとに、各地《かくち》の有力《ゆうりょく》な一族《いちぞく》たちにたいして「檄《げき》を飛《と》ばした」ことが、董卓討伐《とうたくとうばつ》の動《うご》きが広《ひろ》がったきっかけだったとされています。

三国志《さんごくし》コラム

三国志《さんごくし》の時代《じだい》の政治制度《せいじせいど》

ここで、この時代《じだい》の政治制度《せいじせいど》について見《み》ておきましょう。（左《ひだり》ページの図参照《ずさんしょう》）

すべての頂点《ちょうてん》に立《た》つのが、皇帝《こうてい》ですが、実権《じっけん》をにぎるのは司空《しくう》、司徒《しと》、太尉《たいい》の三《みっ》つの位《くらい》についた人《ひと》で、それぞれ、土木《どぼく》、内政《ないせい》、軍事《ぐんじ》の責任者《せきにんしゃ》です（この三者《さんしゃ》を「三公《さんこう》」といいます）。ときどき、この三者《さんしゃ》の上《うえ》に、「丞相《じょうしょう》」が置《お》かれて、すべての責任《せきにん》を負《お》うこともありました。

三公《さんこう》の下《した》には、九卿《きゅうけい》と呼《よ》ばれる、それぞれの専門分野《せんもんぶんや》の責任者《せきにんしゃ》が置《お》かれました。

地方《ちほう》は、十三の州《しゅう》（24ページの地図参照《ちずさんしょう》）からなり、それぞれがさらに郡《ぐん》（国《くに》と称《しょう》する場合《ばあい》も）に分《わ》かれていました。郡《ぐん》はさらに細《こま》かく、県《けん》に分《わ》かれていて、州《しゅう》の責任者《せきにんしゃ》を刺史《しし》（または牧《ぼく》）、郡《ぐん》の責任者《せきにんしゃ》を太守《たいしゅ》、県《けん》の責任者《せきにんしゃ》を県令《けんれい》（単《たん》に令《れい》とも）とよびました。

また、軍隊《ぐんたい》はこれらとは別《べつ》に、必要《ひつよう》に応《おう》じて組織《そしき》され、責任者《せきにんしゃ》はひきいる兵《へい》の数《かず》や、むかう地域《ちいき》などによって、「〇〇将軍《しょうぐん》」と名《な》づけられました。

ただし、王朝《おうちょう》の力《ちから》が弱《よわ》くなり、世《よ》の中《なか》の混乱《こんらん》がはげしくなった三国志《さんごくし》の時代《じだい》では、刺史《しし》や太守《たいしゅ》、あるいは将軍《しょうぐん》を、そのときの権力者《けんりょくしゃ》が正式《せいしき》な手《て》つづきを経《へ》ないで勝手《かって》に任命《にんめい》したり、現職者《げんしょくしゃ》をおそって地位《ちい》をうばい、じぶんで名《な》のったりする例《れい》が多《おお》くなります。

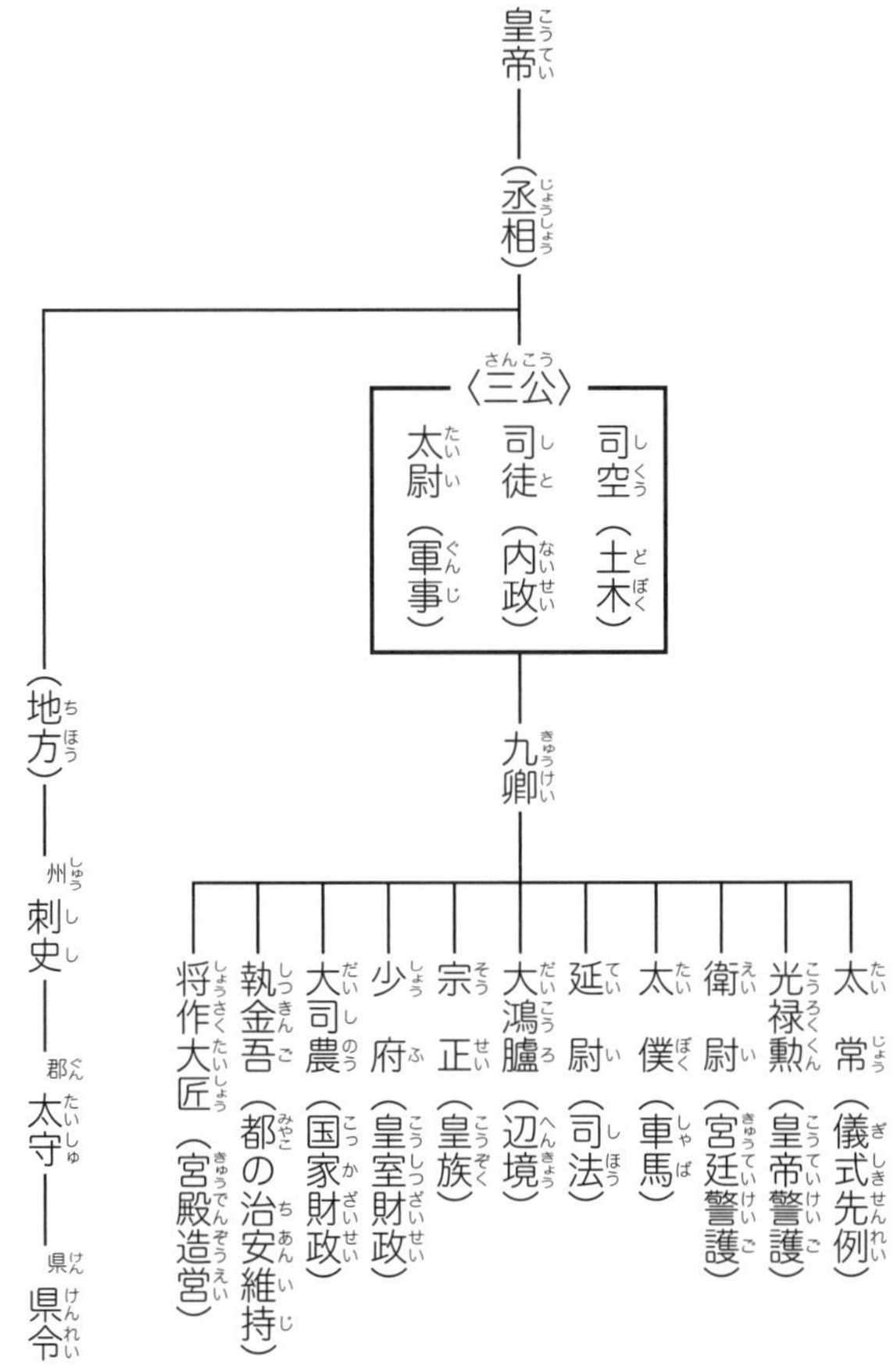
皇帝《こうてい》
（丞相《じょうしょう》）
〈三公《さんこう》〉
司空《しくう》（土木《どぼく》）
司徒《しと》（内政《ないせい》）
太尉《たいい》（軍事《ぐんじ》）
九卿《きゅうけい》
太常《たいじょう》（儀式先例《ぎしきせんれい》）
光禄勲《こうろくくん》（皇帝警護《こうていけいご》）
衛尉《えいい》（宮廷警護《きゅうていけいご》）
太僕《たいぼく》（車馬《しゃば》）
廷尉《ていい》（司法《しほう》）
大鴻臚《だいこうろ》（辺境《へんきょう》）
宗正《そうせい》（皇族《こうぞく》）
少府《しょうふ》（皇室財政《こうしつざいせい》）
大司農《だいしのう》（国家財政《こっかざいせい》）
執金吾《しつきんご》（都《みやこ》の治安維持《ちあんいじ》）
将作大匠《しょうさくたいしょう》（宮殿造営《きゅうでんぞうえい》）
（地方《ちほう》）
州《しゅう》刺史《しし》
郡《ぐん》太守《たいしゅ》
県《けん》県令《けんれい》

後漢末期《ごかんまっき》の地図《ちず》
（13の州《しゅう》に分《わ》かれていた）

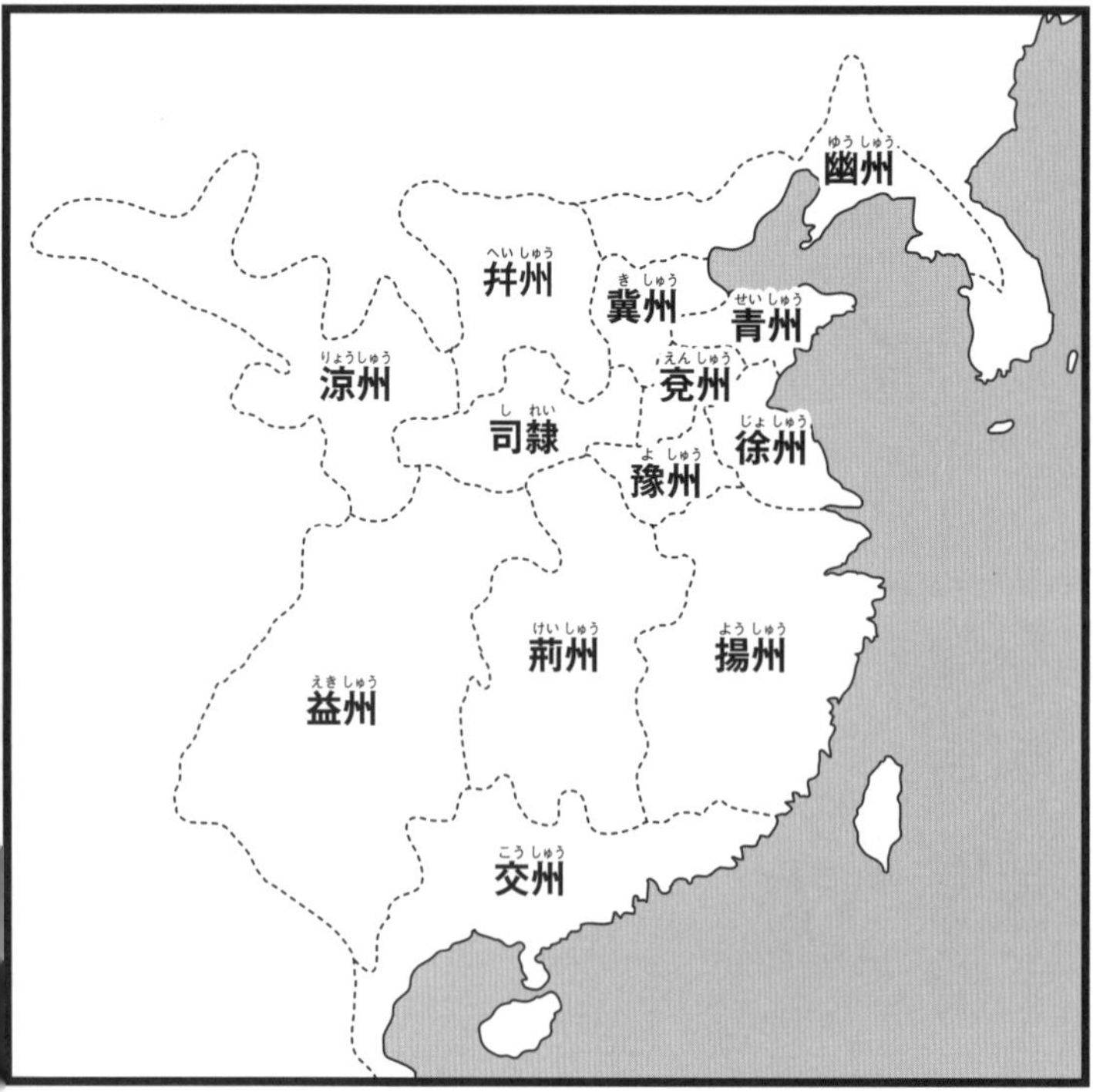

この本《ほん》の中《なか》に出《で》てくる主《おも》な地名《ちめい》とその場所《ばしょ》

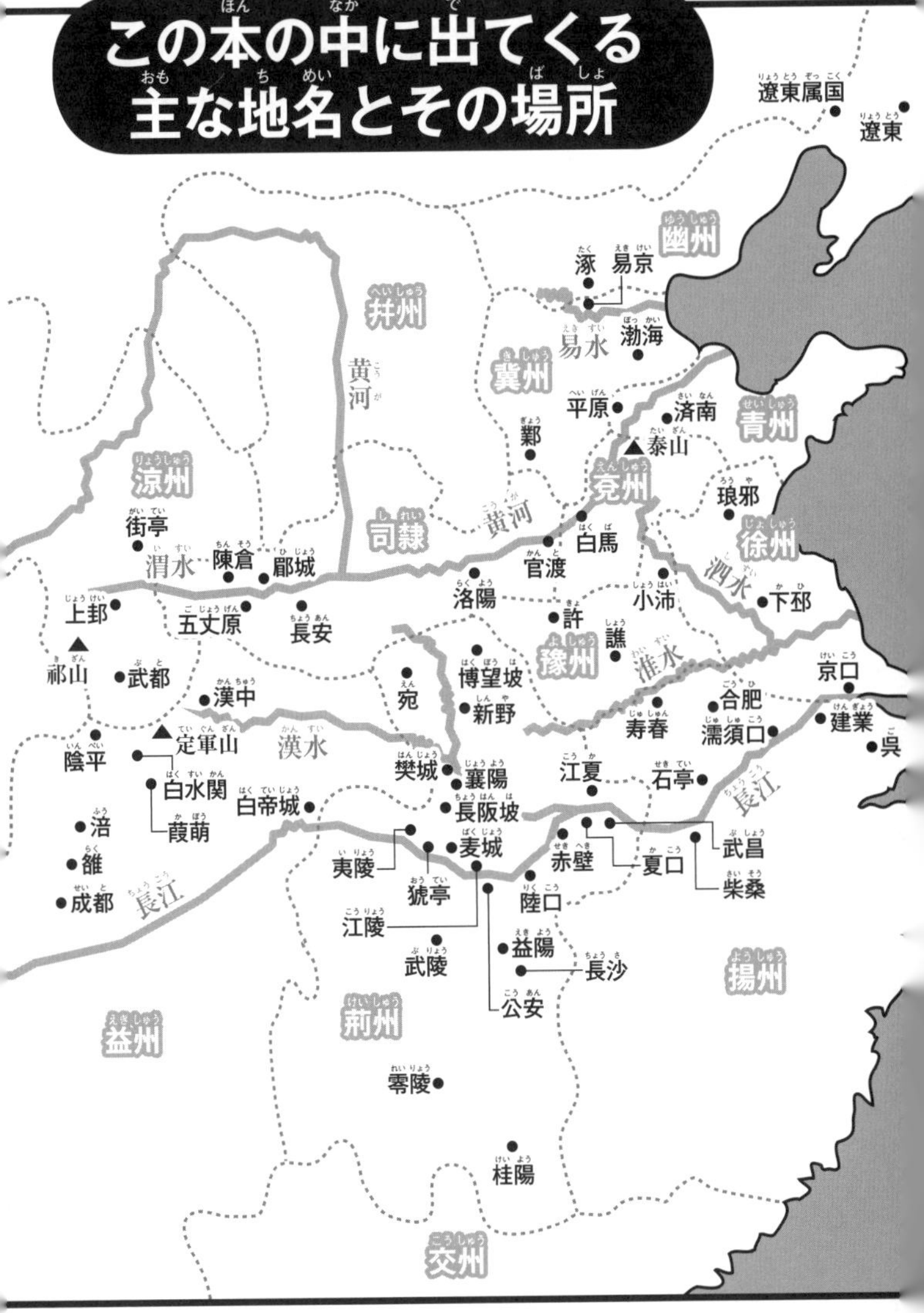

最初《さいしょ》の戦《たたか》い

「どうだろう。みな、集《あつ》まってくれるだろうか」

じぶんのよびかけに、どれくらいの人《ひと》が集《あつ》まってくれるか。曹操《そうそう》は不安《ふあん》だった。

「孟徳《もうとく》！　ぜひいっしょにやろう。おまえにしたがうよ。兵《へい》を千人《せんにん》、ひきいてきたぞ」

「子孝《しこう》！　ありがとう。きっと来《き》てくれると思《おも》っていたよ」

まっさきに駆《か》けつけてきたのは、いとこの曹仁《そうじん》だった。二人《ふたり》はたがいを字《あざな》（子《こ》どもの頃《ころ》からの知《し》り合《あ》いなど、ごく親《した》しい人《ひと》との間《あいだ》で使《つか》うよび名《な》）でよびあうほどの仲《なか》だったから、曹操《そうそう》も安心《あんしん》できた。

曹仁《そうじん》といっしょに、やはりいとこの曹洪《そうこう》（子廉《しれん》）がくると、それからつぎつぎに、曹操《そうそう》とはやはり親戚《しんせき》にあたる夏侯《かこう》の一族《いちぞく》たちが駆《か》けつけてくれた。

「よし。これで、諸侯《しょこう》（地方《ちほう》の州《しゅう》や郡《ぐん》などを拠点《きょてん》にして力《ちから》をもっている人《ひと》たち）と連合《れんごう》できるぞ。洛陽《らくよう》へむかおう」

このころになると、曹操《そうそう》のほかにも、董卓《とうたく》を討《う》とうとこころざす者《もの》があちこちにあらわれて兵《へい》を集《あつ》めていた。曹操《そうそう》は、彼《かれ》らと連絡《れんらく》をとりあいながら、洛陽《らくよう》をめざした。

「袁紹《えんしょう》、公孫瓚《こうそんさん》（幽州北平郡《ゆうしゅうほくへいぐん》の太守《たいしゅ》）、孫堅《そんけん》（荊州長沙郡《けいしゅうちょうさぐん》の太守《たいしゅ》）、陶謙《とうけん》（徐州《じょしゅう》の刺史《しし》）……まだまだくるらしい。すごい顔《かお》ぶれだな。これなら、案外《あんがい》はやく董卓《とうたく》を討《う》てるかもしれないぞ」

「いや、そうかんたんには……。二十万人《まんにん》にもおよぶ連合軍《れんごうぐん》となると、意志《いし》を統一《とういつ》するのがたいへんだぞ。やはり総大将《そうだいしょう》を決《き》めておかないと」

「それはやはり、袁紹《えんしょう》どのだろう」

曹操《そうそう》は心《こころ》の中《なか》では、袁紹《えんしょう》よりじぶんのほうが戦《たたか》いがうまいと思《おも》っていたが、家柄《いえがら》や、王朝《おうちょう》での地位《ちい》を考えて、じぶんは作戦《さくせん》を提案《ていあん》する軍師《ぐんし》の役目《やくめ》をつとめることにした。

「ようし！　董卓《とうたく》の軍《ぐん》は五万《まん》ほどだ。こちらは大軍《たいぐん》を生《い》かして、逃《に》げ道《みち》をふさげ！」

連合軍《れんごうぐん》はあっという間《ま》に洛陽《らくよう》の東側《ひがしがわ》をかためながらおしよせ、董卓軍《とうたくぐん》をつぎつぎにたおした。

「たいへんです！　董卓《とうたく》たちが、都《みやこ》のあちこちに火《ひ》をつけています」

「董卓軍《とうたくぐん》は、人々《ひとびと》から金銀《きんぎん》をうばい、洛陽《らくよう》を捨《す》てて、西《にし》の長安《ちょうあん》へ行《い》く気《き》です」

やがて、大火事《おおかじ》で洛陽《らくよう》の空《そら》がまっ赤《か》に染《そ》まったのを見《み》て、曹操《そうそう》は怒《いか》りに燃《も》えた。

「追《お》いかけるんだ！」

「まて、曹操《そうそう》。いま追《お》うのは無理《むり》だ。諸侯《しょこう》たちも、いまは動《うご》こうとしないぞ」

みなくちぐちに止《と》めたが、曹操《そうそう》はじぶんの兵《へい》に号令《ごうれい》して出発《しゅっぱつ》してしまう。

——やってやる！

ひたすら董卓《とうたく》の軍《ぐん》との距離《きょり》を詰《つ》めようと走《はし》ってきて、曹操《そうそう》はじぶんの未熟《みじゅく》さに気《き》づいた。うしろから、矢《や》が飛《と》んできたのだ。うかつに、深追《ふかお》いしすぎたらしい。

「敵《てき》に囲《かこ》まれている……いつのまに。うわぁ！」

曹操《そうそう》の体《からだ》がくずれ落《お》ちた。のっていた馬《うま》が矢《や》に当《あ》たり、曹操《そうそう》をふり落《お》としたのだ。

「孟徳《もうとく》！　おれの馬《うま》にのれ」

「子廉《しれん》。すまない」

味方《みかた》の兵《へい》がつぎつぎと矢《や》を受《う》けて落馬《らくば》していく中《なか》で、曹操《そうそう》を助《たす》けてくれたのは、いとこの曹洪《そうこう》だった。

「もうすぐ日《ひ》が暮《く》れる。いったん逃《に》げて、こちらの態勢《たいせい》をととのえてから考《かんが》えよう」

二人《ふたり》は夜《よる》の闇《やみ》にまぎれ、敵《てき》の目《め》をかいくぐって、逃《に》げのびた。

力《ちから》をたくわえる

「ずいぶん、兵《へい》を失《うしな》ってしまった……」

このまま、連合軍《れんごうぐん》に参加《さんか》しつづけるのはむずかしいと考《かんが》えた曹操《そうそう》は、いったん戦線《せんせん》からはなれ、兵《へい》を集《あつ》めなおすことにした。

「董卓《とうたく》は、帝《みかど》が幼《おさな》いのをよいことに、じぶんの一族《いちぞく》で高位高官《こういこうかん》を独占《どくせん》している」

「長安《ちょうあん》の北西《ほくせい》に、帝《みかど》の城《しろ》よりも豪華《ごうか》な家《いえ》を建《た》てて、三十年分《ねんぶん》の食糧《しょくりょう》をたくわえているらしい」

聞《き》こえてくる董卓《とうたく》の傲慢《ごうまん》さに、曹操《そうそう》は怒《いか》り、そしてあせった。

──もっと、人《ひと》を集《あつ》めたい。やはり、人材《じんざい》が重要《じゅうよう》だ。

「もうしあげます。曹操《そうそう》さまに、ぜひお目《め》にかかりたいという者《もの》がきています」

「とおせ。会《あ》ってみよう」

能力《のうりょく》のある者《もの》なら、だれだって歓迎《かんげい》だ。

「おひさしぶりでございます。荀彧《じゅんいく》でございます」

「おや、そなたは、たしか袁紹《えんしょう》どのの部下《ぶか》ではなかったか」

荀彧《じゅんいく》は曹操《そうそう》より八《やっ》つ年下《としした》、知恵者《ちえしゃ》として知《し》られ、清流派《せいりゅうは》として苦労《くろう》してきた人《ひと》でもある。

「わたしを、曹操《そうそう》さまの軍《ぐん》にお加《くわ》えいただきたい」

曹操《そうそう》は胸《むね》がおどった。が、わざと冷静《れいせい》な顔《かお》をして、たずねた。

「なぜ、わざわざ袁紹《えんしょう》どののところを去《さ》ってきたのか」

「はい。あの方《かた》はどこか、最後《さいご》の最後《さいご》で、判断《はんだん》をまちがうところがある気《き》がします。また、一族《いちぞく》の仲《なか》がよくないのも、気《き》にいりません。わたしは、曹操《そうそう》さまに賭《か》けたくなったのです」

「それは、うれしいが……」

うれしすぎる。何《なに》かのわなではないか。曹操《そうそう》は少《すこ》しだけうたがったが、すぐに考《かんが》えなおした。

「わかった。その志《こころざし》、ありがたく受《う》けよう。ところで、さっそくだが、荀彧《じゅんいく》。そなた、董卓《とうたく》をたおせるのはだれだと思《おも》う」

「だれでもありますまい」

「ほう？　それはどういうことだ」

「あんなひどい権力者《けんりょくしゃ》は、かならず、じぶんの身内《みうち》や部下《ぶか》が原因《げんいん》となって自滅《じめつ》します。曹操《そうそう》さまは、その後《ご》を見《み》すえて、いまは力《ちから》をたくわえられるのがよろしいかとぞんじます」

——その後《ご》、か。

「それは、わたしがこの天下《てんか》を平定《へいてい》する、という意味《いみ》と考《かんが》えてよいか」

荀彧《じゅんいく》はにっこりと笑《わら》って「いまのお志《こころざし》を忘《わす》れなければ」とこたえた。

こうして、曹操《そうそう》は、また一人《ひとり》、たのもしい仲間《なかま》を得《え》た。

黄巾軍《こうきんぐん》の残党《ざんとう》

翌年《よくねん》の192年《ねん》、荀彧《じゅんいく》のことばどおり、董卓《とうたく》は、じぶんのもっとも信頼《しんらい》していた部下《ぶか》である呂《りょ》布《ふ》にうらぎられ、暗殺《あんさつ》された。

これにより、董卓《とうたく》を討伐《とうばつ》しようと連合《れんごう》していた諸侯《しょこう》たちはおたがい、仲間《なかま》から、敵《てき》へと変《か》わった。

だれが、つぎに、この漢全体《かんぜんたい》を統一《とういつ》できるか。

「ますます、油断《ゆだん》のできぬ世《よ》の中《なか》になったな……」

みな、おなじ目的《もくてき》を心底《しんそこ》にはもちつつ、「いまのところは、とりあえずあいつと仲《なか》よくしておこうか」「いまのうちにあいつはつぶしてしまったほうがいいな」などと考《かんが》えている。

「曹操《そうそう》さま。兗州《えんしゅう》の刺史《しし》のところから、手紙《てがみ》がとどいています」

「うむ。なんだろうな。おや……」

曹操《そうそう》はこのとき、兗州東郡《えんしゅうとうぐん》の太守《たいしゅ》の地位《ちい》にあった。だから、兗州刺史《えんしゅうしし》は、いわば直接《ちょくせつ》の上役《うわやく》のようなものだ。

「劉岱《りゅうたい》どのが、黄巾《こうきん》の乱《らん》の残党《ざんとう》に殺《ころ》された……？」

手紙《てがみ》は、兗州刺史《えんしゅうしし》・劉岱《りゅうたい》の部下《ぶか》からのもので、となりの青州《せいしゅう》にひそんでいた黄巾軍《こうきんぐん》が侵攻《しんこう》してきたこと、死《し》んだ劉岱《りゅうたい》のかわりを、曹操《そうそう》につとめてもらいたいことなどが書《か》かれていた。

「黄巾《こうきん》の乱《らん》の残党狩《ざんとうが》りか……」

信仰《しんこう》、すなわち、宗教《しゅうきょう》を信《しん》じる心《こころ》でむすびついた集団《しゅうだん》は手《て》ごわい。武力《ぶりょく》でとことん制圧《せいあつ》したつもりでも、かならずどこかで残党《ざんとう》が生《い》きのびて、根《ね》をのこし、新芽《しんめ》を出《だ》してくる。

「長《なが》い戦《たたか》いになるぞ……」

想像《そうぞう》した以上《いじょう》に、黄巾軍《こうきんぐん》との戦《たたか》いはきびしいものになった。死《し》をおそれぬ勇敢《ゆうかん》な者《もの》ばかりで、降《ふ》りそそぐ矢《や》をものともせず突進《とっしん》してくるうえ、いったい何万《なんまん》、何《なん》十万人《まんにん》いるかわからない。

曹操《そうそう》は、攻《せ》める手《て》はゆるめず、しかし、水面下《すいめんか》では、和平《わへい》をむすぶ交渉《こうしょう》もすすめた。交渉《こうしょう》には、荀彧《じゅんいく》の人脈《じんみゃく》で集《あつ》まった、もと清流派《せいりゅうは》の頭脳派《ずのうは》たちが、知恵《ちえ》をしぼった。

半年《はんとし》にわたる死闘《しとう》で、曹操軍《そうそうぐん》も、黄巾軍《こうきんぐん》も、つかれきっていたときだった。

「信仰《しんこう》をつづけることを認《みと》めてくれるなら、曹操軍《そうそうぐん》の支配下《しはいか》に入《はい》ってもいいといってます」

「そうか！　よし、ならば、受《う》けいれよう」

これにより曹操《そうそう》は、三十万人《まんにん》にもおよぶ黄巾軍《こうきんぐん》の強兵《きょうへい》と、兗州刺史《えんしゅうしし》の地位《ちい》とを、じぶんの手《て》におさめることになった。

三国志《さんごくし》コラム

董卓《とうたく》――まれにみる暴君《ぼうくん》

漢全体《かんぜんたい》の混乱《こんらん》のもとになった董卓《とうたく》は、涼州《りょうしゅう》の名家《めいか》の出身《しゅっしん》であったようです。皇帝《こうてい》を保護《ほご》したことで権力《けんりょく》をにぎりますが、その暮《く》らしぶりからは、たいへんぜいたく好《ず》きで、かつ傲慢《ごうまん》で残酷《ざんこく》な一面《めん》がよみとれます。

じぶんのぜいたくのために、お金《かね》の流通《りゅうつう》するしくみを勝手《かって》に変《か》えさせたり、じぶんの一族《いちぞく》には、なんの手柄《てがら》もない小《ちい》さな子《こ》どもにまで高位高官《こういこうかん》をあたえたりする一方《いっぽう》で、少《すこ》しでもじぶんをうらぎっているとうたがうと、ひどい刑罰《けいばつ》をあたえたといいます。

また、あるお祝《いわ》いの宴《うたげ》の席《せき》で、「出《だ》し物《もの》」と称《しょう》して、負《ま》けた軍《ぐん》の兵士《へいし》をおおぜい連《つ》れてきて、彼《かれ》らの舌《した》や手足《てあし》を切《き》ったり、目《め》をくりぬいたりしたうえ、それらを大《おお》きな鍋《なべ》で煮《に》てみせて、じぶんはそれを見《み》ながら平然《へいぜん》と飲《の》み食《く》いしていたという話《はなし》もつたわっています。

なお「演義《えんぎ》」では、董卓《とうたく》は殺《ころ》されたとき、たいへんな肥満体《ひまんたい》であったので、亡骸《なきがら》を見《み》た兵士《へいし》が、へそに灯芯《とうしん》を置《お》いて火《ひ》をつけてみたところ、脂肪《しぼう》があかあかと燃《も》えつづけ、それを見《み》た人々《ひとびと》が殴《なぐ》ったり蹴《け》ったりしていった、という話《はなし》も描《えが》かれています。

重《かさ》なるうらぎり

「父《ちち》たちをよびよせよう。兗州《えんしゅう》をおさめている姿《すがた》を見《み》てもらいたい」

曹操《そうそう》の父《ちち》は、董卓《とうたく》が権力《けんりょく》をふるいだしてから、混乱《こんらん》をさけて、徐州《じょしゅう》の琅邪《ろうや》に移《うつ》り住《す》み、曹操《そうそう》の末《すえ》の弟《おとうと》の曹徳《そうとく》らとともに暮《く》らしていた。

「陶謙《とうけん》どのにたのんで、道中《どうちゅう》の護衛《ごえい》をつけてもらおう」

曹操《そうそう》の手紙《てがみ》を受《う》けとった陶謙《とうけん》が、「護衛《ごえい》は引《ひ》きうけた」といってくれたので、曹操《そうそう》は心強《こころづよ》く思《おも》って、父《ちち》や弟《おとうと》たちと再会《さいかい》できるのを楽《たの》しみに待《ま》っていた。

「もうしあげます。いま、伝令《でんれい》（連絡役《れんらくやく》）の者《もの》がまいりまして……」

「おお、もう着《つ》いたのか、はやいな」

「いえ、そうではありません。お父上《ちちうえ》が、陶謙《とうけん》どのの部下《ぶか》たちに殺害《さつがい》されたとのことです」

「なんだと！」

曹操《そうそう》はじぶんの耳《みみ》をうたがった。殺害《さつがい》された？　陶謙《とうけん》の部下《ぶか》に？

「曹徳《そうとく》は。弟《おとうと》はどうした？」

「それが……くわしいことはまだわかりませんが、ご一族《いちぞく》はみな殺《ごろ》しにされ、運《はこ》んでいた財産《ざいさん》をすべて、うばわれたらしいとのことにございます……」

——陶謙《とうけん》のやつ！

「宣戦布告《せんせんふこく》ということだな。それなら、こちらにも覚悟《かくご》があるぞ」

曹操《そうそう》は大軍《たいぐん》をひきいて徐州《じょしゅう》へ攻《せ》めこんだ。

「手加減《てかげん》するな！　みな殺《ごろ》しにしてしまえ」

はげしい怒《いか》りのままに、曹操《そうそう》はじぶんの軍《ぐん》を徐州《じょしゅう》であばれさせた。陶謙《とうけん》の砦《とりで》がつぎつぎと落《お》ちた。

「よし、すべて、何《なに》もかもうばうまでやるんだ。容赦《ようしゃ》するな」

このころ、じつは部下《ぶか》たちの間《あいだ》で「お気持《きも》ちはわからなくはないが、それにしても曹操《そうそう》さまの今回《こんかい》の戦《たたか》い方《かた》は残酷《ざんこく》すぎる」という意見《いけん》が出《で》ていたのだが、曹操《そうそう》は聞《き》く耳《みみ》をもたなかった。

あとから思《おも》えば、父《ちち》を殺《ころ》された悲《かな》しみやうらみが強《つよ》すぎて、冷静《れいせい》さを欠《か》いていたのだろう。

「もうしあげます。張邈《ちょうばく》どの（兗州陳留郡《えんしゅうちんりゅうぐん》の太守《たいしゅ》）が曹操《そうそう》さまにむほんをおこしました！　すぐ、兗州《えんしゅう》へおもどりを」

「張邈《ちょうばく》が！　そんなばかな。なぜだ。やつは最初《さいしょ》からの仲間《なかま》、同志《どうし》ではないか」

報告《ほうこく》によると、張邈《ちょうばく》をそそのかしたのは、曹操《そうそう》の部下《ぶか》の陳宮《ちんきゅう》らしい。さらに、張邈《ちょうばく》の気持《きも》ちが動《うご》いたのには、もう一人《ひとり》、意外《いがい》な人物《じんぶつ》がかかわっていた。

「呂布《りょふ》どのが、張邈《ちょうばく》どののところに、客人《きゃくじん》としてきているそうです」

――陳宮《ちんきゅう》め。

もともと、信用《しんよう》しきれぬところがあるとは思《おも》っていたが、頭《あたま》がよいので重宝《ちょうほう》に使《つか》っていたのだ。呂布《りょふ》がきたのを見《み》て、三人《にん》でなら、曹操《そうそう》に対抗《たいこう》できると考《かんが》えたのだろう。人《ひと》のよい張邈《ちょうばく》は、陳宮《ちんきゅう》にいいくるめられてしまったにちがいない。

「敵《てき》は己《おのれ》の膝元《ひざもと》にあったのだな。すぐに兗州《えんしゅう》へ帰《かえ》ろう」

――めざす敵《てき》は、呂布《りょふ》だ。

のこりの二人《ふたり》には、さほど軍事《ぐんじ》の力《ちから》はない。二人《ふたり》とも、呂布《りょふ》の力《ちから》をあてにして、事《こと》をおこしたにちがいなかった。

――文字《もじ》どおり、死闘《しとう》になるかもしれぬ。覚悟《かくご》してかからねば。

この覚悟《かくご》が、それでもまだ甘《あま》かったことを曹操《そうそう》が思《おも》い知《し》るのは、もう少《すこ》しのちのことであった。

三国志《さんごくし》コラム

曹操《そうそう》の逆《さか》うらみ？——父《ちち》はなぜ死《し》んだか

曹操《そうそう》は、陶謙《とうけん》が部下《ぶか》に命《めい》じてじぶんの父親《ちちおや》・曹嵩《そうすう》をだまし討《う》ちにしたと思《おも》いこんだようですが、この真相《しんそう》は、明《あき》らかになっていないようです。

「正史《せいし》」では、「陶謙《とうけん》に殺害《さつがい》された」と書《か》かれているだけですが、

1、陶謙《とうけん》が護衛兵《ごえいへい》たちに命《めい》じた。

2、曹嵩《そうすう》の荷物《にもつ》が豪華《ごうか》だったために、護衛兵《ごえいへい》たちの気持《きも》ちに魔《ま》がさした。

3、道中《どうちゅう》で雨《あめ》が降《ふ》ったとき、護衛兵《ごえいへい》たちはずぶ濡《ぬ》れになっているのに、曹嵩《そうすう》がじぶんたちだけ室内《しつない》で雨宿《あまやど》りをしていたので、うらみをかった。

などの説《せつ》が「注《ちゅう》」や「演義《えんぎ》」によって出《だ》されています。

陶謙《とうけん》から助《たす》けをもとめられた劉備《りゅうび》は、「陶謙《とうけん》どのに責《せき》はない」といっていますので、少《すく》なくとも、劉備《りゅうび》は陶謙《とうけん》が命《めい》じたとは思《おも》っていなかったということになります。

死闘《しとう》のはてに

１９３年《ねん》からはじまった呂布《りょふ》との戦《たたか》いは、二年以上《ねんいじょう》の長《なが》きにわたった。開戦《かいせん》してまもなく、兗州《えんしゅう》のほぼ全土《ぜんど》が呂布《りょふ》の支配下《しはいか》になり、曹操《そうそう》は帰《かえ》るところもないほどに追《お》いつめられた。

しかし、１９５年《ねん》になると曹操《そうそう》はつぎつぎと呂布《りょふ》の陣営《じんえい》を切《き》りくずし、秋《あき》にはほぼ、もとどおりの支配力《しはいりょく》をとりもどした。

呂布《りょふ》、陳宮《ちんきゅう》、張邈《ちょうばく》の三人《にん》は徐州《じょしゅう》へ逃《に》げたが、張邈《ちょうばく》は途中《とちゅう》でじぶんの部下《ぶか》に殺害《さつがい》されたという。

「よし。いまこそ、やりなおしだ……」

気持《きも》ちをあらたにしようとする曹操《そうそう》に、荀彧《じゅんいく》がある提案《ていあん》をしてきた。

「曹操《そうそう》さま。この機会《きかい》に、帝《みかど》の後見《こうけん》としての地位《ちい》を手《て》に入《い》れるべきです」

「それはどういうことだ」

「たしかに王朝《おうちょう》はいま、なんの力《ちから》もありません。しかし、王朝《おうちょう》をささえるという姿勢《しせい》をしめしておくことは、かならず、今後《こんご》のためになります。ときにそれは、何万《なんまん》の兵力《へいりょく》より勝《まさ》るかと」

「なるほど、人《ひと》をしたがわせる権威《けんい》、ということか……」

献帝《けんてい》は、董卓《とうたく》の死後《しご》、董卓《とうたく》の部下《ぶか》たちの争《あらそ》いにまきこまれて、長年人質《ながねんひとじち》のようにあつかわれていたが、やっと彼《かれ》らの手《て》をのがれて、長安《ちょうあん》からの脱出《だっしゅつ》に成功《せいこう》、洛陽《らくよう》へむかっていた。

「わかった。洛陽《らくよう》へ、帝《みかど》をおむかえに、うかがうことにしよう」

ひさしぶりに見《み》た洛陽《らくよう》は、都《みやこ》とは思《おも》えぬ、ひどいありさまだった。

董卓《とうたく》に焼《や》かれたまま廃墟《はいきょ》となった宮殿《きゅうでん》、草《くさ》におおわれてどこを歩《ある》いてよいかもわからぬ大通《おおどお》り、いたるところに、葬《ほうむ》られないままの死体《したい》が横《よこ》たわっている。

——ここに、ほんとうに帝《みかど》がおいでになるのだろうか。

半信半疑《はんしんはんぎ》でさがすと、一人《ひとり》の男《おとこ》がすすみでてきた。

「曹操《そうそう》さまですね。帝《みかど》の側近《そっきん》、董昭《とうしょう》ともうします。よくきてくださいました」

董昭《とうしょう》に案内《あんない》されてすすむと、廃墟《はいきょ》の屋根《やね》の下《した》に、若《わか》い帝《みかど》と皇后《こうごう》がふるえながら立《た》っている。

——お二人《ふたり》ともずいぶんやせておいでだな。お気《き》のどくに。

「これからは、この曹操《そうそう》が王家《おうけ》をおまもりいたします。さあ、おいでください」

曹操《そうそう》が、董昭《とうしょう》らとも相談《そうだん》のうえ、洛陽《らくよう》より東《ひがし》の、許《きょ》という場所《ばしょ》を帝《みかど》の居場所《いばしょ》とさだめ、都《みやこ》とすると、帝《みかど》はさっそく、曹操《そうそう》を司空《しくう》に任命《にんめい》した。

司空《しくう》は、帝《みかど》を助《たす》けて政治《せいじ》をおこなう三公《さんこう》のひとつだから、これで曹操《そうそう》は、帝《みかど》の名《な》のもとに、多《おお》くの人々《ひとびと》に命令《めいれい》する権力《けんりょく》を得《え》たことになる。

――なるほど。帝《みかど》のいるところが国《くに》の中心《ちゅうしん》となるわけだ。

曹操《そうそう》は、あらためて荀彧《じゅんいく》ら、部下《ぶか》の知恵《ちえ》をありがたく思《おも》い、やはり彼《かれ》らの知恵《ちえ》にしたがって、さらなる作戦《さくせん》をはじめた。

「兵《へい》であっても、戦《たたか》いのないときは、農業《のうぎょう》にはげみ、食糧《しょくりょう》の確保《かくほ》に努力《どりょく》すること」

曹操《そうそう》はそう命令《めいれい》して、兵士《へいし》たちにまず、許《きょ》の周辺《しゅうへん》の土地《とち》を耕作《こうさく》するように指示《しじ》した。

戦《たたか》いが長《なが》くなれば、結局食糧《けっきょくしょくりょう》に余裕《よゆう》のあるほうが勝《か》つ――呂布《りょふ》との長《なが》い戦《たたか》いの末《すえ》に、曹操《そうそう》が痛《つう》感《かん》したことだった。

呂布《りょふ》は兗州《えんしゅう》から逃《に》げただけで、まだ生《い》きている。いつまた、戦《たたか》いをしかけてくるかわからない。

帝《みかど》。農地《のうち》。有能《ゆうのう》な人材《じんざい》。備《そな》えはあればあるほど、よい。

「もうしあげます。いま、どうしても曹操《そうそう》さまにお目《め》にかかりたいともうす者《もの》が」

「なんだ。誰彼《だれかれ》となく会《あ》っているようなひまはないぞ」

伝令《でんれい》の者《もの》が、「おそれながら」と近《ちか》づいてきて、曹操《そうそう》にささやいた。

「劉備《りゅうび》どのが、助《たす》けてほしいと。徐州《じょしゅう》から、逃《に》げてこられたようです」

――劉備《りゅうび》だと!?

曹操《そうそう》の目《め》の奥《おく》が、きらりと光《ひか》った。

曹操《そうそう》四十三歳《さい》、劉備《りゅうび》三十七歳《さい》のときであった。

中原《ちゅうげん》を守《まも》る

「劉備《りゅうび》は有能《ゆうのう》なだけでなく、ふしぎな人徳《じんとく》があります。生《い》かしておくのは危険《きけん》です。いまのうちに理由《りゆう》をつけて処刑《しょけい》してしまったほうがよいのではありませんか」

荀彧《じゅんいく》とならんで、曹操《そうそう》のたよれる知恵袋《ちえぶくろ》であった程昱《ていいく》は、逃《に》げこんできた劉備《りゅうび》を危険視《きけんし》して、こう進言《しんげん》した。しかし曹操《そうそう》は「貴重《きちょう》な人材《じんざい》だ。それに、いま彼《かれ》を殺《ころ》せば、わたしが人々《ひとびと》から支持《しじ》されなくなる」と聞《き》きいれず、劉備《りゅうび》に小沛《しょうはい》（豫州沛郡《よしゅうはいぐん》）をまかせることにした。

さて、許《きょ》を都《みやこ》とし、帝《みかど》を守《まも》ることは、つねにまわりからの侵攻《しんこう》、侵入《しんにゅう》に警戒《けいかい》していなくてはならないということだ。

曹操《そうそう》は、落《お》ちつくひまもなく、許《きょ》のまわりをおびやかそうとする宛《えん》（荊州南陽郡《けいしゅうなんようぐん》）の張繡《ちょうしゅう》や、劉備《りゅうび》を追《お》いだして徐州《じょしゅう》に居座《いすわ》った呂布《りょふ》、寿春《じゅしゅん》（揚州九江郡《ようしゅうきゅうこうぐん》）でかってに「皇帝《こうてい》」を名《な》のりはじめた袁術《えんじゅつ》ら、多《おお》くの敵《てき》を相手《あいて》にしなければならなかった。

これらの敵《てき》は、そのときの状況《じょうきょう》に応《おう》じて、じつは敵同士《てきどうし》がこっそり手《て》をむすんでいたり、かと思《おも》えば突然《とつぜん》うらぎったりするので、だれがつぎにどう動《うご》くのか、まったく油断《ゆだん》ができない。

「曹操《そうそう》さま。劉備《りゅうび》どのよりの報告《ほうこく》です。呂布《りょふ》が小沛《しょうはい》を攻《せ》めてきたそうです」

「呂布《りょふ》め。私《わたし》が張繍《ちょうしゅう》に手間《てま》どっていると見《み》て、すきをついたつもりか。そうはいかぬぞ」

198年《ねん》の秋《あき》、ついに曹操《そうそう》は、呂布《りょふ》と何度目《なんどめ》かの正面対決《しょうめんたいけつ》をする決心《けっしん》をし、呂布《りょふ》が本拠地《ほんきょち》を置《お》く下邳《かひ》（徐州下邳郡《じょしゅうかひぐん》）まで攻《せ》めこんだが、決着《けっちゃく》はなかなかつかなかった。

「下邳城《かひじょう》は手《て》ごわい。こちらの兵《へい》がみな、つかれきっている。いったん退却《たいきゃく》すべきだろうか」

ふと弱気《よわき》になった曹操《そうそう》に、軍師《ぐんし》の荀攸《じゅんゆう》と郭嘉《かくか》が進言《しんげん》した。

「何《なに》をおっしゃいますか。呂布《りょふ》は、勇猛《ゆうもう》ですが、計略《けいりゃく》はできぬ男《おとこ》です。いまこそ一気《いっき》に」

「そうです。さいわい、この下邳《かひ》の地形《ちけい》を生《い》かした、よい方法《ほうほう》があります。呂布《りょふ》には思《おも》いもつかないでしょうから、かならず、勝《か》ち目《め》があります。しかも、こちらは兵《へい》を休《やす》ませられます」

「なに、そんなよい方法《ほうほう》があるのか？」

曹操《そうそう》は二人《ふたり》の助言《じょげん》によって、近《ちか》くを流《なが》れる二《ふた》つの河《かわ》の堤《つつみ》を切《き》り、水攻《みずぜ》めをおこなって城《しろ》を孤立《こりつ》させることにした。敵《てき》の食糧《しょくりょう》が尽《つ》き、士気《しき》が落《お》ちるのをじっくりと待《ま》つのだ。

「おお！　呂布《りょふ》が出《で》てきたぞ！」

曹操《そうそう》の兵《へい》がたちまち呂布《りょふ》を取《と》りかこみ、縄《なわ》でぐるぐる巻《ま》きにしばった。

「降伏《こうふく》したのだから、もう少《すこ》し、縄《なわ》をゆるめてくれないか」

たのむ呂布《りょふ》に、曹操《そうそう》はつめたくいいはなった。

「そなたをしばっているのは、虎《とら》をしばっているのもおなじだ。そうはいかない」

首《くび》をはねようとすると、呂布《りょふ》はなおもいった。

「わたしに兵《へい》をあたえて、味方《みかた》につければ、曹操《そうそう》どのはすぐにでも天下《てんか》を平定《へいてい》できるぞ」

曹操《そうそう》は、心《こころ》の奥《おく》では、呂布《りょふ》の戦《たたか》いの才能《さいのう》を惜《お》しいと感《かん》じていたので、少《すこ》し心《こころ》がゆれた。

そのゆれをまるで見《み》すかすように、劉備《りゅうび》が冷静《れいせい》にことばをはさんだ。

「曹操《そうそう》さま。この男《おとこ》は、かつて二度《ど》も主君《しゅくん》をうらぎった男《おとこ》です。そのことをお忘《わす》れなきように」

――そうだ、劉備《りゅうび》のいうとおりだ。

呂布《りょふ》は董卓《とうたく》のみならず、その前《まえ》に仕《つか》えていた主君《しゅくん》・丁原《ていげん》もうらぎって殺《ころ》していた。

曹操《そうそう》は気《き》をとりなおして、部下《ぶか》に呂布《りょふ》の首《くび》をはねさせることにした。

「そこにいる劉備《りゅうび》こそ、いちばん信頼《しんらい》できない男《おとこ》だぞ。忘《わす》れるな！」

死《し》ぬ間際《まぎわ》にさけんだ呂布《りょふ》のことばの意味《いみ》を、曹操《そうそう》はまもなく、思《おも》い知《し》ることになる。

三国志《さんごくし》コラム

呂布《りょふ》——性格《せいかく》は弱《よわ》かった？

呂布《りょふ》は、たいへんすぐれた武人《ぶじん》であったようで、その強《つよ》さは、有能《ゆうのう》な者《もの》を好《この》んでそばに置《お》きたがる曹操《そうそう》が、もったいなく思《おも》って処刑《しょけい》をためらうほどでした。

しかし、いっぽうで、その場《ば》の状況《じょうきょう》に流《なが》されやすい、誘惑《ゆうわく》に弱《よわ》い性格《せいかく》の持《も》ち主《ぬし》であったようです。

人《ひと》の甘《あま》い誘《さそ》いにすぐのってしまったり、反対《はんたい》に、人《ひと》に空々《そらぞら》しいお世辞《せじ》をいったりする側面《そくめん》もあったと描《えが》かれています。最初《さいしょ》に仕《つか》えた丁原《ていげん》（執金吾《しつきんご》をつとめていた）にはとても信頼《しんらい》されていたのに、董卓《とうたく》にそそのかされ、その首《くび》を斬《き》ってしまいました。その董卓《とうたく》のことも、王允《おういん》（司徒《しと》をつとめていた）のことばにまどわされて、うらぎることになります。

董卓《とうたく》をうらぎったあとは、袁紹《えんしょう》、袁術《えんじゅつ》の二人《ふたり》に、近《ちか》づいたりはなれたりをくりかえしました。

とくに袁術《えんじゅつ》とは、息子《むすこ》と娘《むすめ》とを結婚《けっこん》させようと考《かんが》えたほどの間柄《あいだがら》でしたが、その話《はなし》がほぼ成立《せいりつ》し、娘《むすめ》の花嫁行列《はなよめぎょうれつ》がすでに城《しろ》を出《で》てしまったあとで、ほかの人《ひと》のことばにまどわされて結婚《けっこん》を中《ちゅう》止《し》させるなど、考《かんが》えと行動《こうどう》に一貫性《いっかんせい》が欠《か》けるところがあったようです。

劉備《りゅうび》は、出会《であ》ってすぐに「わが弟《おとうと》よ」とよびかけてくるなど、なれなれしいふるまいをみせた呂布《りょふ》を、とても不愉快《ふゆかい》に思《おも》ったと、「演義《えんぎ》」には記《しる》されています。

ほんとうに手《て》ごわいのは……

199年《ねん》。呂布亡《りょふな》きあと、曹操《そうそう》がもっとも警戒《けいかい》していたのは袁紹《えんしょう》だった。とはいえ、曹操《そうそう》は、袁紹《えんしょう》の人柄《ひとがら》と能力《のうりょく》についてては、軽《かる》く見《み》ているところがあった。

「さて、劉備《りゅうび》どの。いま、この漢《かん》には幾人《いくにん》もの諸侯《しょこう》がならびたっているが」

曹操《そうそう》は、劉備《りゅうび》を気《き》にいっていて、外出《がいしゅつ》や食事《しょくじ》もともにすることが多《おお》かった。

「袁紹《えんしょう》とて、さほどの器量《きりょう》ではない。英雄《えいゆう》とよべる人物《じんぶつ》は、あなたとわたしくらいでしょう」

からんという軽《かる》い音《おと》と、ごろごろっという重《おも》い音《おと》が、同時《どうじ》にした。

「曹操《そうそう》さま、失礼《しつれい》しました。雷《かみなり》におどろいて、箸《はし》を落《お》としてしまいました」

「おやおや。英雄《えいゆう》も、雷《かみなり》におどろくのですかな。はっはっは」

そんなことがあってすぐ、袁紹《えんしょう》の弟《おとうと》、袁術《えんじゅつ》が、甥《おい》の袁譚《えんたん》のもとへ行《い》こうとしているとの知《し》らせがあった。

「袁術《えんじゅつ》をつぶしてしまうよい機会《きかい》だ。劉備《りゅうび》と朱霊《しゅれい》とに命《めい》じて、兵《へい》を出《だ》そう」

曹操《そうそう》の命令《めいれい》で二人《ふたり》が軍《ぐん》をひきいて出発《しゅっぱつ》すると、程昱《ていいく》と郭嘉《かくか》があわてて参上《さんじょう》した。

「なぜ、劉備《りゅうび》を行《い》かせたのですか！　やつを自由《じゆう》にしたら、何《なに》をするかわかりませんよ」

「まさか。そんなやつではあるまい」

しかし、ほどなく、劉備《りゅうび》の本心《ほんしん》が、思《おも》わぬところから明《あき》らかになる。

「曹操《そうそう》さま！　これをごらんください。何《なに》よりの証拠《しょうこ》です」

目《め》の前《まえ》にさしだされたのは、〝曹操《そうそう》を誅殺《ちゅうさつ》（罪《つみ》をとがめて殺《ころ》すこと）せよ〟と書《か》かれた帝《みかど》の密《みっ》書《しょ》と、その実行《じっこう》を誓《ちか》った者《もの》たちのつくった計画書《けいかくしょ》だった。首謀者《しゅぼうしゃ》は帝《みかど》の側近《そっきん》である董承《とうしょう》だったが
――そこに、劉備《りゅうび》の名《な》もあったのだ。

「なんということだ！　帝《みかど》も、劉備《りゅうび》も、いっしょになってわたしをうらぎっていたというのか」

あのとき箸《はし》を落《お》としたのは、雷《かみなり》のせいなどではない。やましいところがあったからだ。

怒《いか》りと悔《くや》しさで曹操《そうそう》は全身《ぜんしん》がふるえた。だが、帝《みかど》を殺《ころ》すわけにはいかない。

「密書《みっしょ》に名《な》のある者《もの》は全員殺《ぜんいんころ》せ。それから、帝《みかど》の行動《こうどう》を一日中《にちじゅう》、すべて見張《みは》れ」

――劉備《りゅうび》め！　いまごろほくそえんでいるな。

「もうしあげます。袁術《えんじゅつ》は病死《びょうし》しましたが、劉備《りゅうび》は兵《へい》をひきいたまますすみ、徐州刺史《じょしゅうしし》の車冑《しゃちゅう》を殺害《さつがい》して、小沛《しょうはい》の城《しろ》へ入《はい》ってしまいました」

曹操《そうそう》はすぐに、部下《ぶか》に命《めい》じて軍《ぐん》を派遣《はけん》したが、小沛《しょうはい》の城《しろ》は万全《ばんぜん》の守《まも》りで、攻《せ》め落《お》とすことができなかった。よほど以前《いぜん》から、こうした機会《きかい》をねらっていたにちがいない。

――劉備《りゅうび》。かならずふたたび、したがわせてやる。

関羽《かんう》「こうなったら、わたしがみずから出陣《しゅつじん》して、劉備《りゅうび》を討《う》つ」

いきりたつ曹操《そうそう》を部下《ぶか》たちは止《と》めようとした。

「お待《ま》ちください。いま曹操《そうそう》さまが官渡《かんと》(司隷《しれい》、洛陽《らくよう》の東《ひがし》。曹操《そうそう》はここに、袁紹《えんしょう》との戦《たたか》いに備《そな》えて砦《とりで》をつくっていた)をはなれては、いつ袁紹《えんしょう》が攻《せ》めてくるかわかりませぬ」

「劉備《りゅうび》の勢力《せいりょく》は、まださほどたいしたことはありません。みすみす袁紹《えんしょう》にすきを見《み》せずとも」

「いや。わたしは袁紹《えんしょう》を昔《むかし》から知《し》っている。臨機応変《りんきおうへん》(状況《じょうきょう》に応《おう》じて対応《たいおう》をすばやく変《か》えること)に動《うご》けるやつではないから、きっとすぐには攻《せ》めてこないだろう。それにたいし、劉備《りゅうび》は放《ほう》っておけばおくほど、大《おお》きな災《わざわ》いになる。すぐにつぶさねばだめだ」

200年正月《ねんしょうがつ》、曹操《そうそう》は、大軍《たいぐん》をひきいて小沛《しょうはい》へと向《む》かった。さすがの劉備《りゅうび》もこれは予想《よそう》していなかったようで、曹操《そうそう》が城《しろ》をおさえてみると、大《おお》あわてで逃《に》げだしたらしいあとがあった。

「よほどおどろいたのでしょう。供《とも》の兵《へい》も連《つ》れずに、一人《ひとり》で逃《に》げたそうです」

曹操《そうそう》は、置《お》きざりにされていた劉備《りゅうび》の妻子《さいし》を捕《と》らえると、部下《ぶか》たちに命令《めいれい》した。

「下邳城《かひじょう》の関羽《かんう》を、なんとしても降伏《こうふく》させ、生《い》け捕《ど》りにせよ」

関羽《かんう》は、劉備《りゅうび》の部下《ぶか》というよりは同志《どうし》とよんだほうがよい存在《そんざい》である。曹操《そうそう》は以前《いぜん》から、関羽《かんう》の人柄《ひとがら》や武力《ぶりょく》に目《め》をつけていて、ぜひとも自分《じぶん》にしたがわせたいと思《おも》っていた。

曹操《そうそう》は、降伏《こうふく》してきた関羽《かんう》をたいせつにあつかった。副将軍《ふくしょうぐん》の位《くらい》を用意《ようい》し、屋敷《やしき》や金銀《きんぎん》、馬《うま》などもあたえてもてなしたが、関羽《かんう》は、お礼《れい》こそいうものの、心《こころ》を開《ひら》くようすはなかった。

――あまり、よろこんでないようだな……？

曹操《そうそう》は、関羽《かんう》の昔《むかし》からの知人《ちじん》である張遼《ちょうりょう》に命《めい》じて、その本心《ほんしん》を聞《き》きださせた。

「とてもたいせつにしてもらって、ありがたく思《おも》っている。しかし、わたしは劉備《りゅうび》どの以外《いがい》の方《かた》に仕《つか》えようとは思《おも》わない。曹操《そうそう》どのには悪《わる》いが、何《なに》か手柄《てがら》を立《た》ててひとつ恩返《おんがえ》しができたら、あとは好《す》きにさせてもらいたい」

関羽《かんう》の本心《ほんしん》を聞《き》いて、曹操《そうそう》はますます感心《かんしん》した。

「なんとか真《しん》の味方《みかた》にしたいが……まあよい。好《す》きなようにさせておこう」

曹操《そうそう》は、あらためて、袁紹《えんしょう》との戦《たたか》いに本腰《ほんごし》を入《い》れることにした。

二月《がつ》になると、袁紹《えんしょう》がみずから大軍《たいぐん》をひきいて、黄河《こうが》をわたってこようとした。

――こちらは三万《まん》、むこうは倍《ばい》、いや、四倍《ばい》か……。

曹操《そうそう》は自軍《じぐん》のすすむ方向《ほうこう》を、袁紹《えんしょう》が見誤《みあやま》るように、途中《とちゅう》で変《か》えたりしながら、なんとかまともにぶつかりあうことを避《さ》けて、黄河《こうが》の南岸《なんがん》にある白馬《はくば》（兗州西部《えんしゅうせいぶ》）へたどりつくと、こう命令《めいれい》した。

「張遼《ちょうりょう》、そして関羽《かんう》！ 先陣《せんじん》をつとめよ」

二人《ふたり》のひきいた軍《ぐん》が敵陣《てきじん》へ切《き》りこんでいく。

やがて、関羽《かんう》が敵《てき》の将軍《しょうぐん》の一人《ひとり》、顔良《がんりょう》の首《くび》を高々《たかだか》とかかげてもどってきた。

「曹操《そうそう》どの。これで失礼《しつれい》する。これまでのお志《こころざし》には感謝《かんしゃ》している」

首《くび》を置《お》き、ふかぶかと一礼《いちれい》して去《さ》っていく関羽《かんう》を、曹操《そうそう》はだまって見送《みおく》った。「追《お》わなくてよいのですか」と部下《ぶか》のひとりがいった。

「彼《かれ》なりに筋《すじ》をとおしたつもりなのだろう。追《お》ってもどうにもなるまい」

関羽《かんう》が使《つか》っていた部屋《へや》には、曹操《そうそう》からの贈《おく》り物《もの》がみな、封《ふう》も開《あ》けられずに残《のこ》っていた。

長引《ながび》く戦《たたか》い

白馬《はくば》では勝《か》ったものの、袁紹軍《えんしょうぐん》との戦《たたか》いはその後《ご》、場所《ばしょ》を西《にし》へと移《うつ》しながら、何《なん》カ月《がつ》もつづいた。

途中《とちゅう》、袁紹軍《えんしょうぐん》が高《たか》い城壁《じょうへき》のようなやぐらをつくり、そこから矢《や》を雨《あめ》のように射《い》かけてきたときは、さすがの曹操軍《そうそうぐん》も弱《よわ》りはてた。

「よし。あれに対抗《たいこう》できる武器《ぶき》を考《かんが》えよう」

曹操《そうそう》は大《おお》きな石《いし》をてこの原理《げんり》で遠《とお》くへ飛《と》ばす装置《そうち》をつくり、移動《いどう》できるように車《くるま》をつけた。

この発石車《はっせきしゃ》で、曹操軍《そうそうぐん》は袁紹軍《えんしょうぐん》のやぐらをかたっぱしからこわし、反撃《はんげき》した。

「武器《ぶき》はつくれても、食糧《しょくりょう》はな……そろそろ許《きょ》へもどったほうがよいだろうか」

弱気《よわき》になった曹操《そうそう》が許《きょ》の荀彧《じゅんいく》に手紙《てがみ》を書《か》くと「いまがまさに天下分《てんかわ》け目《め》。撤退《てったい》はなりませぬ。

いまたえぬけばかならず勝《か》ちます」ときびしい叱咤激励《しったげきれい》の返事《へんじ》がきた。

「もうしあげます。袁紹《えんしょう》の部下《ぶか》、許攸《きょゆう》が降伏《こうふく》してきました」

「なに！　それはすばらしい。さっそく会《あ》ってみよう」

袁紹《えんしょう》と仲《なか》たがいして寝返《ねがえ》ってきた許攸《きょゆう》は、敵《てき》の食糧輸送《しょくりょうゆそう》をする隊《たい》がいつどこをとおるかという、
またとない情報《じょうほう》を曹操《そうそう》につたえた。

「信用《しんよう》してだいじょうぶでしょうか。もし、敵方《てきがた》の計略《けいりゃく》であったら」

「袁紹《えんしょう》にそこまでのふかい作戦《さくせん》はなかろう。わたしはこの情報《じょうほう》に賭《か》ける」

曹操《そうそう》は不安《ふあん》がる部下《ぶか》たちの意見《いけん》をしりぞけると、軍《ぐん》の本隊《ほんたい》を曹洪《そうこう》にまかせ、ごく少数《しょうすう》の腕《うで》のたつ者《もの》だけを連《つ》れて、この食糧輸送隊《しょくりょうゆそうたい》を襲撃《しゅうげき》した。

これにより、袁紹軍《えんしょうぐん》は総《そう》くずれとなり、袁紹《えんしょう》はわずかな供《とも》だけを連《つ》れて逃《に》げていった。

「もう一息《ひといき》だ！　みな、がんばってくれ」

２０１年《ねん》の四月《がつ》、曹操《そうそう》はさらに軍《ぐん》をすすめ、袁紹《えんしょう》の支配地域《しはいちいき》をじわじわとうばいとった。また、劉備《りゅうび》が袁紹軍《えんしょうぐん》に加《くわ》わっていることを知《し》ると、劉備《りゅうび》が守《まも》っていた豫州《よしゅう》の汝南《じょなん》も攻《せ》めた。

「劉備《りゅうび》はまた逃《に》げたそうです」

「よくよく、逃《に》げ足《あし》のはやいやつだな。まあいい。そのうちもっと思《おも》い知《し》らせてやる」

そして、２０２年《ねん》の五月《がつ》になると、袁紹《えんしょう》が病死《びょうし》した。

――うむ。ここからは、袁家《えんけ》のあとつぎ争《あらそ》いのようすをにらみながらの戦《たたか》いだな。

袁紹《えんしょう》には袁譚《えんたん》・袁熙《えんき》・袁尚《えんしょう》という三人《にん》の息子《むすこ》がいるが、彼《かれ》らはあまり兄弟仲《きょうだいなか》がよくない。

「きっと後継者争《こうけいしゃあらそ》いがおきます。それを利用《りよう》しましょう」

こう進言《しんげん》したのは、有能《ゆうのう》な部下《ぶか》の一人《ひとり》、郭嘉《かくか》だった。

曹操《そうそう》はそのことばにしたがい、袁家《えんけ》のうちわもめを利用《りよう》しながら、２０５年《ねん》には袁譚《えんたん》を討《う》ち、また２０７年《ねん》には、遼東《りょうとう》（幽州《ゆうしゅう》の郡《ぐん》のひとつ）に逃《に》げこんだ袁熙《えんき》と袁尚《えんしょう》の首《くび》を、公孫康《こうそんこう》（遼東郡《りょうとうぐん》の太守《たいしゅ》）からさしださせることに成功《せいこう》した。

こうして曹操《そうそう》は、河北一帯《かほくいったい》をじぶんの支配下《しはいか》におさめることになった。

三国志《さんごくし》コラム

袁紹《えんしょう》、袁術《えんじゅつ》——一族《いちぞく》仲《なか》の悪《わる》い袁家《えんけ》

袁家《えんけ》は、袁紹《えんしょう》・袁術兄弟《えんじゅつきょうだい》の祖父《そふ》の祖父《そふ》にあたる袁安《えんあん》が司《し》徒《と》をつとめて以来《いらい》、四人《にん》も三公《さんこう》（22ページ参照《さんしょう》）を出《だ》した名家《めいか》として知《し》られていました。

袁紹《えんしょう》と袁術《えんじゅつ》との関係《かんけい》は「正史《せいし》」でははっきりしませんが、「注《ちゅう》」では、二人《ふたり》が異母兄弟《いぼきょうだい》で、弟《おとうと》の袁術《えんじゅつ》が父《ちち》の家《いえ》を継《つ》ぎ、兄《あに》の袁紹《えんしょう》は早《はや》くに亡《な》くなっていた伯父《おじ》の家《いえ》を継《つ》いだこと、その理由《りゆう》は、袁紹《えんしょう》の母《はは》が父《ちち》の正妻《せいさい》ではなかったからであることなどの説《せつ》が紹介《しょうかい》されています。

おそらく二人《ふたり》の両方《りょうほう》が、「ほんとうの袁一族《えんいちぞく》の長《おさ》はじぶんだ。いつかしたがわせてやる」との思《おも》いを相手《あいて》に抱《いだ》いていたためでしょう。二人《ふたり》はことあるごとに、まわりをまきこんだ大《おお》がかりな争《あらそ》いをおこします。

「四、孫権《そんけん》の章《しょう》」の主人公《しゅじんこう》である孫権《そんけん》の父《ちち》・孫堅《そんけん》が命《いのち》を落《お》としたのも、この二人《ふたり》の争《あらそ》いが遠因《えんいん》となっています。

性格《せいかく》は、袁紹《えんしょう》のほうがどちらかというとおおらかで、人《ひと》に出《だ》しぬかれたりする一面《めん》をもつ人物《じんぶつ》

とされるのにたいし、袁術《えんじゅつ》のほうは、策略《さくりゃく》好《ず》きでうたがいぶかく、ぜいたくが好《す》きで、かつ「じぶんがいつかは皇帝《こうてい》に」との野心《やしん》を隠《かく》しきれない人物《じんぶつ》として描《えが》かれています。

名家出身《めいかしゅっしん》の二人《ふたり》は、若《わか》いころからさまざまな人《ひと》と交流《こうりゅう》があったようですが、なかでも、袁紹《えんしょう》と曹操《そうそう》とは、ごく親《した》しい友人《ゆうじん》としてつきあっていたといわれます。

袁紹《えんしょう》と曹操《そうそう》が若《わか》いころ、結婚式《けっこんしき》をしている家《いえ》へしのびこみ、花嫁《はなよめ》を盗《ぬす》みだして逃《に》げるという悪事《あくじ》をはたらいたことがありました。

目的《もくてき》をはたしてあとは逃《に》げるだけになったとき、袁紹《えんしょう》がイバラの茂《しげ》みにはまり、トゲに刺《さ》されるのがいやで動《うご》けないでいると、曹操《そうそう》が「泥棒《どろぼう》はここだ！」とさけんだので、袁紹《えんしょう》は必死《ひっし》になって茂《しげ》みから飛《と》びだした、というエピソードが、二人《ふたり》の悪友《あくゆう》ぶりや、それぞれの性格《せいかく》のちがいを描《えが》くものとして親《した》しまれています。

ただこれは、４００年代前半《ねんだいぜんはん》に劉義慶《りゅうぎけい》によって書《か》かれた「世説新語《せせつしんご》」という本《ほん》にのっている話《はなし》で、「正史《せいし》」および「注《ちゅう》」「演義《えんぎ》」にはこうした記述《きじゅつ》はありません。

なお、袁紹《えんしょう》には少《すく》なくとも三人《にん》の男子《だんし》がいましたが、父《ちち》の影響《えいきょう》だったのか、やはり兄弟間《きょうだいかん》で後継者《こうけいしゃ》をめぐる争《あらそ》いがおき、それがもとで袁家《えんけ》は滅亡《めつぼう》してしまいます。

一方《いっぽう》の袁術《えんじゅつ》の子《こ》は孫策《そんさく》に保護《ほご》され、のちに、男子《だんし》は孫権《そんけん》の部下《ぶか》に、女子《じょし》は妻《つま》の一人《ひとり》になりました。

南《みなみ》へ——長阪坡《ちょうはんは》の戦《たたか》い

２０８年《ねん》になった。

「つぎは、南《みなみ》だ。荊州《けいしゅう》も支配下《しはいか》に置《お》こう」

荊州《けいしゅう》の刺史《しし》・劉表《りゅうひょう》は温厚《おんこう》な人柄《ひとがら》との評判《ひょうばん》であった。しかし、じつは袁紹《えんしょう》とおなじく、後継者問《こうけいしゃもん》題《だい》をうまく解決《かいけつ》できず、うちわもめの要素《ようそ》があることを、曹操《そうそう》は見《み》のがさなかった。

病床《びょうしょう》にあった劉表《りゅうひょう》は、曹操《そうそう》の軍《ぐん》が荊州《けいしゅう》に着《つ》く前《まえ》に亡《な》くなった。

「劉琮《りゅうそう》どのが、降伏《こうふく》するといってきました」

「決断《けつだん》のはやいことだ。おじけづいたのか。劉琮《りゅうそう》とは弟《おとうと》のほうだな。まあよいだろう」

せせら笑《わら》った曹操《そうそう》に、またあの名前《なまえ》が聞《き》こえてきた。

「もうしあげます。劉表《りゅうひょう》どのの客分《きゃくぶん》であった劉備《りゅうび》が、逃《に》げだしました」

——またか。今度《こんど》はのがさぬぞ。

「どちらへむかっている」

「南《みなみ》です」

「よし。追撃《ついげき》だ！」

曹操《そうそう》は、五千《せん》の兵《へい》を選《え》りすぐり、みずからひきいて追《お》った。そのいきおいは、一日《にち》で１２０キロもすすむほどであった。

「あれだ。あそこに劉備《りゅうび》たちがいるぞ」

曹操軍《そうそうぐん》は長阪坡《ちょうはんは》（荊州南郡《けいしゅうなんぐん》。坡《は》は坂《さか》とか丘《おか》をあらわす）で劉備《りゅうび》の一行《いっこう》を見《み》つけた。

「曹操《そうそう》さま。兵《へい》ではない、一般《いっぱん》の者《もの》がおおぜいいますが……」

「犠牲《ぎせい》にするなり、捕《と》らえるなり、どうとでもせよ。劉備《りゅうび》をしとめるのが最優先《さいゆうせん》だ！」

何度《なんど》も劉備《りゅうび》に逃《に》げられている曹操《そうそう》は、怒《いか》りで残酷《ざんこく》になっていた。

「だめです。劉備《りゅうび》には、腕《うで》のたつ部下《ぶか》が幾人《いくにん》もついています」

「しかもみな、劉備《りゅうび》を守《まも》るために、命《いのち》も体《からだ》も投《な》げだして立《た》ちはだかってくる者《もの》ばかりです」

――劉備《りゅうび》のやつ！

部下《ぶか》に手《て》こずっているうちに、劉備本人《りゅうびほんにん》はどうやらまたしても逃《に》げてしまったらしい。

「まあよい。それでも、もはやこの地一帯《ちいったい》がわがものになったことにはちがいない」

荊州《けいしゅう》のつぎは。

曹操《そうそう》の頭《あたま》の中《なか》には、すでにこれからの進軍計画《しんぐんけいかく》ができあがりつつあった。

三国志《さんごくし》コラム

徐庶《じょしょ》――新野《しんや》・樊城《はんじょう》の戦《たたか》い、博望坡《はくぼうは》の戦《たたか》い

「演義《えんぎ》」には、長阪坡《ちょうはんは》の戦《たたか》いより以前《いぜん》の、207年《ねん》の出来事《できごと》として、「正史《せいし》」にはのっていない、曹操《そうそう》の負《ま》け戦《いくさ》のエピソードがふたつ、記《しる》されています。

ひとつは新野《しんや》・樊城《はんじょう》の戦《たたか》いで、もうひとつは博望坡《はくぼうは》の戦《たたか》いです。

新野《しんや》・樊城《はんじょう》の戦《たたか》いでは、まず、曹操《そうそう》の信頼《しんらい》する部下《ぶか》・曹仁《そうじん》が、五千《せん》の兵《へい》をさしむけて、劉備《りゅうび》のいる新野城《しんやじょう》を攻撃《こうげき》します。しかし、趙雲《ちょううん》と劉備《りゅうび》にむかえうたれ、退却《たいきゃく》するところを、さらに関羽《かんう》と張飛《ちょうひ》に攻撃《こうげき》されて、ほぼ全滅《ぜんめつ》してしまいます。

怒《おこ》った曹仁《そうじん》は、今度《こんど》は、そのとき自分《じぶん》のもとにいた全戦力《ぜんせんりょく》、二万《まん》五千《せん》の兵《へい》を送《おく》りこみます。これをうちやぶるのに大《おお》きな手柄《てがら》を立《た》てたのが徐庶《じょしょ》という人物《じんぶつ》です。

徐庶《じょしょ》は、劉備《りゅうび》と諸葛亮《しょかつりょう》をむすびつけた人物《じんぶつ》として知《し》られています（103ページ参照《さんしょう》）。

博望坡《はくぼうは》の戦《たたか》いは、その諸葛亮《しょかつりょう》が、劉備《りゅうび》の部下《ぶか》となってはじめての活躍《かつやく》の場《ば》として描《えが》かれています。

新野《しんや》・樊城《はんじょう》での負《ま》けをとりもどそうと、曹操《そうそう》は十万《まん》の軍勢《ぐんぜい》をあらためて出陣《しゅつじん》させます。

たいする劉備軍《りゅうびぐん》は一万《まん》にも達《たっ》しません。兵力《へいりょく》では圧倒的《あっとうてき》におとる劉備軍《りゅうびぐん》でしたが、諸葛亮《しょかつりょう》の考《かんが》えた、火《ひ》をたくみにあやつる作戦《さくせん》によって、曹操軍《そうそうぐん》に圧勝《あっしょう》します。

「正史《せいし》」にはない戦《たたか》いですが、「演義《えんぎ》」では、あらたに劉備《りゅうび》の部下《ぶか》となった、徐庶《じょしょ》と諸葛亮《しょかつりょう》、二人《ふたり》の活躍《かつやく》を、これから劉備《りゅうび》がどんどんと力《ちから》を増《ま》していくきっかけとして、華々《はなばな》しく描《えが》きたかったのではないでしょうか。

ただ、諸葛亮《しょかつりょう》がこれ以後《いご》、劉備《りゅうび》のたいせつな右腕《みぎうで》となり、のちの蜀《しょく》を背負《せお》う存在《そんざい》になるのにたいし、徐庶《じょしょ》のほうは、母親《ははおや》を曹操《そうそう》に連《つ》れ去《さ》られたことがきっかけとなって、劉備《りゅうび》のもとから去《さ》っていきます。

この母親《ははおや》について、「正史《せいし》」はたんに「母《はは》が曹操《そうそう》に連《つ》れ去《さ》られたので、徐庶《じょしょ》は劉備《りゅうび》に別《わか》れを告《つ》げて曹操《そうそう》にしたがうことにした」と記《しる》しているだけですが、「演義《えんぎ》」ではいくらかちがった展開《てんかい》になっています。徐庶《じょしょ》の活躍《かつやく》を見《み》た曹操《そうそう》が、どうしても徐庶《じょしょ》を劉備《りゅうび》からうばって自分《じぶん》の手元《てもと》に置《お》きたいと希望《きぼう》したため、曹操《そうそう》の部下《ぶか》の程昱《ていいく》が、連《つ》れ去《さ》った母親《ははおや》を利用《りよう》し、「そなたがきてくれないと殺《ころ》される」という、母親《ははおや》のにせ手紙《てがみ》を出《だ》して、徐庶《じょしょ》をおびきよせたというのです。

にせの手紙《てがみ》で曹操《そうそう》のところへきた徐庶《じょしょ》。しかし、息子《むすこ》と再会《さいかい》した母親《ははおや》は、「なぜそなたは劉備《りゅうび》さまのようなよい主君《しゅくん》を捨《す》ててきたのか」となげき、自殺《じさつ》してしまったと、「演義《えんぎ》」は書《か》いています。

母《はは》の死後《しご》、徐庶《じょしょ》は「正史《せいし》」でも「演義《えんぎ》」でも、ほとんど活躍《かつやく》の場《ば》がありません。新野《しんや》・樊城《はんじょう》での活躍《かつやく》が華々《はなばな》しい分《ぶん》、かえって気《き》の毒《どく》な人物《じんぶつ》といえるかもしれません。

赤壁《せきへき》の戦《たたか》い

「せっかく水軍《すいぐん》を得《え》たのだ。この機会《きかい》をのがす手《て》はない。一気《いっき》に孫権《そんけん》もやぶり、南《みなみ》へ支配《しはい》を広《ひろ》げよう」

孫権《そんけん》は孫堅《そんけん》の次男《じなん》だ。八年前《ねんまえ》に亡《な》くなった兄《あに》・孫策《そんさく》のあとをつぎ、揚州《ようしゅう》で支配力《しはいりょく》を増《ま》している。まだ若《わか》いが、なかなかの人物《じんぶつ》のようで、すぐれた人材《じんざい》も多《おお》くかかえているらしい。いまのうちにたたいておいたほうがよいだろう。

……そちらでいっしょに狩《か》りをしよう。

いっしょに狩《か》りをする――これは、皇帝《こうてい》がじぶんの支配地《しはいち》を見《み》まわるときのことばだ。「したがわないなら、攻《せ》めるぞ」と告《つ》げるのとおなじこのことばを、曹操《そうそう》は孫権《そんけん》あての手紙《てがみ》に書《か》いて送《おく》った。

こちらは、ひきいてきた三十万《まん》の兵《へい》に加《くわ》え、荊州《けいしゅう》で得《え》た水軍《すいぐん》が十万《まん》。負《ま》けるはずがない。

長江《ちょうこう》の中流《ちゅうりゅう》、赤壁《せきへき》の地《ち》に、曹操《そうそう》の命令《めいれい》にしたがう兵《へい》がびっしりと陣《じん》をしいた。

ところがしばらくすると――。

「曹操《そうそう》さま。病《やまい》にたおれた者《もの》が多《おお》く、とても船《ふね》を動《うご》かせそうにありません」

「陸上《りくじょう》もおなじです。歩《ある》ける者《もの》のほうが少《すく》ないくらいです」

どういうわけか、多《おお》くの兵《へい》が病気《びょうき》になってしまった。これでは、いくら多《おお》くの兵《へい》がいても、戦《せん》力《りょく》にはならない。曹操《そうそう》ははじめ、船酔《ふなよ》いかなにかだろうと軽《かろ》んじていたのだが、原因不明《げんいんふめい》の病気《びょうき》はあっという間《ま》に広《ひろ》がり、原因《げんいん》も治療法《ちりょうほう》も、まだわかっていなかった。

「もうしあげます。孫権軍《そんけんぐん》の中《なか》から、降伏《こうふく》したいという書状《しょじょう》をもった使者《ししゃ》がまいりました」

——助《たす》かった。

「よし。承知《しょうち》したとつたえよ」

敵船《てきせん》から小舟《こぶね》が何艘《なんそう》かこちらへむかってくる。

ほっとしていた曹操《そうそう》のもとに、つぎに飛《と》びこんできたのは、自軍《じぐん》の兵《へい》たちの絶叫《ぜっきょう》だった。

「うわぁ！　助《たす》けてくれ。火事《かじ》だ。火事《かじ》だぁ！　火《ひ》をつけられたぞ」

「燃《も》えうつるぞ。船《ふね》と船《ふね》とが近《ちか》すぎるんだ。なんとかしろ。動《うご》きがとれない！」

一隻《いっせき》、また一隻《いっせき》と、数《かぞ》える間《ま》もなく、船《ふね》が火《ひ》と煙《けむり》につつまれていくのを、曹操《そうそう》はどうすることもできなかった。

じつは、降伏《こうふく》とは嘘《うそ》で、こちらの船《ふね》に近《ちか》づき火《ひ》をつけるための、孫権側《そんけんがわ》の計略《けいりゃく》だったのだ。

「やむをえぬ！　自力《じりき》で逃《に》げられる者《もの》だけ、逃《に》げよ」

——これは、大《おお》きな敗北《はいぼく》だ。なんということだ。なんという……。

まっ赤《か》な炎《ほのお》と、追撃《ついげき》してくる敵兵《てきへい》とに追《お》われ、曹操《そうそう》は必死《ひっし》で、故郷《こきょう》・譙《しょう》へとむかった。

龐統《ほうとう》――連環《れんかん》の計《けい》

「演義《えんぎ》」では、赤壁《せきへき》の戦《たたか》いについて、「正史《せいし》」よりもずっとくわしく、とりあげています。

曹操《そうそう》と、孫権《そんけん》の部下《ぶか》・周瑜《しゅうゆ》とが、たがいに相手《あいて》の内情《ないじょう》をさぐりあううち、周瑜《しゅうゆ》のにせ手紙《てがみ》にだまされた曹操《そうそう》が、じぶんの味方《みかた》を誤解《ごかい》して殺《ころ》してしまう話《はなし》や、周瑜《しゅうゆ》から「十日以内《とおかいない》に矢《や》を十万本《まんぼん》用意《ようい》せよ」といわれた諸葛亮《しょかつりょう》が、「三日《みっか》でできる」とこたえ、周瑜《しゅうゆ》と曹操《そうそう》、両方《りょうほう》をうまく利用《りよう》して、ほんとうに十万本《まんぼん》の矢《や》を手《て》に入《い》れてしまう話《はなし》など、どきどきするような場面《ばめん》がたくさんあります。

ここではその中《なか》から、「連環《れんかん》の計《けい》」として有名《ゆうめい》な話《はなし》をご紹介《しょうかい》しましょう。

多《おお》くの船《ふね》をしたがえ、孫権《そんけん》・劉備《りゅうび》の連合軍《れんごうぐん》を攻《せ》めようとする曹操《そうそう》のもとを、あるとき龐統《ほうとう》という人物《じんぶつ》がおとずれます。

すぐれた人物《じんぶつ》に出会《であ》うのが大好《だいす》きな曹操《そうそう》は、知恵者《ちえしゃ》と評判《ひょうばん》だった龐統《ほうとう》の訪問《ほうもん》を歓迎《かんげい》し、じぶんの陣《じん》を案内《あんない》します。すると龐統《ほうとう》は「兵《へい》の船酔《ふなよ》いが、唯一《ゆいいつ》の弱点《じゃくてん》ですね」といいます。

曹操自身《そうそうじしん》もそれは気《き》にしていたので、「何《なに》かよい方法《ほうほう》があるか?」と問《と》うと、龐統《ほうとう》は「船《ふね》と船《ふね》とを環《かん》でつなぎ、さらに鉄《てつ》の板《いた》をわたして固定《こてい》すれば、船《ふね》のゆれがおさまって船酔《ふなよ》いがなくなるでしょう」とこたえます。

よい方法《ほうほう》だと思《おも》った曹操《そうそう》は、さっそくそれを実行《じっこう》しようとします。部下《ぶか》の一人《ひとり》が「こんなふうに船同士《ふねどうし》がつながっていると、もし敵《てき》が火攻《ひぜ》めをしてきた場合《ばあい》、燃《も》えひろがってたいへんなことになります」と進言《しんげん》すると、曹操《そうそう》は「いまならだいじょうぶだ」とこたえます。

まわりの地形《ちけい》と気候《きこう》を調《しら》べていた曹操《そうそう》は、「万一《まんいち》、火攻《ひぜ》めにされたときに危《あぶ》ないのは、東南《とうなん》から風《かぜ》が吹《ふ》く場合《ばあい》だが、いまは冬《ふゆ》だから、このあたりに東南《とうなん》から風《かぜ》が吹《ふ》くことはないはずだ」と考《かんが》えていたのでした。

ところが――吹《ふ》くはずのない、東南《とうなん》の風《かぜ》が吹《ふ》いて、曹操軍《そうそうぐん》の船《ふね》はつぎつぎと炎上《えんじょう》してしまいました。

じつは龐統《ほうとう》は、劉備《りゅうび》の間者《かんじゃ》（スパイ）だったのです。

そして、吹《ふ》くはずのない東南《とうなん》の風《かぜ》が吹《ふ》いたのは、やはり劉備《りゅうび》の部下《ぶか》、諸葛亮《しょかつりょう》による、全身全霊《ぜんしんぜんれい》を投《な》げだした祈《いの》りが、天《てん》に通《つう》じたからでした。

曹操《そうそう》に大《おお》きく痛《いた》い負《ま》けを味《あじ》わわせたこの計略《けいりゃく》のことを、船《ふね》を環《かん》で連《つら》ねさせた（つながせた）ことから、「連環《れんかん》の計《けい》」といっています。

再建《さいけん》～魏公《ぎこう》となる

――やりなおすには、何《なに》がたいせつか。

2１0年《ねん》、曹操《そうそう》はすでに五十六歳《さい》になっていた。

赤壁《せきへき》の戦《たたか》いでは大敗《たいはい》したものの、本拠地《ほんきょち》である河北《かほく》の支配《しはい》にゆらぎはない。

曹操《そうそう》はいくらか考《かんが》えを変《か》え、しばらく戦《たたか》いを避《さ》け、内政《ないせい》（自分《じぶん》の領土内《りょうどない》の政治《せいじ》）を優先《ゆうせん》することにした。戦《たたか》いがつづき、男手《おとこで》が失《うしな》われがちだったせいで荒《あ》れていた河北《かほく》の土地《とち》を、豊《ゆた》かにしようと考《かんが》えたのだ。

「何《なに》かひとつでいい、秀《ひい》でた能力《のうりょく》のある者《もの》なら、身分《みぶん》や出身《しゅっしん》、小《ち い》さな欠点《けってん》などにかかわらず、部《ぶ》下《か》に採用《さいよう》する。どんな人物《じんぶつ》でも遠慮《えんりょ》なく名《な》のりでよ」

もともと、才能《さいのう》ある者《もの》を集《あつ》めることの好《す》きな曹操《そうそう》は、あらためてこんなよびかけをおこない、さらに、「宮殿《きゅうでん》をつくり、わが拠点《きょてん》を広《ひろ》く世《よ》にしめそう」と考《かんが》えた。

曹操《そうそう》は、もとは袁紹《えんしょう》の本拠《ほんきょ》であった鄴《ぎょう》（冀州《きしゅう》の郡《ぐん》のひとつ）の地《ち》を選《えら》び、ここに銅雀台《どうじゃくだい》という名《な》の宮殿《きゅうでん》を建《た》てた。銅雀台《どうじゃくだい》は、「空中《くうちゅう》に浮《う》いてみえる」といわれるほどの高《たか》さがあり、また眼下《がんか》には美《うつく》しい庭園《ていえん》がつくられていた。

こうして、足元《あしもと》をたてなおした曹操《そうそう》は、2１1年《ねん》には西《にし》どなりに勢力《せいりょく》をもっていた馬超《ばちょう》、韓遂《かんすい》ら《せ》を攻め、支配地域《しはいちいき》を広《ひろ》げた。

「曹操《そうそう》さま。帝《みかど》が、あなたさまの功績《こうせき》をたたえ、魏公《ぎこう》となさりたいとのことです」

曹操《そうそう》はすでに、王朝《おうちょう》の家臣《かしん》としてはこれ以上《いじょう》ない位《くらい》である「丞相《じょうしょう》」とされていた。それをあらためて「魏公《ぎこう》」というのは、漢王朝《かんおうちょう》の下《した》に、別《べつ》の国《くに》があると認《みと》められるのとおなじで、これまでにない大《おお》きな権力《けんりょく》を、王朝《おうちょう》がみとめたことを意味《いみ》している。

——魏公《ぎこう》か。悪《わる》くないな。ただ、荀彧《じゅんいく》はどう思《おも》うだろう。

みなが曹操《そうそう》をたたえる中《なか》で、ただ一人《ひとり》、荀彧《じゅんいく》だけは、曹操《そうそう》のこうしたふるまいを、「漢王朝《かんおうちょう》をないがしろにするものだ」と、あまりよく思《おも》っていないようだった。そのせいで、曹操《そうそう》と荀彧《じゅんいく》の仲《なか》は、以前《いぜん》のような信頼《しんらい》に満《み》ちた関係《かんけい》ではなくなりつつあった。

「もうしあげます。孫権《そんけん》が濡須口《じゅしゅこう》に七万《まん》の兵《へい》をすすめてきました」

曹操《そうそう》は濡須口《じゅしゅこう》（揚州九江郡《ようしゅうきゅうこうぐん》。長江《ちょうこう》の支流《しりゅう》である濡須水《じゅしゅすい》という川《かわ》の河口《かこう》）へ進軍《しんぐん》したが、荀彧《じゅんいく》は病気《びょうき》を理由《りゆう》に同行《どうこう》せず、まもなく亡《な》くなった。

翌年《よくねん》の２１３年《ねん》、曹操《そうそう》は正式《せいしき》に魏公《ぎこう》とよばれるようになり、帝《みかど》から、九錫《きゅうしゃく》（とくに功労《こうろう》ある者《もの》を優遇《ゆうぐう》するために皇帝《こうてい》があたえた九種《しゅ》の品物《しなもの》、車馬《しゃば》・衣服《いふく》・楽器《がっき》・弓矢《ゆみや》などのこと）をたまわった。

三国志《さんごくし》コラム

荀彧《じゅんいく》——その死《し》をめぐって

曹操《そうそう》にとって右腕《みぎうで》ともいってよい人材《じんざい》であったはずの荀彧《じゅんいく》ですが、その最期《さいご》は、あまり恵《めぐ》まれたものとはいえなかったようです。

「正史《せいし》」には「病気《びょうき》になり、心《こころ》の晴《は》れないまま亡《な》くなった」としか書《か》かれていませんが、「注《ちゅう》」と「演義《えんぎ》」には、おおよそつぎのようなエピソードが残《のこ》っています。

荀彧《じゅんいく》のところに、曹操《そうそう》から蓋《ふた》つきの器《うつわ》で食《た》べ物《もの》が贈《おく》られてきて、封《ふう》には曹操《そうそう》の直筆《じきひつ》が書《か》かれていた。ところが、開《あ》けてみると、それは空《から》っぽの器《うつわ》だった。これを見《み》て、荀彧《じゅんいく》は毒《どく》を飲《の》んで死《し》んでしまった、というのです。

なぜ荀彧《じゅんいく》は死《し》を選《えら》んだのでしょう？　これは、曹操《そうそう》からの贈《おく》り物《もの》が、どう返事《へんじ》をしても叱責《しっせき》を受《う》けるものだと荀彧《じゅんいく》が考《かんが》えたからだといわれます。

1、（中身《なかみ》のことをいわずに）「ありがとうございました」といった場合《ばあい》
→中身《なかみ》を入《い》れ忘《わす》れたのに、なぜ礼《れい》をいうのだ、わしをばかにするのか、無礼者《ぶれいもの》。

2、「中《なか》は空《から》でした」といった場合《ばあい》
→わしの直筆《じきひつ》の封《ふう》がしてあったのに、中《なか》が空《から》のはずがない。嘘《うそ》をつくな、無礼者《ぶれいもの》。

3、何《なに》もいわない
↓贈《おく》り物《もの》をしたのに礼《れい》をいわないとは何事《なにごと》だ、無礼者《ぶれいもの》。

荀彧《じゅんいく》はじぶんだけでなく、兄《あに》・荀衍《じゅんえん》や甥《おい》・荀攸《じゅんゆう》もともに曹操《そうそう》に仕《つか》え、さらに、清流派《せいりゅうは》（14ページ参照《さんしょう》）の人材《じんざい》を多《おお》く曹操《そうそう》に紹介《しょうかい》しました。

また、曹操《そうそう》の娘《むすめ》の一人《ひとり》（安陽公主《あんようこうしゅ》）は、荀彧《じゅんいく》の長男《ちょうなん》・荀惲《じゅんうん》と結婚《けっこん》するなど、曹操《そうそう》ととても近《ちか》い間柄《あいだがら》になっていましたが、荀一族《じゅんいちぞく》はみな、いたって謙虚《けんきょ》で質素《しっそ》であったと、「正史《せいし》」では評価《ひょうか》されています。

公《こう》から王《おう》へ――魏王《ぎおう》となる

――わたしが魏公《ぎこう》となったことを、よく思《おも》わぬ者《もの》がまだいるな。

王朝《おうちょう》はやはり血筋《ちすじ》を重《おも》んじるべきだと考《かんが》える者《もの》が多《おお》い。

曹操《そうそう》は、じぶんの娘《むすめ》を三人《にん》、帝《みかど》の後宮《こうきゅう》に入《い》れ、血筋《ちすじ》でのつながりをもつことにした。

「曹操《そうそう》さまは、帝《みかど》の外戚《がいせき》になるおつもりなのだな」

「まあ、いくらなんでもご自身《じしん》が皇帝《こうてい》になることはできないからな。娘《むすめ》のだれかに皇子《おうじ》が生《う》まれれば、曹操《そうそう》さまの血《ち》を引《ひ》く帝《みかど》となるわけだ」

「しかし、どうだろう。帝《みかど》にはすでに伏皇后《ふくこうごう》がおいでだ。しかも伏皇后《ふくこうごう》には皇子《おうじ》が二人《ふたり》ある。まさか……」

「曹操《そうそう》さまのことだ。どんな手《て》を使《つか》うか、わからないぞ。帝《みかど》も内心《ないしん》、いつ殺《ころ》されるかわからないとおびえていらっしゃる」

ひそひそと、こんな話《はなし》をする者《もの》もいないではなかったが、みな曹操《そうそう》をおそれて何《なに》もいわなかったので、曹操《そうそう》はつぎつぎと、じぶんの権力《けんりょく》をのばすことを考《かんが》えた。

214年《ねん》十一月《がつ》。曹操《そうそう》は、伏皇后《ふくこうごう》を処刑《しょけい》した。理由《りゆう》は、皇后《こうごう》が父親《ちちおや》にあてた手紙《てがみ》の中《なか》で、帝《みかど》について事実《じじつ》でないことを述《の》べて侮辱《ぶじょく》した、というものだった。

いうまでもなく、二人《ふたり》の皇子《おうじ》もいっしょに処刑《しょけい》された。

新《あたら》しい皇后《こうごう》には、曹操《そうそう》の娘《むすめ》の一人《ひとり》が選《えら》ばれた。

216年《ねん》になると、帝《みかど》は「曹操《そうそう》を魏王《ぎおう》とする」、と発表《はっぴょう》した。

魏王《ぎおう》となったあとも、曹操《そうそう》は、西南《せいなん》の劉備《りゅうび》、東南《とうなん》の孫権《そんけん》をしたがわせようと試《こころ》みたが、いずれも完全《かんぜん》に支配下《しはいか》に置《お》くまでにはいたらなかった。

死《し》と遺言《ゆいごん》

220年正月《ねんしょうがつ》、曹操《そうそう》は洛陽《らくよう》にいた。

「もうしあげます。孫権《そんけん》どのから、献上品《けんじょうひん》でございます」

「ほう、なんだろう」

孫権《そんけん》はしばらく前《まえ》に、西《にし》の劉備《りゅうび》と対抗《たいこう》するために、曹操《そうそう》に対《たい》して「支配下《しはいか》にあるものとしてあつかってください」と、もうしでてきていた。

開《あ》けてみると、そこに入《はい》っていたのは、男《おとこ》の首《くび》である。

「関羽《かんう》……」

首《くび》の顔《かお》は、見覚《みおぼ》えがあった。劉備《りゅうび》の右腕《みぎうで》で、かつて曹操自身《そうそうじしん》も部下《ぶか》としていたことのある、関《かん》羽《う》である。

曹操《そうそう》の胸《むね》のうちを、これまでのさまざまなことが、よぎっていった。

じぶんもすでに六十六歳《さい》。関羽《かんう》もおおよそ同年代《どうねんだい》だ。

いっぽうで、孫権《そんけん》はじぶんたちよりずっと若《わか》い。息子《むすこ》ぐらいの年代《ねんだい》だ。

「この首《くび》を、丁重《ていちょう》に葬《ほうむ》るように。くれぐれも、失礼《しつれい》のないようにな」

そう命《めい》じると、曹操《そうそう》はどっと病《やまい》の床《とこ》についた。すぐに、息子《むすこ》たち、重臣《じゅうしん》たちが集《あつ》められた。

「これは遺言《ゆいごん》だ。よく聞《き》くように」

「父上《ちちうえ》。そんな悲《かな》しいことをおおせになっては困《こま》ります」

「いいや。これからたいせつなことを話《はな》す。よく聞《き》きなさい」

曹操《そうそう》は小《ちい》さいが、しかししっかりとした声《こえ》で、その場《ば》にいた者《もの》たちにいいのこした。

「世《よ》はまだ乱《みだ》れている。わたしが死《し》んだら、喪《も》に服《ふく》す期間《きかん》はごく短《みじか》く、葬儀《そうぎ》も質素《しっそ》にせよ。兵《へい》たちを、葬儀《そうぎ》のために持《も》ち場《ば》をはなれさせたりなど、しなくていい。それから、わたしの亡骸《なきがら》は、普段着《ふだんぎ》で包《つつ》め。まちがっても、金銀財宝《きんぎんざいほう》などを、墓《はか》に入《い》れぬように」

２２０年《ねん》一月《がつ》二十三日《にち》、曹操《そうそう》はこの世《よ》を去《さ》った。

三国《さんごく》のひとつ、魏《ぎ》の将来《しょうらい》は、ひとまず、息子《むすこ》の曹丕《そうひ》に、たくされることになった。

三国志《さんごくし》コラム

曹操《そうそう》——自信《じしん》、コンプレックス、家族《かぞく》……

「演義《えんぎ》」では悪役《あくやく》あつかいの曹操《そうそう》ですが、「正史《せいし》」では、よくも悪《わる》くも、三国志《さんごくし》の中心《ちゅうしん》をなす人物《じんぶつ》として描《えが》かれています。

有能《ゆうのう》な人材《じんざい》を集《あつ》めることにこだわった曹操《そうそう》は、若《わか》いころから、じぶん自身《じしん》の能力《のうりょく》にも、とても自信《じしん》をもっていたようです。

あるとき、人物批評《じんぶつひひょう》で有名《ゆうめい》な許劭《きょしょう》という人《ひと》に会《あ》いにいった曹操《そうそう》は、許劭《きょしょう》に「わたしはどういう人物《じんぶつ》か」とたずねます。すると許劭《きょしょう》から、「君《きみ》は治世《ちせい》の能臣《のうしん》、乱世《らんせ》の奸雄《かんゆう》だ」というこたえが返《かえ》ってきたといいます。

これは、「平和《へいわ》ならばすぐれた官僚《かんりょう》、乱《みだ》れた世《よ》では、手段《しゅだん》を選《えら》ばない、悪知恵《わるぢえ》のはたらく英雄《えいゆう》」というような意味《いみ》ですが、このこたえを、曹操《そうそう》はとても気《き》にいっていたということです。

一方《いっぽう》で、曹操《そうそう》はじぶんの家系《かけい》にコンプレックスをもっていたともいいます。曹操《そうそう》の父《ちち》・曹嵩《そうすう》は、もともと曹家《そうけ》の生《う》まれではなく、養子《ようし》に入《はい》った人《ひと》なのですが、曹嵩《そうすう》の養父《ようふ》、つまり曹操《そうそう》にとって血《ち》のつながらない祖父《そふ》にあたる人《ひと》は皇帝《こうてい》に仕《つか》える宦官《かんがん》でした。

すでに述《の》べたように、宦官《かんがん》は権力《けんりょく》はありましたが、曹操《そうそう》が世《よ》の中《なか》で活躍《かつやく》しようとしたころには、多《おお》くの人《ひと》から憎《にく》まれる存在《そんざい》になっていましたので、曹操《そうそう》はこの養祖父《ようそふ》のことを話題《わだい》にされるのをとてもきらいました。

ライバル・袁紹《えんしょう》の書記《しょき》だった陳琳《ちんりん》という人《ひと》が、檄文《げきぶん》の中《なか》でこのことを書《か》くと（檄《げき》については21ページ参照《さんしょう》。戦《たたか》いに際《さい》し、袁紹《えんしょう》をたたえ、曹操《そうそう》をおとしめる文《ぶん》を書《か》いた）、普段《ふだん》は何《なに》を書《か》かれても平気《へいき》な顔《かお》をしている曹操《そうそう》が、「何《なに》も祖父《そふ》の代《だい》にさかのぼって悪口《わるぐち》を書《か》かなくても」となげいた、という話《はなし》もつたわっています。

また、古代中国《こだいちゅうごく》では、権力《けんりょく》のある男性《だんせい》が複数《ふくすう》の女性《じょせい》を妻《つま》や愛人《あいじん》にすることがあたりまえで、曹操《そう》にも十人以上《にんいじょう》の女性《じょせい》がいたことが知《し》られていますが、その一人《ひとり》で、二番目《ばんめ》の正妻《せいさい》であった丁夫人《ていふじん》との間《あいだ》には、悲《かな》しい話《はなし》がつたわっています。

実《じつ》の子《こ》のいなかった丁夫人《ていふじん》は、最初《さいしょ》の正妻《せいさい》ではやくに亡《な》くなった劉夫人《りゅうふじん》が産《う》んだ男子《だんし》・曹昂《そうこう》を養子《ようし》にして、とてもかわいがっていました。曹昂《そうこう》は、曹操《そうそう》の男子《だんし》の中《なか》では最年長《さいねんちょう》だったうえに、とても優秀《ゆうしゅう》だったので、何事《なにごと》もなければ、すんなりと曹操《そうそう》のあとつぎになると思《おも》われていました。

ところが、197年《ねん》、張繡《ちょうしゅう》と戦《たたか》っていたとき、曹昂《そうこう》は負傷《ふしょう》した曹操《そうそう》を助《たす》けようとして、じぶんが死《し》んでしまいます。それを知《し》った丁夫人《ていふじん》はひどく悲《かな》しみ、曹操《そうそう》に会《あ》うたびに「あなたはわたしの子《こ》を殺《ころ》したのに平気《へいき》な顔《かお》をしている」と責《せ》め、泣《な》きました。

それから丁夫人《ていふじん》は実家《じっか》にもどります。曹操《そうそう》はしばらくして夫人《ふじん》をたずね、「いっしょに帰《かえ》ろう」とよびかけましたが、夫人《ふじん》は布《ぬの》を織《お》る機《はた》の前《まえ》に座《すわ》ったまま、返事《へんじ》をしません。

さらに曹操《そうそう》が「まだゆるしてくれないかい?」と聞《き》きますが、やはり返事《へんじ》はありません。

最後《さいご》にもう一度《ど》、「では、ほんとうにさよならだ」といった曹操《そうそう》に、やはり夫人《ふじん》は返事《へんじ》をせず、結局二人《けっきょくふたり》は別《わか》れることになりました。

夫人《ふじん》はそれから、だれとも再婚《さいこん》することはなく、一生一人《いっしょうひとり》で過《す》ごしたということです。

その後《ご》、曹操《そうそう》の正妻《せいさい》になった卞夫人《べんふじん》は、丁夫人《ていふじん》に敬意《けいい》を表《ひょう》し、贈《おく》り物《もの》をしたり、食事《しょくじ》をともにしたりと、よい関係《かんけい》をつづけたといいます。

多《おお》くの女性《じょせい》を妻《つま》や愛人《あいじん》にしていた曹操《そうそう》には、つたわっているだけで二十五人《にん》の男子《だんし》と、七人《にん》の女子《じょし》がありましたが、あとつぎになった曹丕《そうひ》は、この卞夫人《べんふじん》の子《こ》どもです。

なお、「○夫人《ふじん》」の○は姓《せい》を、「夫人《ふじん》」は「結婚《けっこん》している女性《じょせい》」を表《あらわ》すことばです。「曹操《そうそう》の丁《てい》夫人《ふじん》」といえば、「丁《てい》という姓《せい》を名《な》のる一族出身《いちぞくしゅっしん》で、曹操《そうそう》の妻《つま》となった人《ひと》」という意味《いみ》になります。この時代《じだい》、本名《ほんみょう》や字《あざな》が記録《きろく》にのこっている女性《じょせい》は、ほとんどいません。

三国志《さんごくし》コラム

その後《ご》の魏《ぎ》はどうなったか——歴史《れきし》はくりかえす?

曹操《そうそう》は、生《い》きている間《あいだ》に皇帝《こうてい》を名《な》のることはありませんでしたが、その死後《しご》、あとをついだ曹《そう》丕《ひ》は、献帝《けんてい》から「禅譲《ぜんじょう》（君主《くんしゅ》が、その地位《ちい》を、血縁《けつえん》でない徳《とく》の高《たか》い者《もの》にゆずること）」という形《けい》式《しき》で位《くらい》をゆずられ（実際《じっさい》はうばいとったといえます）、皇帝《こうてい》となります。

２２０年《ねん》十月《がつ》、曹丕《そうひ》が三十四歳《さい》のときのことです。

曹丕《そうひ》は、漢王朝《かんおうちょう》の都《みやこ》であった洛陽《らくよう》にあらたに宮殿《きゅうでん》をつくって遷都《せんと》（都《みやこ》をうつすこと）し、法律《ほうりつ》の整備《せいび》をするなどして、魏《ぎ》の安定《あんてい》につとめましたが、六年後《ねんご》に亡《な》くなります。

あとをついだのは曹丕《そうひ》の息子《むすこ》（曹操《そうそう》の孫《まご》）の曹叡《そうえい》です。曹叡《そうえい》のまわりには、おなじ一族《いちぞく》の曹休《そうきゅう》、曹真《そうしん》らとともに、司馬懿《しばい》というすぐれた部下《ぶか》がいて、魏《ぎ》をささえましたが、丞相《じょうしょう》の諸葛亮《しょかつりょう》が活躍《かつやく》する、劉備《りゅうび》亡《な》きあとの蜀《しょく》や、孫権《そんけん》が支配《しはい》する呉《ご》との戦《たたか》いがつづいていきます。

２３９年《ねん》に曹叡《そうえい》が三十六歳《さい》の若《わか》さで亡《な》くなると、あとをついだのは曹芳《そうほう》というまだ八歳《さい》の少年《しょうねん》でした。この曹芳《そうほう》が幼《おさな》かったことと、曹叡《そうえい》の実子《じっし》ではなかったことなどから、魏《ぎ》の内部《ないぶ》に、権力《けんりょく》争《あらそ》いがおこってしまいます。

本来《ほんらい》ならば、経験《けいけん》と功績《こうせき》のある司馬懿《しばい》が、実権《じっけん》をにぎるはずと、だれもが思《おも》っていたのですが、司馬懿《しばい》とともに曹芳《そうほう》の補佐役《ほさやく》となった曹爽《そうそう》（曹操《そうそう》とおなじ一族出身《いちぞくしゅっしん》で、部下《ぶか》として活躍《かつやく》した曹真《そうしん》の子《こ》）が、弟《おとうと》たちと組《く》んで、だんだんと司馬懿《しばい》を政治《せいじ》から遠《とお》ざけ、権力《けんりょく》をにぎっていきました。

司馬懿《しばい》は、「病気《びょうき》です」といつわって、曹爽兄弟《そうそうきょうだい》らとはできるだけ会《あ》わないようにしながら、もういちど政治《せいじ》の場《ば》にもどる機会《きかい》をねらいます。

249年《ねん》の正月《しょうがつ》、曹爽《そうそう》たちが、亡《な》き曹叡《そうえい》の墓参《はかまい》りをする曹芳《そうほう》の供《とも》としてでかけ、城《しろ》を留守《るす》にしました。司馬懿《しばい》はこの機会《きかい》をのがさず、城《しろ》の武器庫《ぶきこ》などを占領《せんりょう》すると、「曹爽《そうそう》はむほん人《にん》である」という書状《しょじょう》をととのえて曹芳《そうほう》にとどけ、兄弟全員《きょうだいぜんいん》を処刑《しょけい》することに成功《せいこう》します。

251年《ねん》、司馬懿《しばい》が七十三歳《さい》で亡《な》くなると、その力《ちから》は息子《むすこ》たち（司馬師《しばし》、司馬昭《しばしょう》）へと受《う》けつがれます。

やがて、司馬一族《しばいちぞく》は、皇帝《こうてい》である曹一族《そういちぞく》をあやつるようにして権力《けんりょく》をのばします。

264年《ねん》に司馬昭《しばしょう》が晋王《しんおう》を名《な》のり、さらにその息子司馬炎《むすこしばえん》は、翌年《よくとし》の265年《ねん》、曹一族《そういちぞく》から「禅譲《ぜんじょう》」によって皇帝《こうてい》の座《ざ》をうばいとってしまいます。

こうして、曹操《そうそう》の築《きず》いた魏王朝《ぎおうちょう》は消滅《しょうめつ》し、司馬一族《しばいちぞく》による晋王朝《しんおうちょう》が、三国時代《さんごくじだい》に終《お》わりを告《つ》げるべく、登場《とうじょう》します。

漢《かん》から魏《ぎ》へ、そして、晋《しん》へ。「歴史《れきし》はくりかえす」ように、みえますね。

三国志《さんごくし》コラム

典韋《てんい》と蔡琰《さいえん》

一時代《じだい》を築《きず》いた曹操《そうそう》のまわりには、登場《とうじょう》する場面《ばめん》がそれほど多《おお》くなくとも、とても魅力的《みりょくてき》な人物《じんぶつ》やエピソードがあります。ここでは、その中《なか》から典韋《てんい》という部下《ぶか》と、蔡琰《さいえん》という女性《じょせい》、二人《ふたり》の人物《じんぶつ》について、ご紹介《しょうかい》しましょう。

典韋《てんい》は、194年《ねん》、曹操《そうそう》が呂布《りょふ》を攻《せ》めようとしたときに活躍《かつやく》し、それ以来《いらい》、曹操《そうそう》の護衛《ごえい》を担当《たんとう》するようになりました。そのようすは「昼《ひる》は一日中曹操《にちじゅうそうそう》のそばに立《た》ち、夜《よる》は曹操《そうそう》の寝所《しんじょ》のそばに泊《と》まり、じぶんの宿舎《しゅくしゃ》に帰《かえ》ることはめったになかった」と「正史《せいし》」に記《しる》されています。

大柄《おおがら》な典韋《てんい》が、お酒《さけ》も食事《しょくじ》も人《ひと》の倍《ばい》はたいらげるのを、曹操《そうそう》はとても気《き》にいっていたといいます。

197年《ねん》、いったんは曹操《そうそう》に降伏《こうふく》したはずの張繡《ちょうしゅう》が、女性《じょせい》をめぐって曹操《そうそう》にうらみをいだくようになりました。張繡《ちょうしゅう》の叔父《おじ》・張済《ちょうせい》の妻《つま》だった女性《じょせい》を、張済《ちょうせい》の死後《しご》、曹操《そうそう》がじぶんの妻《つま》の一人《ひとり》にしたのが、ゆるせなかったようです。

曹操《そうそう》はそれを知《し》り、張繡《ちょうしゅう》を殺《ころ》そうと考《かんが》えますが、反対《はんたい》に不意《ふい》打《う》ちされ、必死《ひっし》で逃《に》げだすことになってしまいます。典韋《てんい》は、曹操《そうそう》を無事《ぶじ》に逃《に》がそうと、敵《てき》の前《まえ》に立《た》ちはだかると、一人《ひとり》でおおぜいを相手《あいて》に戦《たたか》いました。全身《ぜんしん》に多《おお》くの矢《や》や刀《かたな》を受《う》けながら、最後《さいご》は敵《てき》にむかって大声《おおごえ》でどなりながら、死《し》んでいったといいます。

典韋《てんい》の死《し》の知《し》らせを受《う》けた曹操《そうそう》はひどく悲《かな》しみ、部下《ぶか》に命《めい》じて、彼《かれ》の死体《したい》を敵《てき》の陣《じん》から盗《ぬす》みださせ、丁寧《ていねい》に葬《ほうむ》りました。また、それ以後《いご》、典韋《てんい》が命《いのち》を落《お》とした場所《ばしょ》をとおるたび、かならず供《く》物《もつ》をささげて祈《いの》ったということです。

また、戦略《せんりゃく》にすぐれた曹操《そうそう》は、いっぽうで文学《ぶんがく》を愛《あい》する、すぐれた詩人《しじん》でもありました。その詩《し》は現代《げんだい》にもつたわっていて、「月明《つきあき》らかにして星《ほし》まれに、烏鵲南《うじゃくみなみ》に飛《と》ぶ（月《つき》が明《あか》るく輝《かがや》き星《ほし》がまばらな夜《よる》、カラスやカササギが南《みなみ》へ飛《と》んでいく）」などの美《うつく》しい一節《いっせつ》は、いまでも愛《あい》されています。

そんな曹操《そうそう》のまわりには、多《おお》くのすぐれた文学者《ぶんがくしゃ》が集《あつ》まっていました。「演義《えんぎ》」では、その文《ぶん》学者《がくしゃ》の娘《むすめ》と曹操《そうそう》との交流《こうりゅう》についてとりあげている箇所《かしょ》があります。

文学者蔡邕《ぶんがくしゃさいよう》の娘《むすめ》・蔡琰《さいえん》（文姫《ぶんき》）は、戦乱《せんらん》の中《なか》で北方《ほっぽう》の異民族《いみんぞく》に拉致《らち》され、その長《おさ》の妻《つま》にされていました。あとからそれを知《し》った曹操《そうそう》は、異民族《いみんぞく》と交渉《こうしょう》し、金《かね》を払《はら》って、蔡琰《さいえん》を連《つ》れもどしてやります。故郷《こきょう》へ帰《かえ》れることをよろこんだ蔡琰《さいえん》でしたが、長《おさ》との間《あいだ》にできた子《こ》どもたちを連《つ》れていくことはゆるされませんでした。蔡琰《さいえん》はそのときの悲《かな》しみを「悲憤詩《ひふんし》」という詩《し》にしました。

これは、218年《ねん》のことだとされています。

三国志《さんごくし》コラム

ヒーローたちの名《な》前《まえ》

ここまで読《よ》んでくれた読者《どくしゃ》の方《かた》の中《なか》には「劉備《りゅうび》って、玄徳《げんとく》じゃないの？」「諸葛亮《しょかつりょう》って、孔明《こうめい》でしょ」と疑問《ぎもん》に思《おも》っている方《かた》もいるかと思《おも》います。

三国志《さんごくし》の人物《じんぶつ》の名《な》には、姓《せい》と名《な》、それに字《あざな》があります。たとえば劉備《りゅうび》の場合《ばあい》は、姓《せい》が劉《りゅう》、名《な》が備《び》で、玄徳《げんとく》は字《あざな》です。

ここで、主要《しゅよう》な人物《じんぶつ》たちの名前《なまえ》について、まとめておきましょう。

姓《せい》	名《な》	字《あざな》	官職《かんしょく》／諡号《しごう》
曹《そう》	操《そう》	孟徳《もうとく》	魏公《ぎこう》（王《おう》）／太祖《たいそ》
劉《りゅう》	備《び》	玄徳《げんとく》	漢中王《かんちゅうおう》／昭烈帝《しょうれつてい》
諸葛《しょかつ》	亮《りょう》	孔明《こうめい》	丞相《じょうしょう》／忠武侯《ちゅうぶこう》
孫《そん》	権《けん》	仲謀《ちゅうぼう》	呉王《ごおう》／大皇帝《だいこうてい》
関《かん》	羽《う》	雲長《うんちょう》	／壮繆公《そうぼくこう》
張《ちょう》	飛《ひ》	益徳《えきとく》	／桓侯《かんこう》
劉《りゅう》	協《きょう》	伯和《はくわ》	／献帝《けんてい》
周《しゅう》	瑜《ゆ》	公瑾《こうきん》	

なお、本作中《ほんさくちゅう》では、わかりやすさを優先《ゆうせん》して、たいてい本名《ほんみょう》のフルネームで人物《じんぶつ》を表記《ひょうき》していますが、実際《じっさい》の会話《かいわ》では名《な》をよぶことはなく、官職名《かんしょくめい》などでよぶのが一般的《いっぱんてき》だったようです。また、子《こ》どものころからの親《した》しい間柄《あいだがら》では、字《あざな》を使《つか》ってよびあいました。

また、皇帝《こうてい》の地位《ちい》などについた人《ひと》に、死後《しご》贈《おく》られる名《な》を諡号《しごう》といいます。

二、劉《りゅう》備《び》の章《しょう》

出会《であ》い

黄巾《こうきん》の乱《らん》がおき、世《よ》の中《なか》に、不安《ふあん》の色《いろ》が濃《こ》くなってきた１８４年《ねん》――。

――義勇兵《ぎゆうへい》もとむ、か。

二十四歳《さい》の劉備《りゅうび》は、河北《かほく》の幽州涿郡《ゆうしゅうたくぐん》で、立《た》て札《ふだ》に見入《みい》っていた。

黄巾軍《こうきんぐん》を討伐《とうばつ》する兵《へい》に参加《さんか》するよう、州《しゅう》の刺史《しし》・劉焉《りゅうえん》が広《ひろ》く民衆《みんしゅう》によびかける、立《た》て札《ふだ》だった。

多《おお》くの人々《ひとびと》が、その札《ふだ》をちらっと見《み》ただけでとおりすぎる中《なか》で、劉備《りゅうび》とおなじように、立《た》ちどまってじっくり、何度《なんど》もその札《ふだ》をよむ者《もの》が、劉備《りゅうび》のほかに二人《ふたり》いた。

「あなたも、義勇軍《ぎゆうぐん》に参加《さんか》するおつもりか？」

筋骨隆々《きんこつりゅうりゅう》ではじけそうな男《おとこ》が、雷《かみなり》かと思《おも》われるほど大《おお》きな声《こえ》で劉備《りゅうび》に話《はな》しかけてきた。もう一人《ひとり》は、黒々《くろぐろ》としたほおひげが見事《みごと》な、しかしどこかまだ少年《しょうねん》のような男《おとこ》で、こちらはにこにこと笑顔《えがお》をみせている。

「ええ。ただ、一人《ひとり》で、武器《ぶき》も供《とも》もなしに行《い》っては、重《おも》くもちいてもらえないだろうと」

劉備《りゅうび》は、じぶんの天運《てんうん》を信《しん》じていた。というより、天《てん》がじぶんをためしていると思《おも》っていた。

劉《りゅう》という姓《せい》は、漢王朝《かんおうちょう》の皇帝《こうてい》とおなじだ。じつは祖先《そせん》がおなじだと聞《き》いたことがある。

劉備自身《りゅうびじしん》は、父《ちち》をはやく亡《な》くし、母《はは》との二人暮《ふたりぐ》らしは貧《まず》しいものだったが、どういうわけか、かならず助《たす》けてくれる人《ひと》があらわれた。そうして、それらの人《ひと》がかならずいうのだ。

——あなたは、かならず天下《てんか》の大物《おおもの》になる。それを見《み》こんで、いま助《たす》けるのですよ——

そうした人々《ひとびと》のおかげで、劉備《りゅうび》は学問《がくもん》をさせてもらえたり、さらにさまざまな人《ひと》と知《し》りあえたりしてきた。

これは、じぶんが天《てん》にためされているのではないか。そろそろ、そういう人《ひと》たちの恩《おん》にむくい、

世《よ》のため人《ひと》のためにつくせ、と。――劉備《りゅうび》はそう考《かんが》えて、この札《ふだ》を見《み》ていた。

「こっちの髭《ひげ》は関羽《かんう》。わしは張飛《ちょうひ》ともうす。われら二人《ふたり》、あなたの供《とも》になろう。いかがか」

いきなりの申《もう》し出《で》に、劉備《りゅうび》はおどろいた。

「いや、われらは武勇《ぶゆう》が自慢《じまん》なのだが、だれか、われらの力《ちから》を生《い》かしてくれる人《ひと》はいないかと思《おも》ってさがしていたのだ。あなたのようすを見《み》ていたら、ぜひ供《とも》になりたくなった」

――ああ、ここでもまた、天《てん》がわたしをためすらしい。

「ありがたい。ではぜひ。しかし、あなた方《がた》のようなりっぱな供《とも》がいるのに、ひきいる軍《ぐん》がいないのでは、ものたりない。とはいえ、兵《へい》をやとうようなお金《かね》もないし」

「それは、心配《しんぱい》いりません」

横《よこ》から、生地《きじ》も仕立《した》ても上等《じょうとう》の服《ふく》を着《き》た、りっぱな紳士《しんし》が二人《ふたり》、すすみでてきた。どうやら、さっきから三人《にん》のようすを見《み》ていたようだ。

「わたしたちは、商人《しょうにん》です。いまのような乱《みだ》れた世《よ》では、安心《あんしん》して商売《しょうばい》ができない。鎮《しず》めてくれるような英雄《えいゆう》が出《で》てこないだろうかと思《おも》っていました。お金《かね》のことはひきうけましょう」

紳士《しんし》はそれぞれ、張世平《ちょうせいへい》、蘇双《そそう》と名《な》のった。

「それは、ますますありがたい。さっそく、義勇軍《ぎゆうぐん》に加《くわ》わる準備《じゅんび》をします」

三国志《さんごくし》コラム

桃園《とうえん》の誓《ちか》い――若《わか》き日《ひ》の劉備《りゅうび》、張飛《ちょうひ》、関羽《かんう》

「正史《せいし》」では、三人《にん》の出会《であ》いについての細《こま》かい記述《きじゅつ》はほとんどありませんが、「演義《えんぎ》」では、これを第《だい》一話《わ》をかざる重要《じゅうよう》なエピソードとしてくわしく描写《びょうしゃ》しています。ここで印象的《いんしょうてき》なのは、外見《がいけん》の特徴《とくちょう》もふくめた、それぞれのプロフィールです。

劉備《りゅうび》については、「身長《しんちょう》173センチくらいで、両耳《りょうみみ》が肩《かた》までたれ、両手《りょうて》は膝《ひざ》の下《した》までとどき、目《め》で自分《じぶん》の耳《みみ》を見《み》ることができ、顔《かお》は玉《たま》のように白《しろ》く、唇《くちびる》は紅《べに》をさしたよう」であり、「幼《おさな》くして父《ちち》を亡《な》くし、貧《まず》しかったので、わらじやむしろを編《あ》んで母《はは》に孝行《こうこう》をつくした」とあります。

立《た》て札《ふだ》を見《み》ていた劉備《りゅうび》にさいしょに話《はな》しかけたのは張飛《ちょうひ》で、「身長《しんちょう》は184センチくらい、豹《ひょう》のような頭《あたま》にドングリ眼《まなこ》、燕《つばめ》のようなあごに虎《とら》のヒゲ」という風貌《ふうぼう》で、「酒《さけ》を売《う》り豚肉《ぶたにく》を商《あきな》いながら、天下《てんか》の豪傑《ごうけつ》と交流《こうりゅう》している」と自己紹介《じこしょうかい》しています。張飛《ちょうひ》は「じぶんにはいくらか財産《ざいさん》があるから、それで兵《へい》を集《あつ》めよう」と提案《ていあん》します。

二人《ふたり》がすっかり気《き》が合《あ》って、居酒屋《いざかや》で酒《さけ》を飲《の》んでいるところへとおりかかったのが関羽《かんう》でした。その「身長《しんちょう》207センチ、あごひげ46センチ、紅《あか》い顔《かお》に紅《あか》い唇《くちびる》、鳳凰《ほうおう》の目《め》に蚕《かいこ》の眉《まゆ》」という人目《ひとめ》をひく風貌《ふうぼう》に目《め》をとめた劉備《りゅうび》が、関羽《かんう》に話《はな》しかけると、関羽《かんう》は「故郷《こきょう》で弱《よわ》い者《もの》いじめをしていた

者《もの》を見《み》かねて止《と》めに入《はい》ったら、なりゆきでその者《もの》を殺《ころ》してしまったので、逃《に》げている最中《さいちゅう》だ。義《ぎ》勇軍《ゆうぐん》に入《はい》ろうとやってきた」と自己紹介《じこしょうかい》をします。

劉備《りゅうび》と張飛《ちょうひ》は、関羽《かんう》を仲間《なかま》に入《い》れようとさそい、三人《にん》は、張飛《ちょうひ》の家《いえ》のうらにある桃畑《ももばたけ》で、満開《まんかい》の桃《もも》の花《はな》を前《まえ》にし、天地《てんち》の神々《かみがみ》に、「これから志《こころざし》をひとつにしてやっていこう。生《う》まれたときは別々《べつべつ》だったが、死《し》ぬときはいっしょだ」と誓《ちか》いを立《た》て、義兄弟《ぎきょうだい》となります（ほんらい兄弟《きょうだい》ではない者同士《ものどうし》が、誓《ちか》いを立《た》てて、兄弟同様《きょうだいどうよう》にたがいをたいせつにしようと約束《やくそく》するという意味《いみ》です）。年齢《ねんれい》がいちばん上《うえ》だった劉備《りゅうび》が長兄《ちょうけい》、関羽《かんう》が次兄《じけい》、張飛《ちょうひ》が弟《おとうと》となりました。

この後《ご》、三人《にん》に馬《うま》を用意《ようい》してくれたのが、張世平《ちょうせいへい》、蘇双《そそう》という、二人《ふたり》の商人《しょうにん》であったとされます。

やがて劉焉《りゅうえん》の軍《ぐん》に参加《さんか》した三人《にん》は、五百《ひゃく》の兵《へい》をひきいて五万《まん》の黄巾軍《こうきんぐん》にたちむかい、みごとに討《う》ちはたしたということです。

幼《おさな》なじみ

黄巾軍《こうきんぐん》の討伐《とうばつ》で、劉備《りゅうび》の軍《ぐん》はよくはたらいた。とくに、関羽《かんう》と張飛《ちょうひ》の活躍《かつやく》はすばらしかった。

劉備《りゅうび》は、この功績《こうせき》で、地方《ちほう》の役職《やくしょく》をあたえられることになった。

「安熹県《あんきけん》（兗州中山国《えんしゅうちゅうざんこく》の県《けん》）の軍事担当《ぐんじたんとう》の地位《ちい》につくように」

ところが、この安熹県《あんきけん》でも、そのつぎに赴任《ふにん》した下密県《かみつけん》（青州北海国《せいしゅうほっかいこく》の県《けん》）でも、劉備《りゅうび》はあまり運《うん》にめぐまれなかった。上役《うわやく》にめぐまれなかったり、時機《じき》が悪《わる》かったり……。

さらにつぎの高唐《こうとう》（不明《ふめい》。現在《げんざい》の山東省《さんとうしょう》のどこかと考《かんが》えられる）では、賊《ぞく》に追《お》われる身《み》となってしまう。

「これではだめだ。いちど、昔《むかし》の縁《えん》をたよってみよう」

少年《しょうねん》のころ、おなじ先生《せんせい》のところで学《まな》んでいた、公孫瓚《こうそんさん》が、中郎将《ちゅうろうしょう》（宮廷直属《きゅうていちょくぞく》の警固隊《けいごたい》の副指《ふくし》揮官《きかん》。将軍《しょうぐん》につぐ地位《ちい》）として遼東属国《りょうとうぞっこく》（幽州《ゆうしゅう》の国《くに》のひとつ）に軍《ぐん》をすすめていることを知《し》った劉備《りゅうび》は、張飛《ちょうひ》や関羽《かんう》とともにたずねていった。

「やあ、玄徳《げんとく》じゃないか。そなたにちゃんとした役目《やくめ》がないなんて、もったいない」

公孫瓚《こうそんさん》は、劉備《りゅうび》を子《こ》どものころの名《な》でよんでなつかしがり、すぐに軍事《ぐんじ》の役目《やくめ》のひとつにとりたててくれた。

「いま、都《みやこ》では董卓《とうたく》が、幼《おさな》い皇帝《こうてい》を意《い》のままに動《うご》かし、好《す》き放題《ほうだい》やっている。連合《れんごう》を組《く》んで董卓《とうたく》をたおすのはもちろんたいせつだ。ただ……」

幼《おさな》なじみの信頼感《しんらいかん》からか、公孫瓚《こうそんさん》はじぶんの置《お》かれている立場《たちば》を率直《そっちょく》に、劉備《りゅうび》に相談《そうだん》した。

「最終目的《さいしゅうもくてき》は、董卓《とうたく》をたおすことじゃない。そのあとなんだ」

「そのあと、というと？」

「董卓《とうたく》をほろぼしたあと、だれが、漢王朝《かんおうちょう》をささえる、いちばんの権力者《けんりょくしゃ》になるか。そのためには、いまのうちからじぶんの支配《しはい》できる地域《ちいき》を広《ひろ》げないとだめなのさ」

——漢王朝《かんおうちょう》。

劉備《りゅうび》は、皇帝一族《こうていいちぞく》がじぶんとおなじ姓《せい》をもつことを、あらためて思《おも》い出《だ》した。

それからしばらくして、公孫瓚《こうそんさん》は、幽州《ゆうしゅう》の南《みなみ》どなり、冀州《きしゅう》をめぐり、渤海《ぼっかい》の袁紹《えんしょう》と争《あらそ》いになったあげく、いとこの公孫越《こうそんえつ》をだまし討《う》ちによって殺《ころ》されてしまった。

「玄徳《げんとく》、たのむ。袁紹《えんしょう》をなんとかして討《う》ちとりたい。関羽《かんう》、張飛《ちょうひ》にも、力《ちから》をかしてほしい」

劉備《りゅうび》がこころよくたのみを聞《き》いて兵《へい》をひきいたので、公孫瓚《こうそんさん》は平原《へいげん》（青州《せいしゅう》の郡《ぐん》のひとつ）の地《ち》の支配《しはい》を劉備《りゅうび》にまかせてくれた。

陶謙《とうけん》のもとへ

劉備《りゅうび》たちの善戦《ぜんせん》はあったものの、公孫瓚《こうそんさん》と袁紹《えんしょう》との戦《たたか》いは、たがいにゆずらず、長期戦《ちょうきせん》になった。また、王朝《おうちょう》で権力《けんりょく》をにぎっていた董卓《とうたく》が殺《ころ》されたので、公孫瓚《こうそんさん》のいっていた「そのあと」をねらっての争《あらそ》いが、いよいよ本格的《ほんかくてき》になってきた。

「つぎは、斉《せい》（青州《せいしゅう》の郡《ぐん》のひとつ）の守《まも》りをたのむ」

劉備《りゅうび》は、青州《せいしゅう》の長官《ちょうかん》であった田楷《でんかい》とともに、斉《せい》で陣《じん》をしいた。

しばらくすると、田楷《でんかい》のもとに、青州《せいしゅう》の南《みなみ》どなり、徐州《じょしゅう》の長官《ちょうかん》・陶謙《とうけん》から手紙《てがみ》がとどいた。

「劉備《りゅうび》どの。徐州《じょしゅう》へ行《い》ってくれませんか」

「どういうことですか」

「曹操《そうそう》が徐州《じょしゅう》をはげしく攻撃《こうげき》しているらしい。陶謙《とうけん》どのに父《ちち》を殺《ころ》されたと、うらみをいだいているらしいが……。陶謙《とうけん》どのは、じぶんには身《み》におぼえのないことだといっている」

劉備《りゅうび》は、陶謙《とうけん》からの手紙《てがみ》を見《み》た。それを読《よ》むかぎりでは、曹操《そうそう》のいいぶんはたしかに、度《ど》を超《こ》えているように思《おも》われた。

「わかりました。陶謙《とうけん》どのを助《たす》けにいきましょう」

このころ、劉備《りゅうび》にはまた、天《てん》にためされていると感《かん》じることがあった。

劉備《りゅうび》には、関羽《かんう》や張飛《ちょうひ》と出会《であ》ったときからの兵《へい》が千人《せんにん》あったのだが、その後《ご》、幽州《ゆうしゅう》の異民族《いみんぞく》の騎兵《きへい》たちが「加《くわ》えてほしい」といってきて、兵力《へいりょく》がぐっと増《ふ》えた。

かと思《おも》えば、斉《せい》まで移動《いどう》してくる間《あいだ》に、飢《う》えに苦《くる》しむ一般《いっぱん》の人々《ひとびと》が、「劉備《りゅうび》さまの軍《ぐん》に加《くわ》えてほしい」といってきた。部下《ぶか》の中《なか》には「食《た》べ物《もの》めあての素人《しろうと》なんか加《くわ》えても、戦力《せんりょく》にならない」と反対《はんたい》する者《もの》もあったが、劉備《りゅうび》はそれもそのまま配下《はいか》に入《い》れた。

——これらの人々《ひとびと》を、どこまでひきいていけるのか。

徐州《じょしゅう》に着《つ》くと、陶謙《とうけん》は劉備《りゅうび》を歓迎《かんげい》し、四千人《せんにん》の兵《へい》を加《くわ》えてくれたうえに、徐州西《じょしゅうにし》どなりの豫州《よしゅう》の刺史《しし》となれるよう、とりはからってくれた。

——天運《てんうん》は、まだまだつづくようだ。

劉備《りゅうび》は気持《きも》ちを引《ひ》きしめた。

まもなく、曹操《そうそう》は兵《へい》を引《ひ》きあげたが、陶謙《とうけん》は病《やまい》にたおれてしまった。

「劉備《りゅうび》どの。わたしの死後《しご》はぜひ、この徐州《じょしゅう》をおさめてほしい」

——ううむ。それは……。

「劉備《りゅうび》。ありがたいじゃないか。なぜひきうけない」

「そうだ。陶謙《とうけん》どのがこんなにいってくれるのに」

関羽《かんう》と張飛《ちょうひ》は口々《くちぐち》にいったが、劉備《りゅうび》は複雑《ふくざつ》な気持《きも》ちだった。

——あまり急《きゅう》に成《な》りあがっては、あちこちからつけねらわれるのではないか。

曹操《そうそう》や袁紹《えんしょう》、袁術《えんじゅつ》……。ここで陶謙《とうけん》の申《もう》し出《で》を受《う》けることは、彼《かれ》らを相手《あいて》にした、公孫瓚《こうそんさん》の
いっていた「そのあと」をめぐる争《あらそ》いに、じぶんも加《くわ》わると、はっきり意志《いし》をしめすことになる。

——じぶんにそんな力《ちから》があるだろうか。

「どうか、お願《ねが》いします。われわれからも。劉備《りゅうび》どのにならわれわれもよろこんでしたがいます」

陶謙《とうけん》の部下《ぶか》の二人《ふたり》、麋竺《びじく》と孫乾《そんけん》をはじめ、陳登《ちんとう》や孔融《こうゆう》など、このあたりを守《まも》っている太守《たいしゅ》たちもくりかえしそういってくる。

「わかりました。おひきうけします」

194年《ねん》。立《た》て札《ふだ》の前《まえ》に立《た》ってから、十年後《ねんご》のことだった。

三国志《さんごくし》コラム

公孫瓚《こうそんさん》――袁紹《えんしょう》に滅《ほろ》ぼされた、劉備《りゅうび》の学友《がくゆう》

劉備《りゅうび》とおなじ先生《せんせい》から学問《がくもん》を学《まな》んでいたと書《か》かれている公孫瓚《こうそんさん》。劉備《りゅうび》にとっては、たよれるありがたい同窓生《どうそうせい》だったようですが、公孫瓚本人《こうそんさんほんにん》の生《い》き方《かた》は、なかなか荒《あら》っぽく、波乱《はらん》に満《み》ちたものでした。

幽州《ゆうしゅう》の遼西郡出身《りょうせいぐんしゅっしん》の公孫瓚《こうそんさん》は、劉備《りゅうび》とともに学《まな》んだのち、遼東属国《りょうとうぞっこく》で軍《ぐん》を指揮《しき》する地位《ちい》につきました。当時《とうじ》のこの地域《ちいき》には、烏丸《うがん》などの異民族《いみんぞく》が住《す》んでいました。幽州《ゆうしゅう》の刺史《しし》であった劉虞《りゅうぐ》は、漢王朝《かんおうちょう》と親戚《しんせき》にあたる人《ひと》で、戦《たたか》いを好《この》まず、烏丸《うがん》にたいしても寛大《かんだい》な政治《せいじ》をおこなっていました。

ところが、公孫瓚《こうそんさん》は、異民族《いみんぞく》をたいへん憎《にく》んでいたようで、烏丸《うがん》をくりかえし、武力《ぶりょく》で弾圧《だんあつ》しました。公孫瓚《こうそんさん》はさらに、じぶんの軍《ぐん》を大《おお》きくし、冀州《きしゅう》にも攻《せ》めこみ、そのころ冀州《きしゅう》を支配下《しはいか》に置《お》いていた袁紹《えんしょう》と、１９１年《ねん》から翌年《よくねん》にかけて、何度《なんど》も戦《たたか》いました。

劉虞《りゅうぐ》は公孫瓚《こうそんさん》がじぶんの指示《しじ》にしたがわず、やたらと武力《ぶりょく》をもちいることに怒《いか》り、朝廷《ちょうてい》にうったえましたが、そのころの朝廷《ちょうてい》は、事実上《じじつじょう》、董卓《とうたく》が支配《しはい》していましたので、公孫瓚《こうそんさん》が裁《さば》かれることはありませんでした。

やむをえず、劉虞《りゅうぐ》はじぶんで軍《ぐん》をひきいて公孫瓚《こうそんさん》を攻《せ》めようとしますが、温厚《おんこう》で、戦《たたか》いをきら

う劉虞《りゅうぐ》の軍《ぐん》は攻撃力《こうげきりょく》が弱《よわ》く、ほどなくくずれ、劉虞《りゅうぐ》はとらえられて、首《くび》を斬《き》られてしまいます。
劉虞《りゅうぐ》が亡《な》くなると、その部下《ぶか》たちと、劉虞《りゅうぐ》をしたっていた烏丸《うがん》や鮮卑《せんぴ》などの異民族《いみんぞく》たちとが連《れん》合《ごう》して、公孫瓚《こうそんさん》を攻《せ》めました。この連合軍《れんごうぐん》には、じつは袁紹《えんしょう》も援軍《えんぐん》を送《おく》っていました。

さすがの公孫瓚《こうそんさん》もこれには苦戦《くせん》したようで、最後《さいご》には易水《えきすい》という川《かわ》のほとりに丘《おか》を築《きず》き、その上《うえ》に砦《とりで》をつくって立《た》てこもることになりました。この場所《ばしょ》を易京《えきけい》といいます。

立《た》てこもりの状態《じょうたい》は何年《なんねん》もつづきましたが、１９８年《ねん》になると、とうとう袁紹《えんしょう》が大軍《たいぐん》をひきいて易京《えきけい》をとりかこみました。

公孫瓚《こうそんさん》は、そのころ河北《かほく》地域《ちいき》を荒《あ》らしていた黒山賊《こくざんぞく》の首領《しゅりょう》・張燕《ちょうえん》のところへ、息子《むすこ》の公孫続《こうそんぞく》を使《つか》いにやって、援軍《えんぐん》をたのみました。１９９年《ねん》張燕《ちょうえん》は、援軍《えんぐん》をひきいてきてくれたのですが、作《さく》戦《せん》の連絡《れんらく》をとりあうための密書《みっしょ》が、袁紹軍《えんしょうぐん》の手《て》にわたってしまいました。

外《そと》に見《み》えたのろし（連絡用《れんらくよう》の煙《けむり》）を、援軍《えんぐん》だと思《おも》って砦《とりで》から出《で》た公孫瓚《こうそんさん》は、敵《てき》のわなだと気《き》づき、あわててもどると、一族《いちぞく》をじぶんの手《て》で殺《ころ》したのち、じぶんも死《し》んでしまいます。

公孫瓚《こうそんさん》の生年《せいねん》ははっきりわかりませんが、劉備《りゅうび》とおなじ世代《せだい》だとすると、このときまだ四十歳前後《さいぜんご》。もったいない生《い》き方《かた》だったかもしれません。

呂布《りょふ》という男《おとこ》

「劉備《りゅうび》さま。いま、意外《いがい》な者《もの》がこちらへまいりまして、徐州《じょしゅう》で暮《く》らす許可《きょか》をもとめていますが」

「意外《いがい》な者《もの》？」

それは、曹操《そうそう》に追《お》われた呂布《りょふ》だった。

「ふむ。まあいいだろう。たよってくる者《もの》をこばむこともない」

翌年《よくねん》の196年《ねん》、ついに劉備《りゅうび》に試練《しれん》がおとずれた。袁術《えんじゅつ》が攻《せ》めてきたのだ。

「よし。むかえ撃《う》とう」

軍《ぐん》をすすめた劉備《りゅうび》は、淮陰《わいいん》（徐州下邳国《じょしゅうかひこく》）で袁術《えんじゅつ》の軍《ぐん》と対決《たいけつ》した。

「だめです。なかなか攻《せ》めきれません」

苦戦《くせん》だった。時《とき》ばかりがむだに流《なが》れ、気《き》づけば一カ月《げつ》がたち、劉備軍《りゅうびぐん》は兵糧《ひょうろう》がとぼしくなっていた。そんなとき――。

「劉備《りゅうび》さま、一大事《いちだいじ》です！　呂布《りょふ》が下邳城《かひじょう》を占拠《せんきょ》しました」

「なんだと。留守《るす》は、張飛《ちょうひ》や曹豹《そうひょう》にまかせておいたではないか」

「それが……どうやら曹豹《そうひょう》がうらぎったようです」

――張飛《ちょうひ》と何《なに》かあったのだろうか。

兄弟同様《きょうだいどうよう》、いやそれ以上《いじょう》に信頼《しんらい》をおく張飛《ちょうひ》だが、ときどき、ふかく考《かんが》えずに行動《こうどう》し、まわり、とくに地位《ちい》の下《した》の者《もの》からうらみや怒《いか》りをかって、劉備《りゅうび》をこまらせることがある。

劉備《りゅうび》はとりいそぎ、袁術《えんじゅつ》との戦《たたか》いからは手《て》を引《ひ》いてもどることにした。

「兵《へい》はみな、袁術《えんじゅつ》との戦《たたか》いでつかれきっている。とても呂布《りょふ》と戦《たたか》うことはむりだ」

——これ以上《いじょう》犠牲《ぎせい》を出《だ》すわけにはいかない。くやしいが、しかたない。

もどった劉備《りゅうび》は、呂布《りょふ》と和睦《わぼく》の交渉《こうしょう》をした。

呂布《りょふ》は、劉備《りゅうび》に「小沛《しょうはい》に住《す》め」と命《めい》じた。そして、呂布《りょふ》が徐州長官《じょしゅうちょうかん》の地位《ちい》につくという。

「やりなおしだ。関羽《かんう》、すまないが、下邳《かひ》にとどまってようすを見張《みは》っていてくれ」

つとめて冷静《れいせい》をよそおって小沛《しょうはい》へむかった劉備《りゅうび》が、兵《へい》をたてなおそうとすると、さいわいなことに、多《おお》くの志願兵《しがんへい》が集《あつ》まった。その数《かず》、一万人以上《まんにんいじょう》である。

が、それを知《し》った呂布《りょふ》は、軍《ぐん》をひきいて小沛《しょうはい》に攻《せ》めよせてきた。

「いかん！　まだ訓練《くんれん》もじゅうぶんでない。ここは、逃《に》げよう」

——どこへ逃《に》げよう？

いま、たよるとしたら。あの男《おとこ》しかないだろう。

「曹操《そうそう》さま。どうぞわたしを配下《はいか》にしてください」

帝《みかど》の後見《こうけん》の立場《たちば》を手《て》に入《い》れていた曹操《そうそう》は、劉備《りゅうび》をみょうに気《き》にいって、ふたたび小沛《しょうはい》で戦《たたか》えるように、援助《えんじょ》してくれた。それだけでなく、呂布《りょふ》がさらに攻撃《こうげき》をしてくると、曹操《そうそう》はみずから兵《へい》をひきいてやってきて、下邳城《かひじょう》を水攻《みずぜ》めにし、呂布《りょふ》をとらえてしまった。

198年《ねん》、曹操《そうそう》の手《て》で呂布《りょふ》が処刑《しょけい》されるとき、劉備《りゅうび》もその場《ば》に立《た》ちあった。

「わたしに兵《へい》をあたえて、味方《みかた》につければ、曹操《そうそう》どのはすぐにでも天下《てんか》を平定《へいてい》できるぞ」

呂布《りょふ》はその場《ば》かぎりのお世辞《せじ》がうまい。

劉備《りゅうび》にも、出会《であ》ったころはずいぶん調子《ちょうし》のよいことばかりいっていた。劉備《りゅうび》はそのしらじらしさに、むしろ不愉快《ふゆかい》に思《おも》ったのだったが、人《ひと》によってはだまされるだろう。

——曹操《そうそう》さま、少《すこ》し心《こころ》を動《うご》かされているようだな。

「曹操《そうそう》さま。この男《おとこ》は、かつて二度《ど》も主君《しゅくん》をうらぎった男《おとこ》です。そのことをお忘《わす》れなきように」

呂布《りょふ》はこちらをにらみつけた。そして、いよいよ首《くび》をはねられるとき、こうさけんだ。

「そこにいる劉備《りゅうび》こそ、いちばん信頼《しんらい》できない男《おとこ》だぞ。忘《わす》れるな！」

——ふん、ほざけ。

じぶんをしたう人《ひと》を守《まも》り、じぶんにくだされた天運《てんうん》の行方《ゆくえ》を見《み》とどけるためなら、どんな手段《しゅだん》でも使《つか》う。人《ひと》に頭《あたま》を下《さ》げても、いや、時《とき》と場合《ばあい》によっては、人《ひと》をだましても、かまわない。

――ただし、それはよく考《かんが》えてのことだ。
呂布《りょふ》のような愚《おろ》か者《もの》とはちがうぞ。
劉備《りゅうび》は呂布《りょふ》の最期《さいご》のさけびを、平然《へいぜん》と受《う》けながした。

三国志《さんごくし》コラム

曹豹《そうひょう》――なぜ劉備《りゅうび》をうらぎったのか?

劉備《りゅうび》の忠実《ちゅうじつ》な同志《どうし》として知《し》られる張飛《ちょうひ》。「演義《えんぎ》」では、明《あか》るくて、ひょうきんなところのある人物《じんぶつ》として描《えが》かれていますが、「正史《せいし》」のほうには、性格《せいかく》に、いささか残念《ざんねん》なところがあったこと、そのせいでときに、劉備《りゅうび》に迷惑《めいわく》をかけることもあったことが記《しる》されています。

「正史《せいし》」は張飛《ちょうひ》が「上《うえ》の者《もの》には丁寧《ていねい》に対応《たいおう》するが、下《した》の者《もの》には冷《つめ》たかった」と記《しる》し、さらに劉備《りゅうび》がそれをいましめて「おまえは部下《ぶか》を毎日《まいにち》のようにムチ打《う》って、しかも彼《かれ》らを身近《みぢか》に置《お》いている。わざわいのもとだ」と述《の》べたのに、張飛《ちょうひ》はあらためようとしなかったとも記《しる》しています。

曹豹《そうひょう》は、もとは陶謙《とうけん》の部下《ぶか》でしたが、その死後《しご》、劉備《りゅうび》に仕《つか》えるようになった人《ひと》でした。

「正史《せいし》」では、曹豹《そうひょう》がなぜうらぎったのか、その理由《りゆう》については書《か》かれていませんが、「注《ちゅう》」には、ふたつの説《せつ》がとりあげられています。

ひとつは、曹豹《そうひょう》はうらぎったのではなく、「張飛《ちょうひ》とけんかになり、殺《ころ》された」というもの。この説《せつ》では、曹豹《そうひょう》の死後《しご》、許耽《きょたん》という人物《じんぶつ》が、呂布《りょふ》と連絡《れんらく》をとりあったとされます。

もうひとつは、「張飛《ちょうひ》が曹豹《そうひょう》を殺《ころ》そうとしたので、曹豹《そうひょう》はじぶんの陣《じん》を守《まも》りつつ、部下《ぶか》を呂布《りょふ》のところへ使《つか》いに出《だ》して、招《まね》いた」というものです。

　これらの説《せつ》をふまえて、「演義《えんぎ》」では、曹豹《そうひょう》はもともと、娘《むすめ》の一人《ひとり》が呂布《りょふ》の妻《つま》になっていて、呂布《りょふ》と近《ちか》い間柄《あいだがら》であり、さらに、張飛《ちょうひ》との間《あいだ》に、お酒《さけ》をめぐるトラブルがあったと描《えが》いています。張飛《ちょうひ》にお酒《さけ》を無理強《むりじ》いされた曹豹《そうひょう》が、飲《の》むのをことわったところ、怒《おこ》った張飛《ちょうひ》からムチで打《う》たれたので、うらみに思《おも》い、呂布《りょふ》を招《まね》くことにしたというのです。

　劉備《りゅうび》のいったとおり、張飛《ちょうひ》のこうした性格《せいかく》は、なにかとわざわいのもとになるのですが、なかなかあらたまることはなかったようで、ずっとのちには、張飛《ちょうひ》の命《いのち》を落《お》とす事態《じたい》まで、引《ひ》きおこすことになります（203ページ参照《さんしょう》）。

帝《みかど》の意志《いし》

——曹操《そうそう》という人《ひと》は、ずいぶん極端《きょくたん》な人《ひと》だな。

ひどく残酷《ざんこく》なところ、やさしくて情《じょう》のあるところ、傲慢《ごうまん》なところ、思慮《しりょ》ぶかいところ。

劉備《りゅうび》にたいしては、いまのところ情《じょう》のある態度《たいど》ばかりみせてくれるが、相手《あいて》によっては、ふかくうらんでいる人《ひと》もいるだろう。

曹操《そうそう》のそば近《ちか》くにいる機会《きかい》が増《ふ》えて二年《ねん》あまり。その人柄《ひとがら》を興味《きょうみ》ぶかく観察《かんさつ》していた劉備《りゅうび》に、思《おも》わぬところから、思《おも》わぬ話《はなし》がまいこんだ。

「劉備《りゅうび》どの。あなたのお人柄《ひとがら》をみこんで、内密《ないみつ》のお話《はなし》があります」

そういってきたのは帝《みかど》の側近《そっきん》、董承《とうしょう》だった。

——董承《とうしょう》さまのような方《かた》が、わたしに話《はなし》とは、なんだろう。

帝《みかど》は今年《ことし》、二十歳《はたち》におなりだ。劉備《りゅうび》には好意《こうい》をお寄《よ》せくださっているようで、ときおり、おそば近《ちか》くで親《した》しく話《はなし》をさせてもらうこともある。

董承《とうしょう》に指定《してい》された場所《ばしょ》、時刻《じこく》に行《い》ってみると、王子服《おうしふく》、种輯《ちゅうしゅう》、呉子蘭《ごしらん》、呉碩《ごせき》など、帝《みかど》と董承《とうしょう》が日《ひ》ごろ、ごく親《した》しくしている者《もの》ばかりが集《あつ》まっていた。

「これをごらんください。帝《みかど》のお気持《きも》ちです。もうこれ以上《いじょう》はたえられないと」

――「曹操《そうそう》を誅殺《ちゅうさつ》せよ」との書状《しょじょう》。しかも帝《みかど》の直筆《じきひつ》とは――。

やはりそうか、と劉備《りゅうび》は思《おも》った。ちかごろの曹操《そうそう》のふるまいには、帝《みかど》をないがしろにして、「事実上《じじつじょう》はじぶんのほうが上《うえ》」と、人々《ひとびと》にことさらしめす態度《たいど》が目立《めだ》っていたからだ。

「わかりました。かならず。ただし、くれぐれも、ことは慎重《しんちょう》にはこびましょう」

もし曹操《そうそう》に知《し》れたら、どんな目《め》にあうか。想像《そうぞう》しただけでおそろしい。

しかし、劉備《りゅうび》がおそれていたことが、現実《げんじつ》になってしまう。

放浪《ほうろう》のはてに

「劉備《りゅうび》どの。徐州《じょしゅう》へ行《い》ってくれないか。袁術《えんじゅつ》を討《う》ちとってほしいのだ」

「承知《しょうち》しました」

朱霊《しゅれい》とともに徐州《じょしゅう》へとむかう途中《とちゅう》の劉備《りゅうび》のもとに、ふたつの知《し》らせがとどいた。

ひとつはよい知《し》らせで、もうひとつは、悪《わる》い知《し》らせだった。

「誅殺計画《ちゅうさつけいかく》が、曹操本人《そうそうほんにん》に知《し》られてしまったと……！　加《くわ》わっていた者《もの》はやはり、みな殺《ごろ》しか。となると、もうわたしは許都《きょと》へ帰《かえ》るわけにはいかない。が、さいわいなのは」

戦《たたか》うべき相手《あいて》、袁術《えんじゅつ》が病死《びょうし》したというのだ。

「よし。この兵《へい》をひきいたまま、徐州《じょしゅう》をわがものとしよう」

劉備《りゅうび》は下邳城《かひじょう》へむかった。

「車冑《しゃちゅう》どの。悪《わる》いが、あなたには死《し》んでもらう」

ぐずぐずしていたら、徐州《じょしゅう》の刺史《しし》・車冑《しゃちゅう》には、まちがいなく曹操《そうそう》から、劉備《りゅうび》を討《う》つよう命令《めいれい》がくだるだろう。劉備《りゅうび》は先手《せんて》を打《う》った。

「関羽《かんう》。下邳《かひ》はまかせた。たのんだぞ」

劉備《りゅうび》は、以前《いぜん》に拠点《きょてん》としていた小沛《しょうはい》へ行《い》き、やがてくるであろう曹操《そうそう》の軍《ぐん》を待《ま》ち受《う》けることにした。

予想《よそう》したとおり、劉岱《りゅうたい》と王忠《おうちゅう》という二人《ふたり》の部下《ぶか》が、曹操《そうそう》の命《めい》を受《う》けてやってきたが、劉備《りゅうび》の兵《へい》が負《ま》けることはなかった。

「だいじょうぶ。いまの兵力《へいりょく》なら、曹操自身《そうそうじしん》が大軍《たいぐん》でもひきいてこないかぎり、ここを守《まも》れる」

曹操《そうそう》が袁紹《えんしょう》との戦《たたか》いのために、官渡《かんと》に兵力《へいりょく》をそそいでいることを知《し》っていた劉備《りゅうび》は、そう考《かんが》えていた。

ところが、翌年《よくねん》（２００年《ねん》）、曹操《そうそう》はみずから大軍《たいぐん》をひきいて小沛《しょうはい》へやってきた。

「しまった。これは油断《ゆだん》していた」

こちらの軍《ぐん》は、あっという間《ま》に蹴散《けち》らされ、劉備《りゅうび》はとうとう、じぶんひとりきりでここから逃《に》げる以外《いがい》、ほかにどうしようもなくなった。

——どうする。今度《こんど》は、どこへ逃《に》げる？

曹操《そうそう》に対抗《たいこう》できる大物《おおもの》は袁紹《えんしょう》だ。しかし、劉備《りゅうび》のことは、弟《おとうと》の袁術《えんじゅつ》を死《し》なせた者《もの》と思《おも》っているだろうから、受《う》け入《い》れてもらえるかどうかわからない。ゆいいつ、可能性《かのうせい》があるのは、袁紹《えんしょう》の息子《むすこ》の袁譚《えんたん》からとりなしてもらうことだ。袁譚《えんたん》とは親《した》しく話《はな》せる間柄《あいだがら》だった。

その後《ご》、劉備《りゅうび》は袁紹《えんしょう》の配下《はいか》につき、そこで関羽《かんう》に再会《さいかい》した。また、以前《いぜん》、公孫瓚《こうそんさん》のもとにいたころに知《し》りあった、趙雲《ちょううん》という武将《ぶしょう》とも再会《さいかい》し、張飛《ちょうひ》もふくめ四人《にん》が、あらたな絆《きずな》でむすびなおされた。

しかし、袁紹《えんしょう》を攻《せ》める曹操《そうそう》のいきおいはすさまじく、劉備《りゅうび》はやがて袁紹《えんしょう》のもとを出《で》る決断《けつだん》をする。そうして、荊州《けいしゅう》の劉表《りゅうひょう》をたよって南《みなみ》へむかった。おなじ姓《せい》をもつ劉表《りゅうひょう》は、劉備《りゅうび》をこころよく受《う》け入《い》れ、荊州北部《けいしゅうほくぶ》にある新野《しんや》という城《しろ》を、拠点《きょてん》としてあたえてくれた。

劉備《りゅうび》はこの地《ち》でしばらく、雌伏《しふく》（人《ひと》にしたがい、力《ちから》をやしないながら、活躍《かつやく》の機会《きかい》を待《ま》つこと）の時《とき》を過《す》ごすことになる。

三国志《さんごくし》コラム

三国志《さんごくし》のことば その2 「髀肉《ひにく》の嘆《たん》」

このことばは、「正史《せいし》」にはなく、「注《ちゅう》」に掲載《けいさい》されているものです。「髀肉《ひにく》」とはももの肉《にく》のことで、荊州《けいしゅう》で何年《なんねん》か過《す》ごした劉備《りゅうび》が、宴《うたげ》の席《せき》を中座《ちゅうざ》して手洗《てあら》いに行《い》き、ふと、じぶんのももの肉《にく》が肥《こ》え太《ふと》ったことに気《き》づき、「長《なが》い間《あいだ》、馬《うま》にのって戦場《せんじょう》を駆《か》けめぐったりしていないからだなぁ」と嘆《なげ》いたというのでした。

現代《げんだい》では、「手柄《てがら》や功名《こうみょう》を立《た》てたり、技量《ぎりょう》・手腕《しゅわん》を発揮《はっき》したりする機会《きかい》がなくて、むなしく時《とき》が過《す》ぎるのを嘆《なげ》くこと」という意味《いみ》で使《つか》われています。

諸葛亮《しょかつりょう》を迎《むか》える——三顧《さんこ》の礼《れい》

——この荊州《けいしゅう》は、地《ち》の利《り》のおかげでいまは平和《へいわ》だが……。

戦《たたか》いを避《さ》けたい劉表《りゅうひょう》の気持《きも》ちはよくわかる。しかし、ではこのまま、何《なに》もせずに荊州《けいしゅう》の平和《へいわ》がたもたれるかと考《かんが》えれば、それはむずかしいと劉備《りゅうび》は思《おも》っていた。

207年《ねん》、曹操《そうそう》が北方《ほっぽう》の異民族《いみんぞく》・烏丸《うがん》を攻《せ》める遠征《えんせい》に出《で》かけて、許《きょ》をはなれていると知《し》った劉《りゅう》備《び》は、「いまのうちにこちらから許《きょ》を攻《せ》めてはどうか」と劉表《りゅうひょう》にすすめたが、劉表《りゅうひょう》は首《くび》を縦《たて》にふらなかった。

劉表《りゅうひょう》の部下《ぶか》の中《なか》には、劉備《りゅうび》のことをよく思《おも》っていない者《もの》も多《おお》い。劉備《りゅうび》はそれ以上進言《いじょうしんげん》するのはひかえることにした。

——後悔《こうかい》の種《たね》にならなければよいが。

平和《へいわ》な荊州《けいしゅう》には、知識人《ちしきじん》、知恵者《ちえしゃ》たちが多《おお》く避難《ひなん》してきていた。劉備《りゅうび》は、なぜ劉表《りゅうひょう》がもっと彼《かれ》らの考《かんが》えを参考《さんこう》にしないのだろうと思《おも》ったが、それも口《くち》には出《だ》せなかったので、せめて、じぶんは彼《かれ》らと交流《こうりゅう》をもとうと思《おも》い、さまざまな人《ひと》に会《あ》って話《はなし》を聞《き》いた。

「劉備《りゅうび》どの。諸葛亮《しょかつりょう》という知恵者《ちえしゃ》がこの近《ちか》くに住《す》んでいます。すぐれた人《ひと》と評判《ひょうばん》です」

そう教《おし》えてくれたのは、徐庶《じょしょ》だった。徐庶自身《じょしょじしん》、学問《がくもん》にも武術《ぶじゅつ》にもすぐれた人物《じんぶつ》である。

「そなたがいうのなら、よほどの人《ひと》だな。会《あ》えるだろうか」

「臥《が》龍《りょう》（眠《ねむ》る龍《りゅう》）といわれる、野《や》心《しん》のない男《おとこ》です。晴耕雨読《せいこううどく》（農業《のうぎょう》と読書《どくしょ》とを楽《たの》しみ、それ以上《いじょう》の欲《よく》をもたないようす）の日々《ひび》を送《おく》る者《もの》なので、こいといっても無視《むし》するでしょうが……。こちらから行《い》けば、なんとかなるかもしれません」

劉備《りゅうび》は諸葛亮《しょかつりょう》にまず手紙《てがみ》を書《か》き、家《いえ》に行《い》ってみたが、よびかけてもだれも出《で》てこない。

――ふうむ。変《か》わってるな。ますます会《あ》ってみたいぞ。

じぶんから売《う》りこんでくる者《もの》が多《おお》い中《なか》で、諸葛亮《しょかつりょう》の態度《たいど》は、劉備《りゅうび》の目《め》に新鮮《しんせん》にうつった。

結局《けっきょく》、会《あ》うことができたのは、三度《ど》目《め》にたずねていったときだった。

劉備《りゅうび》は、かねてじぶんでは考《かんが》えあぐねていたことを、諸葛亮《しょかつりょう》にぶつけてみた。

「この乱世《らんせ》が、おさまる形《かたち》があるとしたら、それはどのようなものだろう？」

すると、諸葛亮《しょかつりょう》は目《め》をかがやかせた。

「曹操《そうそう》のいきおいは、しばらくは止《と》められません。運《うん》も実力《じつりょく》もあるようですから、対等《たいとう》に戦《たたか》おうとしないほうがよいでしょう。また、孫権《そんけん》も、すでに父《ちち》・兄《あに》と三代《だい》にわたって支配者《しはいしゃ》の地位《ちい》にあって、ゆらぐ要素《ようそ》はほとんどない。こちらも敵《てき》にしないほうがよい」

「それは、わたしなどの出番《でばん》はないということか？」

「いいえ、そうではありません。劉備《りゅうび》さまは皇帝《こうてい》の末裔《まつえい》にもあたるのですから。まずは孫権《そんけん》と手《て》をむすび、劉表《りゅうひょう》にかわって荊州《けいしゅう》と益州《えきしゅう》を支配《しはい》なさいませ。そうすれば、劉備《りゅうび》さまが、曹操《そうそう》、孫権《そんけん》とならびたつ、つまり、天下《てんか》が三《みっ》つに分《わ》かれておさまる時代《じだい》がやってきます」

——曹操《そうそう》、孫権《そんけん》とならびたつ……。わたしの天運《てんうん》は、そこにあるのだろうか？ いまのじぶんと、曹操《そうそう》や孫権《そんけん》とでは、まだまだ力《ちから》に差《さ》がありすぎるが……。

「ふむ。それは興味《きょうみ》ぶかい。で、そのためにはどのような手段《しゅだん》がある？」

——この男《おとこ》、おもしろいな。話《はな》していると、時《とき》を忘《わす》れてしまいそうだ。

二十も年下《としした》の若者《わかもの》の知恵《ちえ》と知識《ちしき》と弁舌《べんぜつ》に、劉備《りゅうび》は強《つよ》く心《こころ》をひかれ、以後《いご》、諸葛亮《しょかつりょう》は劉備《りゅうび》の右腕《みぎうで》となった。

その親《した》しさは、関羽《かんう》や張飛《ちょうひ》が嫉妬《しっと》するほどであったという。

三国志《さんごくし》コラム

三国志《さんごくし》のことば その3 「三顧《さんこ》の礼《れい》」「水魚《すいぎょ》の交《まじ》わり」

劉備《りゅうび》が、諸葛亮《しょかつりょう》と会《あ》うために、じぶんのほうから出《で》かけていき、しかも三度目《どめ》にならないと会《あ》えなかったということから、立場《たちば》や年齢《ねんれい》の上《うえ》の人《ひと》が、下《した》の人《ひと》に何《なに》か仕事《しごと》をたのむときに、とても丁寧《ていねい》な態度《たいど》をとり、礼儀《れいぎ》を尽《つ》くすことを、「三顧《さんこ》の礼《れい》」というようになりました。「顧《こ》」という漢字《かんじ》には「かえりみる、よく見《み》る、訪《たず》ねる」など、いろいろな意味《いみ》がありますが、いずれも、相手《あいて》のことを「ふかく思《おも》う」態度《たいど》です。

このことばは、日本《にほん》の戦国時代《せんごくじだい》、織田信長《おだのぶなが》に仕《つか》えていたころの豊臣秀吉《とよとみひでよし》が、竹中半兵衛《たけなかはんべえ》という有能《ゆうのう》な軍師《ぐんし》を、どうしても味方《みかた》につけたいと思《おも》ったときのようすなどにも、よく使《つか》われています。

いっぽう、「水魚《すいぎょ》の交《まじ》わり」は、劉備《りゅうび》と諸葛亮《しょかつりょう》とがあまりにも仲《なか》がよかったので、そのようすを「水《みず》と魚《さかな》のように、たがいに切《き》りはなすことのできない関係《かんけい》」とたとえたものです。

長阪坡《ちょうはんは》にて

208年《ねん》になると、かねて病《やまい》がちであった劉表《りゅうひょう》の容態《ようだい》が悪化《あっか》した。

――後継者争《こうけいしゃあらそ》いか。やっかいなことだ。

劉表《りゅうひょう》には劉琦《りゅうき》と劉琮《りゅうそう》、母《はは》のちがう二人《ふたり》の息子《むすこ》があった。父親《ちちおや》としての愛情《あいじょう》は、弟《おとうと》の劉琮《りゅうそう》のほうにかたむいていたが、どちらをあとつぎにするかは、なかなか態度《たいど》がはっきりしないらしい。

このころ、荊州北部《けいしゅうほくぶ》の樊城《はんじょう》に軍《ぐん》を置《お》いていた劉備《りゅうび》は、この後継者争《こうけいしゃあらそ》いの行方《ゆくえ》も、その混乱《こんらん》につけこんで曹操《そうそう》が攻《せ》めてきたことも、まるで知《し》らされていなかった。

何《なに》がおきたのかを劉備《りゅうび》が知《し》ったときは、すでに劉表《りゅうひょう》は亡《な》くなり、あとをついだ劉琮《りゅうそう》がさっさと曹操《そうそう》に降伏《こうふく》の使者《ししゃ》を出《だ》してしまっていた。

「もうしあげます。曹操軍《そうそうぐん》がすぐ近《ちか》くまできています」

――まずい。逃《に》げよう。

「劉備《りゅうび》さま。曹操《そうそう》より先《さき》に、劉琮《りゅうそう》のいる襄陽《じょうよう》の城《しろ》（樊城《はんじょう》よりやや南《みなみ》）を占拠《せんきょ》するのです。そうすれば、劉表《りゅうひょう》の後継者《こうけいしゃ》は、劉琮《りゅうそう》でも劉琦《りゅうき》でもない、劉備《りゅうび》さまということになる。荊州《けいしゅう》が手《て》に入《はい》ります」

諸葛亮《しょかつりょう》はそう進言《しんげん》した。そのとおりだとは思《おも》ったが、劉備《りゅうび》は気《き》がすすまなかった。

「すでに曹操《そうそう》に降伏《こうふく》しているものを、攻撃《こうげき》するというのはな。ともかくいまはしりぞこう」

ところが、劉琮《りゅうそう》が曹操《そうそう》に降伏《こうふく》したことを知《し》った一般《いっぱん》の人々《ひとびと》が、おおぜい、劉備《りゅうび》についていきたがったので、劉備《りゅうび》は思《おも》うように逃《に》げられない。

「関羽《かんう》。人々《ひとびと》を見捨《みす》てるわけにはいかない。船《ふね》をありったけ用意《ようい》して、のせていってくれ」

人々《ひとびと》を関羽《かんう》にまかせた劉備《りゅうび》は、陸路《りくろ》をひたすら逃《に》げたが、長阪坡《ちょうはんは》で曹操《そうそう》に追《お》いつかれ、はげしい戦《たたか》いとなった。

「劉備《りゅうび》！　そなただけ先《さき》に逃《に》げるんだ。あとはまかせろ」

「劉備《りゅうび》さま、張飛《ちょうひ》どののいうとおりです。お一人《ひとり》だけでもまず、はやくお逃《に》げください」

「諸葛亮《しょかつりょう》……。すまぬ。この恩《おん》は忘《わす》れぬ。かならず、再会《さいかい》しよう」

曹操軍《そうそうぐん》との戦《たたか》いを張飛《ちょうひ》や趙雲《ちょううん》、諸葛亮《しょかつりょう》にまかせて逃《に》げのびた劉備《りゅうび》は、まず関羽《かんう》と再会《さいかい》した。

「劉備《りゅうび》どの。援軍《えんぐん》がおくれてもうしわけない」

さらに、そういって駆《か》けつけてきてくれたのは、一万《まん》の兵《へい》をひきいた劉琦《りゅうき》だった。

関羽《かんう》、劉琦《りゅうき》とともに夏口《かこう》（荊州《けいしゅう》の長江《ちょうこう》と支流《しりゅう》の漢水《かんすい》の分岐点《ぶんきてん》近《ちか》く）にたどりついた劉備《りゅうび》は、張飛《ちょうひ》たちの合流《ごうりゅう》を待《ま》ちながら、どうしたらたてなおせるかを、懸命《けんめい》に考《かんが》えていた。

三国志《さんごくし》コラム

趙雲《ちょううん》と張飛《ちょうひ》の活躍《かつやく》

長阪坡《ちょうはんは》で、なんとしても劉備《りゅうび》を無事《ぶじ》に逃《に》がそうと、部下《ぶか》たちは力《ちから》をつくしました。

ここでは、「正史《せいし》」に記《しる》されている、そのときの趙雲《ちょううん》と張飛《ちょうひ》の活躍《かつやく》ぶりをご紹介《しょうかい》しましょう。

おおぜいの人《ひと》が逃《に》げまどう中《なか》、なぜかとつぜん、趙雲《ちょううん》が引《ひ》きかえしていきました。それを見《み》たある部下《ぶか》が、「趙雲《ちょううん》はうらぎって曹操《そうそう》のところへ行《い》った」と劉備《りゅうび》に告《つ》げます。

劉備《りゅうび》は「ぜったいに、そんなことはない」とその部下《ぶか》を叱《しか》りつけました。

しばらくすると、趙雲《ちょううん》は幼《おさな》い子《こ》どもを抱《かか》えてもどってきました。その子《こ》は、劉備《りゅうび》が甘夫人《かんふじん》との間《あいだ》にもうけた男《おとこ》の子《こ》でした。趙雲《ちょううん》は甘夫人《かんふじん》も保護《ほご》していました。

この子《こ》が、のちに劉備《りゅうび》のあとをつぐことになる、劉禅《りゅうぜん》です。

いっぽう、劉備《りゅうび》の背後《はいご》を守《まも》っていた張飛《ちょうひ》は、長阪坡《ちょうはんは》の橋《はし》までくると、橋《はし》を切《き》り落《お》としてそこに立《た》ちふさがり、曹操軍《そうそうぐん》にむかって「われこそは張益徳《ちょうえきとく》である。さあこい。死《し》を賭《か》けて戦《たたか》おう」とさけびました。

そのあまりの迫力《はくりょく》に、曹操軍《そうそうぐん》からはだれ一人《ひとり》、近《ちか》づく者《もの》はいなかったということです。

三国志《さんごくし》コラム

三国志《さんごくし》のことば その4「はしごを外《はず》す」

劉備《りゅうび》に見《み》いだされた諸葛亮《しょかつりょう》ですが、劉表《りゅうひょう》の息子《むすこ》・劉琦《りゅうき》も、じつは諸葛亮《しょかつりょう》に何《なに》かと相談《そうだん》をしていたといいます。

ただ、諸葛亮《しょかつりょう》のほうは、劉家《りゅうけ》のあとつぎ問題《もんだい》にまきこまれるのをおそれ、劉琦《りゅうき》の相談《そうだん》に、あまり積極的《せっきょくてき》に応《おう》じようとはしませんでした。

そこで、劉琦《りゅうき》はあるとき、諸葛亮《しょかつりょう》を高《たか》い建物《たてもの》の上《うえ》に誘《さそ》いだし、そこにあがるためのはしごを外《はず》し、その場《ば》から立《た》ち去《さ》れないようにしたうえで、「じぶんはこれからどうしたらいいか」と相談《そうだん》し、こたえを迫《せま》ります。

諸葛亮《しょかつりょう》が、「いまは身《み》を引《ひ》いたほうがよい」と助言《じょげん》したので、劉琦《りゅうき》は、そのとき空席《くうせき》になっていた江夏太守《こうかたいしゅ》の座《ざ》を希望《きぼう》して、異母弟《いぼてい》・劉琮《りゅうそう》との争《あらそ》いをさけたのでした。

現在《げんざい》では、「はしごを外《はず》される」＝高《たか》いところに取《と》り残《のこ》されることから、「いっしょに何《なに》かに取《と》り組《く》んできた仲間《なかま》がいなくなって、孤立《こりつ》する」、「人《ひと》に誉《ほ》められてその気《き》になっていたら、いつの間《ま》にかやっているのは自分《じぶん》だけになっている」といった様子《ようす》を表《あらわ》すことばとして使《つか》われることが多《おお》いようです。

孫権《そんけん》との同盟《どうめい》～赤壁《せきへき》の戦《たたか》いへ

「劉備《りゅうび》さま。孫権《そんけん》どののところから、魯粛《ろしゅく》という者《もの》が、どうしてもお目《め》にかかりたいと」

「孫権《そんけん》のところ？　なんだろう。よし、とおせ」

あらわれた魯粛《ろしゅく》は、劉備《りゅうび》に「孫権《そんけん》と同盟《どうめい》をむすぶよう」とすすめた。

「いま、孫権《そんけん》さまのところでは、今後《こんご》の外交《がいこう》をどうするのか、意見《いけん》が分《わ》かれています。わたしはぜひ、劉備《りゅうび》さまと同盟《どうめい》し、力《ちから》を合《あ》わせて曹操《そうそう》に対抗《たいこう》すべきだと思《おも》っています」

「しかし、いまのわたしと孫権《そんけん》さまでは、かなり立場《たちば》がちがう。手《て》をむすんでくれるだろうか」

「それは交渉次第《こうしょうしだい》です。劉備《りゅうび》さまのほうから、うまく話《はなし》をもっていけば」

劉備《りゅうび》は、諸葛亮《しょかつりょう》をよびだした。魯粛《ろしゅく》は諸葛亮《しょかつりょう》を見《み》るといった。

「おお、諸葛亮《しょかつりょう》どのですか。わたしは、あなたの兄上《あにうえ》とは親《した》しくしてもらっている」

諸葛亮《しょかつりょう》の兄《あに》、諸葛瑾《しょかつきん》は、孫権《そんけん》の重要《じゅうよう》な部下《ぶか》の一人《ひとり》だった。

二人《ふたり》があっという間《ま》にうちとけたのを見《み》て、劉備《りゅうび》はこの話《はなし》に賭《か》けてみる気《き》になった。

「では、二人《ふたり》とも、たのんだぞ」

「わかりました。かならずまとめてみせます」

諸葛亮《しょかつりょう》は、孫権《そんけん》のいる呉《ご》へとのりこんでいった。

その弁舌《べんぜつ》は、みごとに孫権《そんけん》の心《こころ》を動《うご》かしたらしい。

その後《ご》、孫権《そんけん》と劉備《りゅうび》の同盟軍《どうめいぐん》は、赤壁《せきへき》の地《ち》で、陸《りく》と水《すい》、両方《りょうほう》からおしよせてきた曹操《そうそう》の大軍《たいぐん》をうちやぶることに成功《せいこう》した。

曹操《そうそう》は河北《かほく》へもどっていった。ただ、劉備《りゅうび》には、孫権《そんけん》との同盟《どうめい》を、この先《さき》、どうたもっていくかという、むずかしい課題《かだい》がのこされることになった。

――何《なに》もしないでいたら、ただ孫権《そんけん》の部下《ぶか》にされるだけだ。

これまであちこちを逃《に》げてきた劉備《りゅうび》には、いまだに確固《かっこ》たる本拠地《ほんきょち》はない。諸葛亮《しょかつりょう》のいった、「天下三分《てんかさんぶん》」を実現《じつげん》するならば、じぶんの支配《しはい》の拠点《きょてん》を確立《かくりつ》しなければならない。

劉備《りゅうび》はまず、援軍《えんぐん》にきてくれた劉琦《りゅうき》が、劉琮《りゅうそう》にかわって荊州《けいしゅう》の長官《ちょうかん》となれるようとりはからった。そしておもてむきは劉琦《りゅうき》を立《た》てるかたちで、荊州《けいしゅう》の南側《みなみがわ》の武陵《ぶりょう》、長沙《ちょうさ》、桂陽《けいよう》、零陵《れいりょう》の四《よっ》つの郡《ぐん》を支配下《しはいか》に置《お》いた。

翌年《よくねん》（２０９年《ねん》）、もともと病弱《びょうじゃく》だった劉琦《りゅうき》が亡《な》くなった。

「こういういいかたは劉備《りゅうび》さまはおきらいかもしれませんが……やはりこうなる宿命《しゅくめい》だったのでしょう。いまこそ、ご遠慮《えんりょ》なく、荊州長官《けいしゅうちょうかん》の地位《ちい》におつきください」

諸葛亮《しょかつりょう》をはじめ、じぶんの部下《ぶか》だけでなく、劉琦《りゅうき》の部下《ぶか》だった者《もの》までもが、こぞってそういってくれるので、劉備《りゅうび》はようやくその地位《ちい》につく覚悟《かくご》ができた。

「よし、こうなったら、いつぞやの諸葛亮《しょかつりょう》のことばどおりに、勢力《せいりょく》をのばそう」

劉備《りゅうび》は、江陵《こうりょう》（荊州《けいしゅう》の中部《ちゅうぶ》）に目《め》をつけた。

江陵《こうりょう》は益州《えきしゅう》へと勢力《せいりょく》を広《ひろ》げる際《さい》に重要《じゅうよう》な場所《ばしょ》だ。劉備《りゅうび》は、江陵《こうりょう》の南《みなみ》、長江《ちょうこう》と油江《ゆこう》とが合流《ごうりゅう》する地《ち》を公安《こうあん》と名《な》づけて、じぶんの本拠地《ほんきょち》とすることにした。

「もうしあげます。孫権《そんけん》さまの使者《ししゃ》の方《かた》が、書状《しょじょう》をおもちになりました」

――孫権《そんけん》からの書状《しょじょう》？　なんだろう。まさか宣戦布告《せんせんふこく》でもないだろうが……。

劉備《りゅうび》のこのところの動《うご》きが、孫権《そんけん》にとって警戒《けいかい》すべきもの、あるいは不愉快《ふゆかい》なものとうつっている可能性《かのうせい》は、十二分《じゅうにぶん》にあった。

――なんと！　これも天運《てんうん》のうちだろうか。

書状《しょじょう》には、同盟《どうめい》をより強《つよ》いものにしたいと思《おも》うならば、孫権《そんけん》の妹《いもうと》を妻《つま》にせよと書《か》かれていた。

「枕元《まくらもと》に短剣《たんけん》を突《つ》きつけられるようなものだが……いやとはいえぬな」

劉備《りゅうび》は「つつしんで妹《いもうと》さまを妻《つま》にします」と返事《へんじ》をしたためた。

三国志《さんごくし》コラム

劉備《りゅうび》の妻子《さいし》たち

「正史《せいし》」においては、劉備《りゅうび》の妻《つま》としては四人《にん》の女性《じょせい》が、実子《じっし》としては三人《にん》の男子《だんし》と二人《ふたり》の女子《じょし》が記《しる》されています。

長阪坡《ちょうはんは》で趙雲《ちょううん》に助《たす》けられた甘夫人《かんふじん》は、いちばん長《なが》く劉備《りゅうび》とともに過《す》ごしたと思《おも》われる人《ひと》ですが、出身《しゅっしん》の身分《みぶん》が低《ひく》かったらしく（父母《ふぼ》の名《な》などはつたわっていません）、立場《たちば》はずっと側室《そくしつ》でした。221年《ねん》、劉備《りゅうび》が皇帝《こうてい》となり、甘夫人《かんふじん》の生《う》んだ劉禅《りゅうぜん》があとつぎと決《き》まったときに、荊州《けいしゅう》に葬《ほうむ》られていた甘夫人《かんふじん》の棺《ひつぎ》を蜀《しょく》へ移《うつ》すことになりました。亡《な》くなったのは長阪坡《ちょうはんは》の戦《たたか》いの翌年《よくねん》、209年《ねん》なので、死後《しご》十二年《ねん》たってからということになります。

ところが、その棺《ひつぎ》が到着《とうちゃく》しないうちに、劉備《りゅうび》は病気《びょうき》で亡《な》くなってしまいます。諸葛亮《しょかつりょう》は、部下《ぶか》たちとも相談《そうだん》のうえで、甘夫人《かんふじん》の棺《ひつぎ》を劉備《りゅうび》の墓《はか》へいっしょに葬《ほうむ》ることにし、さらに昭烈皇后《しょうれつこうごう》という称号《しょうごう》（諡号《しごう》）を贈《おく》りました。

孫権《そんけん》の妹《いもうと》は、孫夫人《そんふじん》とよばれていました。劉備《りゅうび》とは親子《おやこ》ほどの年《とし》の差《さ》があり、政略結婚《せいりゃくけっこん》によって正室《せいしつ》となった人《ひと》ですが、夫婦仲《ふうふなか》はよかったようです。ただ、のちに劉備《りゅうび》と孫権《そんけん》との関係《かんけい》が悪《わる》くなると、劉備《りゅうび》のもとを去《さ》ることになりました。劉備《りゅうび》との間《あいだ》に子《こ》どもはいなかったようです。

ほかの多《おお》くの女性《じょせい》たちとおなじく、名前《なまえ》はつたわっていませんが、「演義《えんぎ》」には孫仁《そんじん》の名《な》で登《とう》場《じょう》します。また中国《ちゅうごく》の伝統的《でんとうてき》な演劇《えんげき》である京劇《きょうげき》では「孫尚香《そんしょうこう》」とされ、一般《いっぱん》にもこの名《な》が親《した》しまれています。

孫夫人《そんふじん》の前《まえ》に正室《せいしつ》だったのは、糜夫人《びふじん》で、劉備《りゅうび》を経済的《けいざいてき》に支援《しえん》し、部下《ぶか》となった糜竺《びじく》という人《ひと》の妹《いもうと》でした。糜竺《びじく》はもともと陶謙《とうけん》の部下《ぶか》で、陶謙《とうけん》の死後《しご》、そのあとをついで徐州《じょしゅう》を支配《しはい》するよう、劉備《りゅうび》を説得《せっとく》した人《ひと》でもあります。

糜夫人《びふじん》は、曹操《そうそう》が関羽《かんう》を捕虜《ほりょ》としたときに、おなじく曹操《そうそう》に捕《と》らえられていたようですが、その後《ご》のことは「正史《せいし》」にはまったくつたわりません。「演義《えんぎ》」では、長阪坡《ちょうはんは》の戦《たたか》いのときに、けがをしてしまい、助《たす》けにきた趙雲《ちょううん》を「足手《あしで》まといになるから」と拒絶《きょぜつ》して、みずから命《いのち》を絶《た》ったと描《えが》かれています。

劉備《りゅうび》が皇帝《こうてい》になったときに正妻《せいさい》であったのは呉氏《ごし》の穆皇后《ぼくこうごう》で、劉禅《りゅうぜん》があとをついでのちは、245年《ねん》に亡《な》くなるまで、皇太后《こうたいごう》の地位《ちい》にありました。穆皇后《ぼくこうごう》も、劉備《りゅうび》とおなじ墓《はか》に葬《ほうむ》られました。

劉備《りゅうび》の子《こ》としては、劉禅《りゅうぜん》以外《いがい》に劉永《りゅうえい》、劉理《りゅうり》がいますが、この二人《ふたり》の母《はは》は不明《ふめい》です。また、曹操《そうそう》軍《ぐん》に二人《ふたり》の女子《じょし》が捕《と》らえられたという記述《きじゅつ》がありますが、その後《ご》どうなったかはわかりません。曹操《そうそう》や孫権《そんけん》にくらべると、劉備《りゅうび》の妻子《さいし》はずいぶん数《かず》が少《すく》ないようです。

荊州《けいしゅう》をめぐって

——人《ひと》が多《おお》くなってきたな。もっと広《ひろ》い土地《とち》をおさめたい。

劉備《りゅうび》のもとには、各地《かくち》から人々《ひとびと》が流《なが》れこんできていた。住《す》む場所《ばしょ》も耕作地《こうさくち》も、いまのままではせますぎる。

劉表《りゅうひょう》と劉琦《りゅうき》が死《し》んでからの荊州《けいしゅう》は、劉備《りゅうび》と孫権《そんけん》との、支配力争《しはいりょくあらそ》いの場《ば》となっている。荊州牧《けいしゅうぼく》と名《な》のってはいても、劉備《りゅうび》が州全土《しゅうぜんど》に支配《しはい》をおよぼしているわけではなく、北部《ほくぶ》のほうは、孫権《そんけん》の命《めい》を受《う》けた周瑜《しゅうゆ》が実権《じっけん》をにぎっていた。

「孫権《そんけん》に会《あ》って、荊州全土《けいしゅうぜんど》をまかせてもらうよう交渉《こうしょう》しよう」

そういって出《で》かける支度《したく》をしようとすると、諸葛亮《しょかつりょう》が止《と》めた。

「劉備《りゅうび》さまみずから、京口《けいこう》（徐州南部《じょしゅうなんぶ》。長江《ちょうこう》の河口近《かこうちか》く）まで出《で》むくのですか。それは危険《きけん》です」

「だいじょうぶだ。なにしろ、わたしと孫権《そんけん》は義理《ぎり》の兄《あに》と弟《おとうと》だからな」

心配《しんぱい》そうな諸葛亮《しょかつりょう》をなだめて、劉備《りゅうび》は孫権《そんけん》の本拠地《ほんきょち》の京口《けいこう》へむかった。

「おお、ようこそ、義兄上《あにうえ》」

孫権《そんけん》は歓迎《かんげい》してくれたが、かんじんの話《はなし》になると、なかなか首《くび》を縦《たて》にふらず、そのかわり、まったく別《べつ》の提案《ていあん》をしてきた。

「それより義兄上《あにうえ》、いっしょに劉璋《りゅうしょう》を攻《せ》めて、益州《えきしゅう》をわれらのものにしませんか」

「ううむ、そうだな……」

益州《えきしゅう》の劉璋《りゅうしょう》については、じつはひそかに別《べつ》の計画《けいかく》を考《かんが》えて、すでにすすめていたので、この話《はなし》にのるわけにはいかない。劉備《りゅうび》は返事《へんじ》をにごすしかなかった。

――諸葛亮《しょかつりょう》のいったとおりだな。長居《ながい》をしないほうがいいようだ。

孫権《そんけん》のまわりの部下《ぶか》たちの目《め》がけわしく、また何《なに》かたくらんでいる気配《けはい》も感《かん》じられたので、劉《りゅう》備《び》は結論《けつろん》を出《だ》さないまま、早々《そうそう》に京口《けいこう》を立《た》ち去《さ》った。

棚上《たなあ》げになってしまったこの問題《もんだい》は、思《おも》わぬ形《かたち》で解決《かいけつ》をみた。

「劉備《りゅうび》さま。周瑜《しゅうゆ》どのの後任《こうにん》は、魯粛《ろしゅく》どのだそうです」

「ほう。それはいいな」

210年《ねん》、孫権《そんけん》の右腕《みぎうで》というべき家臣《かしん》の周瑜《しゅうゆ》が病気《びょうき》で亡《な》くなると、その仕事《しごと》は魯粛《ろしゅく》にひきつがれた。魯粛《ろしゅく》は、以前《いぜん》から劉備《りゅうび》や諸葛亮《しょかつりょう》に好意的《こういてき》である。

「孫権《そんけん》さまから書状《しょじょう》です」

書状《しょじょう》には「荊州《けいしゅう》を貸与《たいよ》する」と書《か》かれていた。

「貸与《たいよ》か。いつかは返《かえ》せというのだな」

いつかはいつか。

それは、だれにもわからない。劉備《りゅうび》はほんの少《すこ》し、にやりとした。

益州《えきしゅう》へ

「劉備《りゅうび》さま。益州《えきしゅう》の劉璋《りゅうしょう》さまより、いそぎの書状《しょじょう》がとどきました」

「うむ。そろそろくるかと思《おも》っていた。うまくいったかな」

211年《ねん》、曹操《そうそう》が、益州《えきしゅう》の漢中《かんちゅう》に本拠《ほんきょ》を置《お》く張魯《ちょうろ》を攻《せ》めるという動《うご》きをみせた。張魯《ちょうろ》は五斗米道《ごとべいどう》（道教《どうきょう》のひとつ）の教祖《きょうそ》で、漢中《かんちゅう》は信者《しんじゃ》たちの本拠地《ほんきょち》だった。

この知《し》らせにおびえたのが、益州刺史《えきしゅうしし》の劉璋《りゅうしょう》だった。書状《しょじょう》には、「曹操軍《そうそうぐん》の進軍《しんぐん》に備《そな》えるため、ぜひ、劉備《りゅうび》どのにこちらへ兵《へい》をひきいてきてほしい」と書《か》かれていた。

じつは劉備《りゅうび》は、しばらく前《まえ》から、劉璋《りゅうしょう》の部下《ぶか》の張松《ちょうしょう》、法正《ほうせい》の二人《ふたり》とこっそり連絡《れんらく》をとりあい、機会《きかい》があれば劉璋《りゅうしょう》が劉備《りゅうび》をたよってくるよう、しむけていたのだ。

これでどうどうと益州《えきしゅう》へ行《い》けると支度《したく》をしていると、法正《ほうせい》がじぶんで劉備《りゅうび》のもとにやってきた。

「劉備《りゅうび》さま。この機会《きかい》をのがさず、益州《えきしゅう》をわがものとなさってください」

劉備《りゅうび》は少《すこ》しためらった。劉琦《りゅうき》のときと同様《どうよう》、まず後見《こうけん》になればいいと思《おも》っていたからだ。

「法正《ほうせい》さまのおっしゃるとおりです。残念《ざんねん》ですが、劉璋《りゅうしょう》さまには人々《ひとびと》の心《こころ》をつかみ、土地《とち》をおさめていく力《ちから》はありません。劉備《りゅうび》さまがつまらぬ遠慮《えんりょ》をなさっていると、ほかのだれかに益州《えきしゅう》をとられてしまいます」

こういったのは、さいきん劉備《りゅうび》のところに仕《つか》えるようになった、龐統《ほうとう》だった。龐統《ほうとう》は、周瑜《しゅうゆ》の部下《ぶか》だったが、周瑜《しゅうゆ》の死後《しご》、劉備《りゅうび》をたよってきた。その知恵者《ちえしゃ》としての名《な》は、昔《むかし》から諸葛亮《しょかつりょう》にもおとらぬほど有名《ゆうめい》で、劉備《りゅうび》はたのもしく思《おも》っていた。

「わかった。その覚悟《かくご》で行《い》こう」

劉備《りゅうび》は、諸葛亮《しょかつりょう》、関羽《かんう》、趙雲《ちょううん》らに荊州《けいしゅう》の守《まも》りをまかせ、龐統《ほうとう》らを連《つ》れて、益州《えきしゅう》へ入《はい》った。

益州《えきしゅう》の涪《ふう》という場所《ばしょ》では、劉璋《りゅうしょう》がむかえてくれた。

「劉備《りゅうび》どの。よくおこしくださった。わたしの軍《ぐん》もお貸《か》しするから、ぜひ曹操《そうそう》より先《さき》に、張魯《ちょうろ》を討《う》ってください」

——まあ、ここはいったん漢中《かんちゅう》のちかくへ進軍《しんぐん》するか。

劉備《りゅうび》は、涪《ふう》を発《た》つと、北東《ほくとう》へ移動《いどう》し葭萌《かぼう》に陣《じん》をしいた。

「なぜ、涪《ふう》でさっさと劉璋《りゅうしょう》を殺《ころ》さなかったのですか。そのほうが事《こと》ははやいのに」

龐統《ほうとう》が不満《ふまん》そうにいったが、劉備《りゅうび》はもう少《すこ》し慎重《しんちょう》に考《かんが》えていた。

——一般《いっぱん》の人々《ひとびと》が、わたしに寄《よ》せてくれている信頼《しんらい》を失《うしな》うようなやりかたは、まずい。その場《ば》の戦《たたか》いで勝《か》つだけでなく、その後《ご》のことも、考《かんが》えに入《い》れながら動《うご》くべきだ。

ただ、劉璋《りゅうしょう》のたのみどおりに張魯《ちょうろ》を討《う》つ気《き》は、じつは劉備《りゅうび》にはまったくなかった。そんなことをすれば、ここで曹操《そうそう》と正面衝突《しょうめんしょうとつ》になってしまうだろう。

——軍《ぐん》を養《やしな》いながら、曹操《そうそう》と劉璋《りゅうしょう》、それぞれのようすを見《み》よう。きっと、動《うご》くにふさわしいときがくる。

劉備《りゅうび》はじっと天運《てんうん》のしめすときを待《ま》つことにした。

成都《せいと》を得《え》る

212年《ねん》。葭萌《かぼう》にいた劉備《りゅうび》のもとに、孫権《そんけん》から書状《しょじょう》がとどいた。

「曹操《そうそう》の軍《ぐん》がこちらへむかってくるらしい。助《たす》けてくれないか」

孫権《そんけん》は、益州《えきしゅう》へ軍《ぐん》をすすめた劉備《りゅうび》に、いちどは怒《いか》り、妹《いもうと》を自分《じぶん》のもとに連《つ》れもどしたほどだったが、それでも、曹操《そうそう》に対抗《たいこう》するには、やはり劉備《りゅうび》と協力《きょうりょく》するしかないと考《かんが》えたようだ。

「いったん、荊州《けいしゅう》へ引《ひ》きあげよう」

劉備《りゅうび》が軍《ぐん》にこう号令《ごうれい》すると、今度《こんど》はそれを知《し》った劉璋《りゅうしょう》が怒《いか》った。貸《か》してくれていた軍《ぐん》を返《かえ》せと要求《ようきゅう》すると同時《どうじ》に、はじめに劉備《りゅうび》をたよるようすすめた張松《ちょうしょう》を「うらぎり者《もの》」として処刑《しょけい》してしまった。

「あさはかな……張松《ちょうしょう》を殺《ころ》すとは。これで、はっきりと、劉璋《りゅうしょう》を討《う》ちとる口実《こうじつ》ができたぞ」

劉備《りゅうび》は軍《ぐん》を、荊州《けいしゅう》ではなく、益州《えきしゅう》の成都《せいと》へむけた。

途中《とちゅう》、白水関《はくすいかん》や涪《ふう》でつぎつぎと勝利《しょうり》をおさめながら、慎重《しんちょう》にではあるが、確実《かくじつ》に益州《えきしゅう》をわが手《て》に落《お》としていく。荊州《けいしゅう》にのこっていた諸葛亮《しょかつりょう》、張飛《ちょうひ》、趙雲《ちょううん》もそれぞれ進軍《しんぐん》してきて、成都《せいと》を囲《かこ》もうという作戦《さくせん》だ。

ところが、成都《せいと》を目前《もくぜん》に、雒《らく》の地《ち》で、劉備軍《りゅうびぐん》は苦戦《くせん》を強《し》いられた。

「劉循《りゅうじゅん》。あんがい、骨《ほね》があるな」

劉璋《りゅうしょう》の子《こ》、劉循《りゅうじゅん》は、雒城《らくじょう》にたてこもり、劉備軍《りゅうびぐん》がこれ以上成都《いじょうせいと》へ近《ちか》づくのをはばんでいた。兵《へい》もよく訓練《くんれん》されていて、するどい矢《や》が雨《あめ》のように降《ふ》ってくる。

「ぐおっ！」

「龐統《ほうとう》！」

その矢《や》のひとつが、龐統《ほうとう》に命中《めいちゅう》した。劉備《りゅうび》がさけんだときは、すでに龐統《ほうとう》は息絶《いきた》えていた。

——なんということだ。ここまできて……龐統《ほうとう》、見《み》ていてくれ。

劉備《りゅうび》は無念《むねん》さをこらえながら、さらなる長期戦《ちょうきせん》を戦《たたか》いぬき、雒城《らくじょう》を落《お》とした。

２１４年夏《ねんなつ》。ついに雒城《らくじょう》が落《お》ちると、劉璋《りゅうしょう》は己《おのれ》の限界《げんかい》をさとったのか、戦《たたか》うことなく成都《せいと》の城《しろ》をあけわたした。

城《しろ》へ入《はい》ってみると、元気《げんき》な兵《へい》が三万人《まんにん》と、食糧《しょくりょう》がおよそ一年分《ねんぶん》に加《くわ》え、金銀《きんぎん》もあった。

「こんなに余力《よりょく》があるのに、降伏《こうふく》するとは……なさけない」

劉備《りゅうび》があきれていると、劉璋《りゅうしょう》の部下《ぶか》たちもおなじ思《おも》いの者《もの》が多《おお》かったのだろう。みな、すすんで「臆病《おくびょう》な劉璋《りゅうしょう》さまのところにいるより、じぶんからもうしでて、さっさと劉備《りゅうび》さまの部下《ぶか》にしてもらおう」と、つぎつぎと有能《ゆうのう》な人材《じんざい》が劉備《りゅうび》にしたがうことを誓《ちか》った。

劉備《りゅうび》は、城《しろ》にあった豊富《ほうふ》な食材《しょくざい》で宴会《えんかい》をひらき、金銀《きんぎん》もわけあたえて部下《ぶか》たちをねぎらうと、今後《こんご》の「劉備政権《りゅうびせいけん》」の体制《たいせい》を発表《はっぴょう》した。

諸葛亮《しょかつりょう》をじぶんの補佐役《ほさやく》、法正《ほうせい》を相談役《そうだんやく》とするなど、関羽《かんう》、張飛《ちょうひ》といった古《ふる》くからの同志《どうし》たちに加《くわ》え、あたらしく加《くわ》わった人材《じんざい》すべてを、それぞれの能力《のうりょく》を生《い》かせる地位《ちい》につけた。その中《なか》には、つい昨日《きのう》まで劉璋《りゅうしょう》の部下《ぶか》だった者《もの》も、少《すく》なくなかった。

「みな。よろしくたのむ」

劉備《りゅうび》五十四歳《さい》。つぎはいよいよ、曹操《そうそう》と孫権《そんけん》、三《み》つ巴《どもえ》のかけひきが待《ま》っている。

漢中王《かんちゅうおう》となる

２１５年《ねん》。劉備《りゅうび》が益州《えきしゅう》を手中《しゅちゅう》にしたのを知《し》った孫権《そんけん》は、「では荊州《けいしゅう》を返《かえ》せ」とせまってきた。

「返《かえ》せ、といわれてもな」

のらりくらり、返事《へんじ》を引《ひ》きのばしていると、孫権《そんけん》は怒《いか》り、部下《ぶか》に命《めい》じて、荊州《けいしゅう》の南《みなみ》にある三《みっ》つの郡《ぐん》、長沙《ちょうさ》、零陵《れいりょう》、桂陽《けいよう》を武力《ぶりょく》でうばいとっていった。

「見《み》すごすわけにはいかぬ」

五万《まん》の軍《ぐん》をひきいて荊州中部《けいしゅうちゅうぶ》の公安《こうあん》へすすんだ劉備《りゅうび》は、さらに関羽《かんう》に命《めい》じてその南方《なんぽう》にある益《えき》陽《よう》まで攻《せ》め入《い》らせた。

「もうしあげます。いま知《し》らせがまいりまして、曹操《そうそう》が漢中《かんちゅう》にむかっているとのことです」

——まずい。

劉備《りゅうび》はあわてて孫権《そんけん》にたいし、「荊州《けいしゅう》の江夏《こうか》、長沙《ちょうさ》、桂陽《けいよう》は返《かえ》す」と条件《じょうけん》を出《だ》して、停戦《ていせん》、講《こう》和《わ》をまとめると、兵《へい》を成都《せいと》へもどしつつ、張飛《ちょうひ》に命《めい》じて曹操軍《そうそうぐん》に対抗《たいこう》させた。

こうして、荊州《けいしゅう》では孫権《そんけん》と、益州《えきしゅう》の漢中《かんちゅう》では曹操《そうそう》との争《あらそ》いが絶《た》えぬまま、数年《すうねん》がたった。

この間《かん》、曹操《そうそう》が「魏王《ぎおう》」を名《な》のったり、孫権《そんけん》が曹操《そうそう》に「臣下《しんか》の礼《れい》」（相手《あいて》を主君《しゅくん》とみとめると誓《ちか》うこと）をとったりと、劉備《りゅうび》にはあまり好《この》ましくないことがつづいた。

２１９年春《ねんはる》――。

「いまこそ曹操《そうそう》と戦《たたか》おう。わたしの天運《てんうん》がまだ尽《つ》きていないならば、勝利《しょうり》がみえるはずだ」

劉備《りゅうび》は、曹操《そうそう》の支配地《しはいち》との境《さかい》、定軍山《ていぐんざん》に砦《とりで》を築《きず》き、陣《じん》をしいた。

「曹操《そうそう》のひきいる本隊《ほんたい》がこないうちに、片《かた》をつけるんだ！」

劉備軍《りゅうびぐん》は、このあたりを守《まも》っていた曹操《そうそう》の部下《ぶか》、夏侯淵《かこうえん》の陣《じん》を焼《や》きうちにした。曹操《そうそう》が到着《とうちゃく》したときは、すでに夏侯淵《かこうえん》は討《う》ちとられたあとだった。

怒《おこ》った曹操《そうそう》は二カ月《げつ》にわたって劉備軍《りゅうびぐん》を攻撃《こうげき》したが、劉備《りゅうび》が定軍山《ていぐんざん》に築《きず》いた砦《とりで》があまりにも堅《けん》牢《ろう》（じょうぶでしっかりとしていること）で難攻不落《なんこうふらく》（攻《せ》めるのがむずかしく、落《お》ちにくいこと）だと判断《はんだん》したらしく、やがてあきらめて撤退《てったい》していった。

戦《たたか》いの終《お》わった秋《あき》、劉備《りゅうび》は、「漢中《かんちゅう》王《おう》」を名《な》のり、許都《きょと》にいる帝《みかど》にも書状《しょじょう》を奉《たてまつ》って、漢王朝《かんおうちょう》の復興《ふっこう》を誓《ちか》った。

三国志《さんごくし》コラム

三国志《さんごくし》のことば その5 「蜀《しょく》を望《のぞ》む」「鶏肋《けいろく》」

魏公《ぎこう》となってからの曹操《そうそう》は、それまでにくらべると、本拠地《ほんきょち》・鄴《ぎょう》（冀州《きしゅう》）をはなれて長《なが》く遠征《えんせい》することを、あまり好《この》まなくなっていたのではないかと思《おも》われます。それをうかがわせるのが、このふたつのことばです。

「蜀《しょく》を望《のぞ》む」は、もともと、「後漢書《ごかんじょ》」や「十八史略《じゅうはっしりゃく》」にあることばです。後漢《ごかん》の光武帝《こうぶてい》・劉秀《りゅうしゅう》（前《ぜん》6年《ねん》～57年《ねん》。後漢王朝《ごかんおうちょう》の初代皇帝《しょだいこうてい》）が、隴《ろう》を得《え》ても満足《まんぞく》することなく蜀《しょく》の地《ち》を得《え》ることも望《のぞ》んだことから、ひとつの望《のぞ》みをとげてもすぐにつぎの望《のぞ》みが出《で》てくるように、人《ひと》の欲望《よくぼう》にはかぎりがないことをいいますが、215年《ねん》、漢中《かんちゅう》を攻《せ》めていた曹操《そうそう》がこのことばを引用《いんよう》して、さらなる侵攻《しんこう》をうながす部下《ぶか》、司馬懿《しばい》や劉曄《りゅうよう》らの提案《ていあん》を却下《きゃっか》したと「演義《えんぎ》」には書《か》かれています。

また、「鶏肋《けいろく》」は、鶏《とり》のあばら骨《ぼね》についている肉《にく》はおいしいが、わずかしかないので、お腹《なか》は満《み》たされないことから「たいして役《やく》に立《た》たないが、捨《す》てるには惜《お》しいもの」を指《さ》しています。

これは、219年《ねん》、定軍山《ていぐんざん》の劉備《りゅうび》を攻《せ》めあぐねていた曹操《そうそう》がいったとされます。攻《せ》めつづけるか退《ひ》くか、迷《まよ》っていた曹操《そうそう》がつぶやいたこのことばを、「退却《たいきゃく》せよという意味《いみ》だろう」と解釈《かいしゃく》して、軍《ぐん》に退却準備《たいきゃくじゅんび》をうながしたのは、楊脩《ようしゅう》という部下《ぶか》だったと、「注《ちゅう》」や「演義《えんぎ》」には記《しる》されています。

同志《どうし》を失《うしな》う〜皇帝《こうてい》を名《な》のる

「このいきおいで、曹操《そうそう》の影響力《えいきょうりょく》を荊州《けいしゅう》からできるだけ遠《とお》ざけよう」

そう決《き》めた劉備《りゅうび》は、関羽《かんう》に命《めい》じ、樊城《はんじょう》を攻《せ》めさせた。関羽《かんう》は、ちょうどそのころ降《ふ》った大雨《おおあめ》と、樊城《はんじょう》の周囲《しゅうい》の地形《ちけい》から、城《しろ》のまわりが水《みず》びたしになることを予想《よそう》して、船《ふね》を用意《ようい》していった。

関羽《かんう》の思《おも》ったとおり、樊城《はんじょう》に立《た》てこもる曹操《そうそう》の部下《ぶか》、曹仁《そうじん》のひきいる軍《ぐん》は、孤立《こりつ》していて援軍《えんぐん》もとどかない。これで勝《か》てる、と考《かんが》えた関羽《かんう》を、想定外《そうていがい》の不運《ふうん》がおそった。

ひとつは、城《しろ》のまわりから水《みず》の退《ひ》くのが、計算《けいさん》よりずっとはやかったことだ。これにより、曹《そう》操の援軍《えんぐん》がすぐそこまでせまってきた。

もうひとつは――なんと、孫権《そんけん》が、曹操《そうそう》の味方《みかた》について、軍《ぐん》を派遣《はけん》してきたことだった。曹操軍《そうそうぐん》と孫権軍《そんけんぐん》、はさみ撃《う》ちにあった関羽《かんう》は、孫権軍《そんけんぐん》の兵士《へいし》につかまり、殺《ころ》されてしまう。

これにより、荊州《けいしゅう》は孫権《そんけん》にうばわれてしまった。

荊州《けいしゅう》と、古《ふる》くからのたいせつな同志《どうし》を失《うしな》った劉備《りゅうび》はひどくなげいたが、なげいてばかりもいられなかった。

「献帝《けんてい》が亡《な》くなられて、つぎの帝《みかど》には、曹操《そうそう》の息子《むすこ》の曹丕《そうひ》が即位《そくい》するそうです」

220年《ねん》にこの知《し》らせがとどくと、劉備《りゅうび》のまわりではいきどおる声《こえ》が大《おお》きくなった。

「それでは漢王朝《かんおうちょう》とはいえない。これはぜひ、劉備《りゅうび》さまが帝《みかど》になるべきだ」

じつは、亡《な》くなったのは帝《みかど》ではなく曹操《そうそう》で、そのあとをついで魏王《ぎおう》となった曹丕《そうひ》が、帝《みかど》から帝位《ていい》を「禅譲《ぜんじょう》」（本来《ほんらい》は天《てん》の意志《いし》にしたがってゆずることを意味《いみ》することばだが、事実上《じじつじょう》は曹丕《そうひ》が武力《ぶりょく》を見《み》せつけてうばいとったものであった。74ページ参照《さんしょう》）によって受《う》けついだのだったが、劉備《りゅうび》のもとには、献帝《けんてい》が亡《な》くなったとつたわってきたのだ。

「劉備《りゅうび》さま。わが国《くに》では、古来《こらい》、帝《みかど》は天《てん》の意志《いし》で選《えら》ばれるもの。いまこそ」

部下《ぶか》たちのことばに、劉備《りゅうび》はゆっくりとうなずいた。

——このために、これまですべてがあったと

いうのだな。

221年《ねん》、劉備《りゅうび》は、漢王朝《かんおうちょう》の再興《さいこう》をかかげて、皇帝《こうてい》を名《な》のることになる。

皇帝《こうてい》としての最初《さいしょ》の進軍《しんぐん》を、劉備《りゅうび》は荊州《けいしゅう》にむけようとした。

「わたしはどうしても、孫権《そんけん》を討《う》ちとりたいのだ」

劉備《りゅうび》は、関羽《かんう》がだまし討《う》ち同然《どうぜん》に殺《ころ》されたことを、ふかく根《ね》にもっていた。

「劉備《りゅうび》さま。帝《みかど》となられたいま、敵《てき》は孫権《そんけん》ではありません。曹丕《そうひ》を討《う》ちとるのが先《さき》です」

諸葛亮《しょかつりょう》たちは反対《はんたい》したが、劉備《りゅうび》は張飛《ちょうひ》とともに、孫権攻撃《そんけんこうげき》を決《き》め、準備《じゅんび》に入《はい》ってしまう。

「帝《みかど》。張飛《ちょうひ》さまのところから書状《しょじょう》です」

——なんだ。いやな予感《よかん》がする。

書状《しょじょう》は、進軍《しんぐん》の準備《じゅんび》をしていた張飛《ちょうひ》が、部下《ぶか》にうらぎられて殺《ころ》されたと書《か》かれていた。

「やはり、孫権《そんけん》を攻《せ》めるのはおやめください」

諸葛亮《しょかつりょう》も趙雲《ちょううん》も反対《はんたい》したうえに、孫権《そんけん》の方《ほう》からも和睦《わぼく》をのぞむ書状《しょじょう》がきたが、劉備《りゅうび》はいずれにも耳《みみ》を貸《か》そうとせず、長江《ちょうこう》を下流《かりゅう》へと、大軍《たいぐん》をひきいていった。

三国志《さんごくし》コラム

華佗《かだ》──伝説《でんせつ》の名医《めいい》

「演義《えんぎ》」には、関羽《かんう》が樊城《はんじょう》を攻《せ》めていたとき、右肘《みぎひじ》に毒矢《どくや》を受《う》けて苦《くる》しんでいたのを、華佗《かだ》という医師《いし》がやってきて、腕《うで》の骨《ほね》をけずりとる、本格的《ほんかくてき》な外科手術《げかしゅじゅつ》をして救《すく》ったというエピソードがあります。

「正史《せいし》」によれば、この医師《いし》は華佗《かだ》ではないようですが、華佗《かだ》は、三国志《さんごくし》の時代《じだい》、名医《めいい》といえばまずだれもが名《な》を思《おも》いうかべる人物《じんぶつ》でした。

華佗《かだ》の診断《しんだん》や治療《ちりょう》の例《れい》は「正史《せいし》」にもたくさん記《しる》されていますが、中《なか》でも注目《ちゅうもく》されるのは、「麻沸散《まふつさん》」という薬《くすり》の使《つか》い方《かた》です。華佗《かだ》は治療《ちりょう》に針《はり》や薬《くすり》を使《つか》いましたが、それらが病気《びょうき》の原因《げんいん》となる場所《ばしょ》にとどかないときは、この麻沸散《まふつさん》を使《つか》って患者《かんじゃ》の感覚《かんかく》を失《うしな》わせ、体《からだ》を切《き》りひらくなどの手術《しゅじゅつ》をしたというのです。つまり、現在《げんざい》でいう麻酔《ますい》をすでに使《つか》っていたことになります。

華佗《かだ》は、曹操《そうそう》に望《のぞ》まれて主治医《しゅじい》となりますが、途中《とちゅう》でやめてしまい、のちに処刑《しょけい》されます。

これは当時《とうじ》、医師《いし》の社会的立場《しゃかいてきたちば》が低《ひく》かったことによるようです。華佗《かだ》には、「曹操《そうそう》ならもっと医師《いし》に敬意《けいい》をはらってくれるだろうと期待《きたい》していたのに、うらぎられた」という思《おも》いがあったといわれます。

白帝城《はくていじょう》での遺言《ゆいごん》

しかし、すでに劉備《りゅうび》の天運《てんうん》は尽《つ》きていたらしい。

孫権《そんけん》の部下《ぶか》、陸遜《りくそん》のたくみな戦術《せんじゅつ》にひっかかり、劉備軍《りゅうびぐん》はちりぢりになって、多《おお》くの戦力《せんりょく》が失《うしな》われた。劉備《りゅうび》は、成都《せいと》までもどることさえもできず、やっとの思《おも》いで白帝城《はくていじょう》（益州《えきしゅう》の東《ひがし》、荊州《けいしゅう》との境近《さかいちか》く）までたどりついたかと思《おも》うと、まもなく病《やまい》にたおれてしまった。

「諸葛亮《しょかつりょう》をよんでくれ」

223年《ねん》、枕元《まくらもと》にきた諸葛亮《しょかつりょう》に、劉備《りゅうび》はいった。

「あとつぎの息子《むすこ》、劉禅《りゅうぜん》のことを、どうかよろしくたのむ」

「いまさらいわれるまでもありません、どうぞ……」

諸葛亮《しょかつりょう》のことばをさえぎって、劉備《りゅうび》はつづけた。

「しかし、もし、劉禅《りゅうぜん》が凡庸《ぼんよう》で、そなたがささえるのにふさわしくない人物《じんぶつ》だと判断《はんだん》した場合《ばあい》は、どうか、遠慮《えんりょ》なくその地位《ちい》をうばって、そなたがとってかわってくれ」

「劉備《りゅうび》さま……、なんとおそれ多《おお》いことを。わたしは命《いのち》を捨《す》てても、忠誠《ちゅうせい》を誓《ちか》います」

劉備《りゅうび》は息子《むすこ》たちに「諸葛亮《しょかつりょう》を父《ちち》と思《おも》って仕《つか》えるように」といいのこして、この世《よ》を去《さ》った。

劉備《りゅうび》、六十三年《ねん》の生涯《しょうがい》であった。

三国志《さんごくし》コラム

劉備《りゅうび》——幼《おさな》いころの苦労《くろう》と予言《よげん》

劉備《りゅうび》は、その姓《せい》が漢王朝《かんおうちょう》とおなじなので、王朝《おうちょう》の末裔《まつえい》であるとして、皇帝《こうてい》として即位《そくい》します。が、子《こ》どものころは豊《ゆた》かでなく苦労《くろう》したようです。魏《ぎ》を建《た》てた曹操《そうそう》には、財力《ざいりょく》を提供《ていきょう》してくれる父《ちち》や、味方《みかた》してくれる一族《いちぞく》がありました。また呉《ご》を建《た》てた孫権《そんけん》には、父《ちち》と兄《あに》によってつくられた、強力《きょうりょく》な部下《ぶか》の集団《しゅうだん》がありました。

これにたいし、幼《おさな》いころに父《ちち》を亡《な》くした劉備《りゅうび》は、母《はは》といっしょにわらじを売《う》ったり、むしろを編《あ》んだりして生計《せいけい》をたてていたと「正史《せいし》」にはあります。「演義《えんぎ》」が劉備《りゅうび》を主役《しゅやく》として描《えが》いているのは、こうしたおいたちが、曹操《そうそう》や孫権《そんけん》より、読者《どくしゃ》の人々《ひとびと》の興味《きょうみ》をひきやすいからかもしれません。

また、やはり「正史《せいし》」によると、劉備《りゅうび》の育《そだ》った家《いえ》には、大《おお》きな桑《くわ》の木《き》があり、遠《とお》くから見《み》ると、まるで身分《みぶん》の高《たか》い人《ひと》がのる車《くるま》についている屋根《やね》のように見《み》え、ある人《ひと》が「これはきっとこの家《いえ》から貴人《きじん》が出《で》るのだろう」といったそうです。

こういった、ごく幼《おさな》いころに「予言《よげん》」のようなことばを人《ひと》からいわれたエピソードの持《も》ち主《ぬし》であることも、「主役《しゅやく》」として描《えが》かれる人《ひと》の特徴《とくちょう》です。

三国志《さんごくし》コラム

魏《ぎ》、蜀《しょく》、呉《ご》の名《な》と範囲《はんい》、首都《しゅと》

２２０年《ねん》に曹操《そうそう》が病気《びょうき》で亡《な》くなると、息子《むすこ》の曹丕《そうひ》があとをつぎ、魏王《ぎおう》になり、さらに皇帝《こうてい》を名《な》のるようになります。

その翌年《よくねん》の２２１年《ねん》、それまでは漢中王《かんちゅうおう》を名《な》のっていた劉備《りゅうび》が、やはり皇帝《こうてい》を名《な》のります。

おなじ２２１年《ねん》、孫権《そんけん》は呉王《ごおう》になります。

漢王朝《かんおうちょう》が支配《しはい》していた十三の州《しゅう》からなる国土《こくど》が、おおよそ三《みっ》つに分《わ》かれ、北《きた》の魏《ぎ》、西南《せいなん》の蜀《しょく》、東南《とうなん》の呉《ご》として確立《かくりつ》した、つまり、「三国志《さんごくし》」という書物《しょもつ》の名《な》の由来《ゆらい》である三国《さんごく》の形《かたち》がはっきりとわかるようになってきたのが、だいたいこのころと考《かんが》えることができます（１３４ページ参照《さんしょう》）。

よって、本書《ほんしょ》でも、２２０年以後《ねんいご》のことをおつたえするにあたっては、「魏《ぎ》」「蜀《しょく》」「呉《ご》」の国名《こくめい》をもちいることとします。

魏《ぎ》は、２２０年《ねん》に都《みやこ》がそれまでの許《きょ》から洛陽《らくよう》に変《か》わっています。

蜀《しょく》の都《みやこ》は益州《えきしゅう》の成都《せいと》（現在《げんざい》の四川省成都市《しせんしょうせいとし》）、呉《ご》の都《みやこ》は揚州《ようしゅう》の建業《けんぎょう》（現在《げんざい》の江蘇省南京市《こうそしょうなんきんし》）に置《お》かれました。

三国時代《さんごくじだい》の地図《ちず》

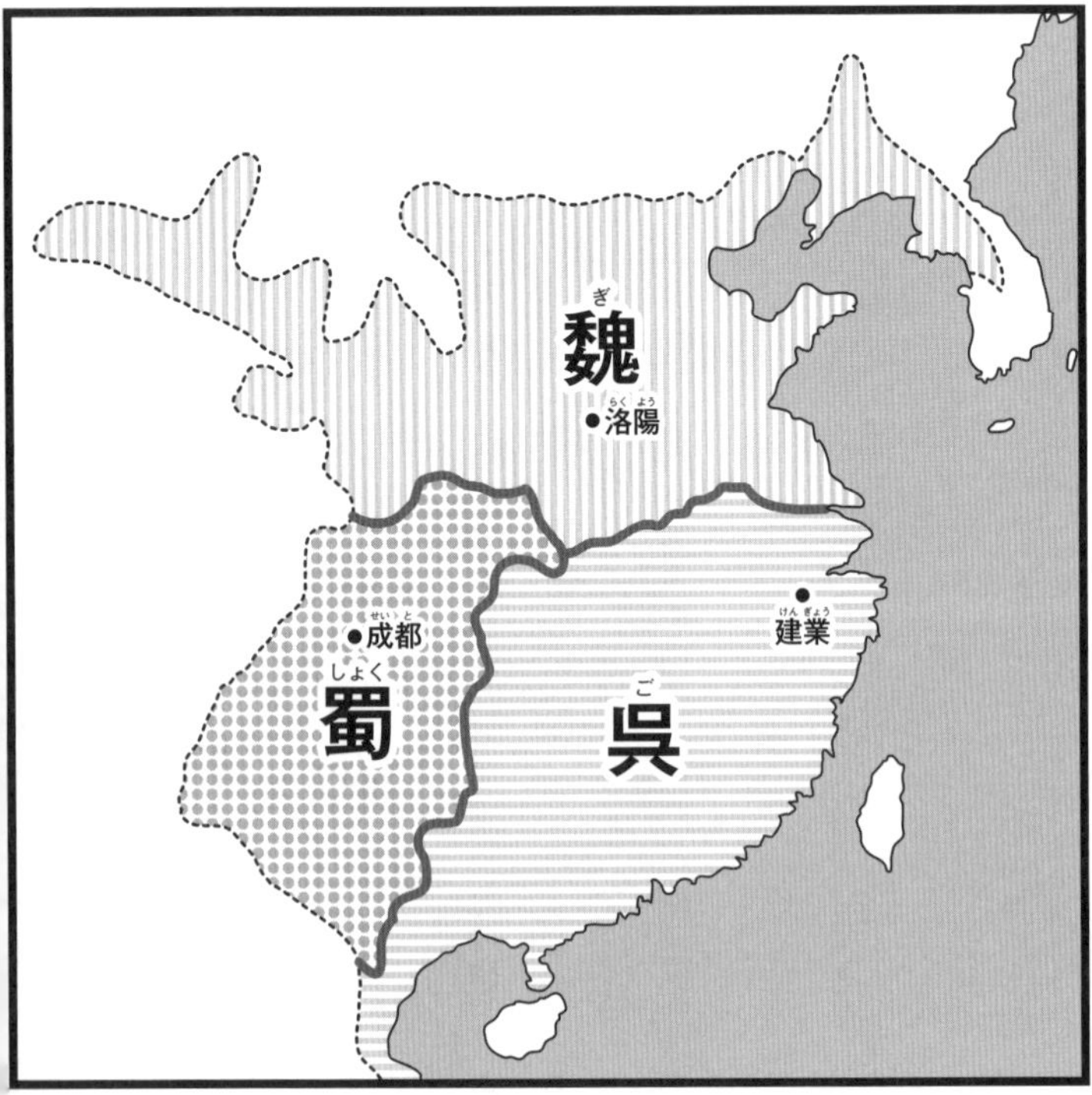

三、諸《しょ》葛《かつ》亮《りょう》の章《しょう》

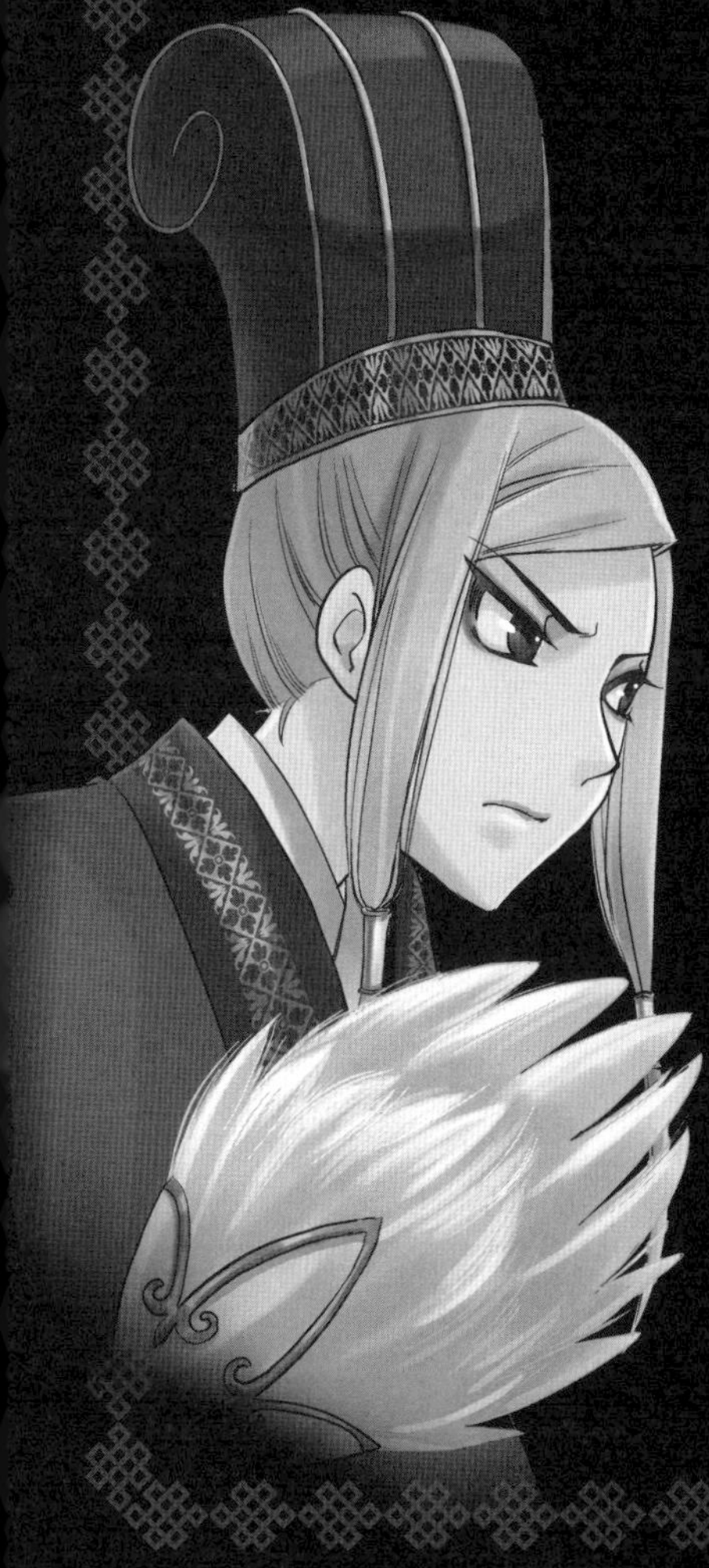

内政《ないせい》と外交《がいこう》

——劉備《りゅうび》さまが、亡《な》くなられた……。

出会《であ》いから十五年《ねん》。いつも意見《いけん》が合《あ》うというわけではなかった。いや、むしろ、意見《いけん》がちがって、「なぜだ」と思《おも》うことのほうが多《おお》いくらいだった。

それでも、というべきか、だからこそ、というべきか。

諸葛亮《しょかつりょう》にとって、劉備《りゅうび》は、じぶんの能力《のうりょく》を最大限《さいだいげん》に引《ひ》きだし、生《い》かしてくれる、最上《さいじょう》の主君《しゅくん》であった。

「劉禅《りゅうぜん》さまを、そして、蜀《しょく》の国《くに》を守《まも》らねば」

劉備《りゅうび》ののこしたものを守《まも》る。これからの、じぶんのすべてをかけて。

帝位《ていい》についた劉備《りゅうび》の息子《むすこ》・劉禅《りゅうぜん》を、丞相《じょうしょう》としてささえる諸葛亮《しょかつりょう》の前《まえ》には、国《くに》のためにすべきことが山積《やまづ》みで、もはや劉備《りゅうび》の死《し》を悲《かな》しむひまさえないほどであった。

「丞相《じょうしょう》さま。南中《なんちゅう》でつぎつぎと反乱《はんらん》が……」

「太守《たいしゅ》が二人《ふたり》、殺《ころ》されました」

南中《なんちゅう》とは、蜀《しょく》の南部《なんぶ》にある四《よっ》つの郡《ぐん》をいう。蜀《しょく》の支配下《しはいか》ではあったが、もともといくつもの少数民族《しょうすうみんぞく》が、それぞれに異《こと》なる集団《しゅうだん》となって暮《く》らしており、蜀《しょく》の役人《やくにん》との間《あいだ》で争《あらそ》いのたえない地域《ちいき》である。

「いま、武力《ぶりょく》でおさえようとしても、得《え》られるものは多《おお》くあるまい。ようすをさぐってみよう」

諸葛亮《しょかつりょう》は有力《ゆうりょく》な一族《いちぞく》の指導者《しどうしゃ》の一人《ひとり》、雍闓《ようかい》にあてて、説得《せっとく》の書状《しょじょう》を送《おく》ってみた。すると、つぎのようなこたえが返《かえ》ってきた。

「天《てん》にはふたつの太陽《たいよう》は無《な》く、地《ち》には二人《ふたり》の王《おう》はいないという。しかしいまは天下《てんか》が三分《ぶん》されている。われらのような田舎者《いなかもの》はだれに属《ぞく》したらいいものかわからずとまどっている」

——文面《ぶんめん》はへりくだっているが、内心《ないしん》はばかにしているな。

劉禅《りゅうぜん》をみとめない、何《なに》かあれば呉《ご》にでも魏《ぎ》にでもつくぞと、おどしているつもりなのだろう。

——あせってはだめだ。

諸葛亮《しょかつりょう》は、やるべきことの優先順位《ゆうせんじゅんい》を考《かんが》えた。

いちばんは、国内《こくない》を安定《あんてい》させること。二番《ばん》は、呉《ご》との同盟《どうめい》をもう一度《ど》ととのえること。

南中《なんちゅう》の乱《らん》は、これ以上広《いじょうひろ》がらないなら、この二《ふた》つを達成《たっせい》してから、鎮《しず》めればいい。というより、この二《ふた》つが達成《たっせい》できれば、乱《らん》を鎮《しず》める流《なが》れがつくれるだろう。

そう考《かんが》えた諸葛亮《しょかつりょう》は、法律《ほうりつ》がきちんと守《まも》られること、経済《けいざい》のしくみがととのうこと、軍《ぐん》が訓練《くんれん》を重《かさ》ねて、技《わざ》も心構《こころがま》えも充実《じゅうじつ》させることをめざして、すべての役所《やくしょ》を徹底的《てっていてき》に指導《しどう》した。そのようすは、部下《ぶか》たちから「こんなに何《なに》もかもごじぶんでやってしまっては、お体《からだ》がもちません」と忠告《ちゅうこく》されるほどだった。

ある日《ひ》、部下《ぶか》の一人《ひとり》、鄧芝《とうし》が、「提案《ていあん》したいことがある」とすすみでてきた。

「遠慮《えんりょ》せず、もうしてみよ」

「はい。いまのうちに、呉《ご》に使者《ししゃ》を出《だ》して、同盟《どうめい》をむすびなおすべきではないでしょうか」

劉備《りゅうび》の死《し》に際《さい》し、呉《ご》から儀礼的《ぎれいてき》なあいさつはあったので、まったく国同士《くにどうし》が絶交《ぜっこう》してしまったわけではない。が、やはり、ここ数年《すうねん》のいきさつを考《かんが》えると、関係《かんけい》が良好《りょうこう》とはいえない。魏《ぎ》の脅威《きょうい》を思《おも》うと、呉《ご》とはとうぶん戦《たたか》わなくてもよいようにしておくべきだというのは、かねがね諸葛《しょかつ》亮《りょう》も考《かんが》えていたことだ。

「うむ。よくぞいってくれた」

じぶんの考《かんが》えていたのとおなじ提案《ていあん》をする部下《ぶか》がいたことが、諸葛亮《しょかつりょう》にはうれしかった。

「そうした提案《ていあん》のできるそなたこそ、使者《ししゃ》にふさわしい。ぜひ、大役《たいやく》をはたしてきてくれ」

「は。ありがたきおおせ。かならず、よいご報告《ほうこく》をもたらせるように、つとめてきます」

「期待《きたい》している。たのんだぞ」

呉《ご》の孫権《そんけん》は、なかなか鄧芝《とうし》との面会《めんかい》をゆるさなかったが、少《すこ》しずつ、心《こころ》を動《うご》かされたらしい。

鄧芝《とうし》の粘《ねば》りづよい交渉《こうしょう》で、呉《ご》との同盟《どうめい》がむすばれると、諸葛亮《しょかつりょう》は、益州《えきしゅう》の南中地域《なんちゅうちいき》の少数民族《しょうすうみんぞく》たちを服従《ふくじゅう》させるために、万全《ばんぜん》の準備《じゅんび》をととのえた。

馬忠《ばちゅう》や李恢《りかい》といった部下《ぶか》に、東《ひがし》よりの道筋《みちすじ》をとらせる一方《いっぽう》、諸葛亮自身《しょかつりょうじしん》は、西方《さいほう》の越巂《えっすい》の地《ち》ではむかっていた叟族《そうぞく》の長《おさ》・高定《こうてい》を討《う》ちとって、さらに南《みなみ》へと軍《ぐん》をすすめ、南中四郡《なんちゅうぐん》すべてを平定《へいてい》した。

225年《ねん》。劉備《りゅうび》の死《し》から、二年《ねん》がたっていた。

三国志《さんごくし》コラム

七縦七擒《しちしょうしちきん》

諸葛亮《しょかつりょう》が南中《なんちゅう》を平定《へいてい》するようすは、「正史《せいし》」の本文《ほんぶん》ではとてもかんたんにしか記《しる》されていませんが、「注《ちゅう》」には、そのやりかたが、とりあげられています。

南中地域《なんちゅうちいき》で、孟獲《もうかく》という者《もの》が人々《ひとびと》に信頼《しんらい》されていると聞《き》いた諸葛亮《しょかつりょう》は、孟獲《もうかく》に懸賞金《けんしょうきん》をかけて、生《い》け捕《ど》りにしました。諸葛亮《しょかつりょう》は孟獲《もうかく》にじぶんの陣営《じんえい》を見《み》せてやり「この軍《ぐん》はどうか？」とたずねます。

「以前《いぜん》はこのようすを知《し》らなかったから負《ま》けましたが、この程度《ていど》の軍《ぐん》なら、つぎに機会《きかい》があったらきっと勝《か》ってみせましょう」とこたえた孟獲《もうかく》を、諸葛亮《しょかつりょう》はなぜか、釈放《しゃくほう》してしまいます。

諸葛亮《しょかつりょう》はもういちど孟獲《もうかく》と戦《たたか》ってとらえますが、また釈放《しゃくほう》します。

こうして、「釈放《しゃくほう》して、また戦《たたか》ってとらえる」ことが、七回《かい》もつづいたといいます。七回目《かいめ》、諸葛亮《しょかつりょう》がまた孟獲《もうかく》を釈放《しゃくほう》すると、孟獲《もうかく》はその場《ば》にとどまり、「あなたさまはたいへんなお方《かた》です。もうわれら南中《なんちゅう》の者《もの》たちは、二度《ど》とあなたさまにそむきません」と頭《あたま》をさげました。

諸葛亮《しょかつりょう》は、孟獲《もうかく》ら、少数民族《しょうすうみんぞく》の長《おさ》たちを、そのまま、蜀《しょく》の役人《やくにん》としてもちいました。

うわべだけでなく、心《こころ》から自分《じぶん》にしたがおうと思《おも》わせるためにとった、諸葛亮《しょかつりょう》のこのやりかたは「七縦七擒《しちしょうしちきん》（七度縦《どはな》ち、七度擒《どとら》える）」とよばれました。

出師《すいし》の表《ひょう》

諸葛亮《しょかつりょう》が南中《なんちゅう》から成都《せいと》へもどってきて一年《ねん》ほどたつと、蜀《しょく》の国内《こくない》は目《め》に見《み》えて豊《ゆた》かになった。南中《なんちゅう》の豊富《ほうふ》な物資《ぶっし》が、成都《せいと》へ、さらにほかの地域《ちいき》へと、じゅうぶんにもたらされるようになったからだ。

——いよいよ、か。

蜀《しょく》の国内《こくない》は、政治的《せいじてき》にも経済的《けいざいてき》にも安定《あんてい》した。呉《ご》との外交関係《がいこうかんけい》も落《お》ちついている。信頼《しんらい》できる補佐役《ほさやく》や官僚《かんりょう》たちも育《そだ》った。

劉備《りゅうび》から受《う》けついでいる悲願《ひがん》、北伐《ほくばつ》。魏《ぎ》をたおし、蜀《しょく》の劉家《りゅうけ》こそ、正統《せいとう》な皇帝《こうてい》の座《ざ》の継承者《けいしょうしゃ》であるとしめすこと。これを達成《たっせい》するのは、いましかあるまい。

——しかし、並大抵《なみたいてい》のことではない。

何年《なんねん》かかるかわからない。いちど出陣《しゅつじん》すれば、生《い》きて蜀《しょく》へ帰《かえ》ってこられるかどうかも、わからない。

227年《ねん》。諸葛亮《しょかつりょう》は、じぶんの覚悟《かくご》を、いまの帝《みかど》、劉禅《りゅうぜん》につたえるため、筆《ふで》をとった。

「帝《みかど》の家臣《かしん》である諸葛亮《しょかつりょう》はもうしあげます。先帝《せんてい》（劉備《りゅうび》）は、はじめられた事業《じぎょう》がまだ半分《はんぶん》にもならない、なすべき道《みち》の途中《とちゅう》でお命《いのち》を落《お》とされました……」

帝《みかど》（劉禅《りゅうぜん》）はまだ二十歳《はたち》の若《わか》さである。諸葛亮《しょかつりょう》は、国《くに》の現状《げんじょう》、帝《みかど》としてあるべき姿《すがた》、じぶんがいない間《あいだ》には、どの分野《ぶんや》でどの部下《ぶか》がたよるべき人材《じんざい》かなどを記《しる》したあと、じぶんを見《み》いだしてくれた先帝《せんてい》・劉備《りゅうび》への感謝《かんしゃ》を述《の》べた。

さらにつづけて、魏《ぎ》を討《う》ち、旧都《きゅうと》・洛陽《らくよう》をうばいかえして、正統《せいとう》な漢王朝《かんおうちょう》の姿《すがた》をとりもどしたい、じぶんにそれができないようなら、じぶんを罰《ばっ》して、劉備《りゅうび》の墓前《ぼぜん》に報告《ほうこく》してほしいと書《か》いた。

忠誠心《ちゅうせいしん》と心配《こころくば》りに満《み》ちたこの文章《ぶんしょう》は、のちのちの世《よ》まで名文《めいぶん》「出師《すいし》の表《ひょう》」としてつたわり、人々《ひとびと》の心《こころ》を動《うご》かすものとなった。

第《だい》一次《じ》北伐《ほくばつ》

228年《ねん》、春《はる》──。

「蜀《しょく》の諸葛亮《しょかつりょう》さまが斜谷道《やこくどう》へ兵《へい》を出《だ》されたぞ」

「まず郿城《ひじょう》をうばうおつもりらしい。先発隊《せんぱったい》の指揮《しき》は、趙雲《ちょううん》どのと鄧芝《とうし》どのがとっているぞ」

「へえ、あの趙雲《ちょううん》どのが」

──うわさは、うまく広《ひろ》がったようだな。

魏《ぎ》から、曹真《そうしん》が郿城《ひじょう》(司隷《しれい》、渭水《いすい》の北側《きたがわ》)へむかってきているとの報告《ほうこく》を受《う》けて、諸葛亮《しょかつりょう》は最初《さいしょ》の計画《けいかく》の成功《せいこう》を確信《かくしん》した。

亡《な》き劉備《りゅうび》から受《う》けついだ定軍山《ていぐんざん》の砦《とりで》から、魏《ぎ》へ進軍《しんぐん》するには、三とおりの道《みち》すじがある。

一《ひと》つめは、もっとも短《みじか》い距離《きょり》で北《きた》へ向《む》かい、郿城《びじょう》をめざす斜谷道《やこくどう》。二《ふた》つめは、東側《ひがしがわ》から回《まわ》りこんで長安《ちょうあん》をめざす子午道《しごどう》。そして三《みっ》つめは、西側《にしがわ》から祁山《きざん》のふもとへと進《すす》む祁山道《きざんどう》。

諸葛亮《しょかつりょう》には、斜谷道《やこくどう》を取《と》るつもりなどまったくなく、本当《ほんとう》のねらいは、はじめから祁山道《きざんどう》にあった。斜谷道《やこくどう》に趙雲《ちょううん》と鄧芝《とうし》の軍《ぐん》を行《い》かせたのは、敵《てき》をおびき寄《よ》せるためのおとりだったのだ。

「いまだ。祁山《きざん》をかこめ」

祁山《きざん》の北側《きたがわ》にある南安《なんあん》、天水《てんすい》、安定《あんてい》の三《みっ》つの郡《ぐん》の太守《たいしゅ》は、諸葛亮《しょかつりょう》の不意打《ふいう》ちを知《し》ると、すぐに降伏《こうふく》の意思《いし》をしめした。

「このことがつたわれば、すぐこちらに敵軍《てきぐん》がむかってくるだろう。馬謖《ばしょく》。そなた、街亭《がいてい》でむかえうて」

街亭《がいてい》は、祁山《きざん》のふもとから北東《ほくとう》へつづく道《みち》に位置《いち》していて、魏軍《ぎぐん》とのぶつかりあいが予想《よそう》される場所《ばしょ》だった。

「丞相《じょうしょう》さま。馬謖《ばしょく》どのはあまり実戦経験《じっせんけいけん》がありません。いささか荷《に》が重《おも》いのでは……」

部下《ぶか》たちの中《なか》には、この采配《さいはい》に反対《はんたい》する者《もの》もいたが、諸葛亮《しょかつりょう》は、期待《きたい》の若手《わかて》である馬謖《ばしょく》に、ぜひここではたらいてもらいたかった。

「兵法《へいほう》をよく学《まな》んでいる秀才《しゅうさい》だ。ここはぜひやらせてみよう。馬謖《ばしょく》、これだけはいっておくが、この戦《たたか》いでは、山《やま》にこもるのは上策《じょうさく》ではない。心《こころ》しておけ」

ところが、馬謖《ばしょく》は、じぶんの考《かんが》えに自信《じしん》があったのか、街亭《がいてい》につくと、諸葛亮《しょかつりょう》の忠告《ちゅうこく》を無視《むし》して、山《やま》の上《うえ》に陣《じん》をしいた。

これが、まちがいのもとになった。

曹真《そうしん》の命令《めいれい》で西《にし》へ進軍《しんぐん》してきた張部《ちょうこう》が、山上《さんじょう》の馬謖軍《ばしょくぐん》には水《みず》を補給《ほきゅう》するのがむずかしいことを見《み》ぬき、水《みず》の流《なが》れにいたる道《みち》をすべて占領《せんりょう》してしまったので、馬謖軍《ばしょくぐん》は水不足《みずぶそく》による飢《う》えと渇《かわ》きに苦《くる》しみ、戦《たたか》うどころではなくなってしまった。

諸葛亮《しょかつりょう》は、張部軍《ちょうこうぐん》からの攻撃《こうげき》に際《さい》し、馬謖軍《ばしょくぐん》があっという間《ま》に敗走《はいそう》したことを聞《き》き、ひどく後悔《こうかい》した。

「劉備《りゅうび》さまが生前《せいぜん》、『馬謖《ばしょく》のことばは、本人《ほんにん》を実力以上《じつりょくいじょう》に見《み》せるところがあるから、重要《じゅうよう》な仕事《しごと》をさせてはいけない』とおっしゃっていたのに。今回《こんかい》の敗北《はいぼく》は、そのことばを守《まも》らなかったわたしにも責任《せきにん》がある」

この敗北《はいぼく》がきっかけになり、せっかくうばったはずの三《みっ》つの郡《ぐん》も、ふたたび魏《ぎ》に占領《せんりょう》されるなど、北伐《ほくばつ》の一回目《いっかいめ》は、諸葛亮《しょかつりょう》にとって苦《にが》い結果《けっか》となってしまった。

せめてものさいわいは、趙雲《ちょううん》が指揮《しき》をとっていた軍《ぐん》だけは、兵《へい》もほとんど無傷《むきず》、軍事用《ぐんじよう》の物資《ぶっし》もむだにしないで、そのまま蜀《しょく》へ帰《かえ》れたことだった。

諸葛亮《しょかつりょう》は、趙雲《ちょううん》の軍《ぐん》の兵士《へいし》らに、それらの物資《ぶっし》をほうびとして分《わ》けあたえようとしたが、趙雲《ちょううん》はことわった。

「丞相《じょうしょう》さま。負《ま》け戦《いくさ》にほうびがあるのはいけません。一度国庫《どこっこ》にもどし、もしゆるされるなら、冬支度《ふゆじたく》をするときに、あらためておわたしください」

「すまない、趙雲《ちょううん》どの。みなわたしの不徳《ふとく》のいたすところだ」

蜀《しょく》へもどった諸葛亮《しょかつりょう》は、帝《みかど》にも国民《こくみん》にも正直《しょうじき》に敗戦《はいせん》のようすを報告《ほうこく》して謝罪《しゃざい》、敗戦《はいせん》に責任《せきにん》のある者《もの》については、自分《じぶん》をふくめて、きびしい処分《しょぶん》をくだした。

三国志《さんごくし》コラム

三国志《さんごくし》のことば その6 「白眉《はくび》」「泣《な》いて馬謖《ばしょく》を斬《き》る」

現在《げんざい》、「たくさんのすぐれたものの中《なか》でも、とくによいもの」をあらわすとき、「白眉《はくび》」ということばが使《つか》われることがあります。

これは、馬謖《ばしょく》の兄《あに》、馬良《ばりょう》の眉《まゆ》に白《しろ》い毛《け》があったことに由来《ゆらい》しています。馬謖《ばしょく》は五人兄弟《にんきょうだい》で、全《ぜん》員優秀《いんゆうしゅう》でしたが、中《なか》でも、長兄《ちょうけい》の馬良《ばりょう》は優秀《ゆうしゅう》だったといいます。

馬良《ばりょう》は、劉備《りゅうび》が亡《な》くなる前《まえ》の年《とし》、孫権《そんけん》を攻《せ》めたときに、戦死《せんし》しています。

弟《おとうと》の馬謖《ばしょく》は、諸葛亮《しょかつりょう》の期待《きたい》にこたえられなかっただけでなく、命令《めいれい》に違反《いはん》して負《ま》けの原因《げんいん》をつくったため、罪《つみ》が重《おも》いとして死刑《しけい》にされてしまいました。このとき、処分《しょぶん》をくだした諸葛亮《しょかつりょう》は、悔《くや》しさや悲《かな》しみにこらえきれず、涙《なみだ》を流《なが》したということです。

このことから、集団全体《しゅうだんぜんたい》の規律《きりつ》や和《わ》をたもつために、個人《こじん》の気持《きも》ちを抑《おさ》えて、つらい処分《しょぶん》をあえてくだすことを、「泣《な》いて馬謖《ばしょく》を斬《き》る」というようになりました。

第《だい》二次《じ》北伐《ほくばつ》

諸葛亮《しょかつりょう》が悔《くや》しい思《おも》いで蜀《しょく》へもどってしばらくすると、呉《ご》が揚州《ようしゅう》で魏《ぎ》と戦《たたか》い、揚州《ようしゅう》の内陸側《ないりくがわ》、石亭《せきてい》の地《ち》で大勝利《だいしょうり》をおさめて、捕虜《ほりょ》や家畜《かちく》を数多《かずおお》くとらえ、また車《くるま》や武器《ぶき》、そのほか軍事用《ぐんじよう》の物資《ぶっし》などを、大量《たいりょう》に呉《ご》の戦果《せんか》として持《も》ちかえったという情報《じょうほう》がもたらされた。

この石亭《せきてい》の戦《たたか》いで、魏《ぎ》の帝《みかど》の重要《じゅうよう》な補佐役《ほさやく》のひとりでもあり、亡《な》き曹操《そうそう》の甥《おい》でもある曹休《そうきゅう》が、敗戦《はいせん》の悔《くや》しさといきどおりのために病死《びょうし》したという。

「いまなら、どうだろう」

きっと魏《ぎ》の士気《しき》が落《お》ちているにちがいない。蜀《しょく》への警戒《けいかい》もおろそかになっているのではないだろうか。

そう考《かんが》えた諸葛亮《しょかつりょう》は、228年《ねん》の冬《ふゆ》、帝《みかど》のゆるしを得《え》て、二度目《にどめ》の北伐《ほくばつ》にのりだした。

——趙雲《ちょううん》どのがいっしょに行《い》ってくれたら。

先帝《せんてい》・劉備《りゅうび》の同志《どうし》で、諸葛亮《しょかつりょう》にとってもたよれる猛将《もうしょう》である趙雲《ちょううん》は、残念《ざんねん》ながらしばらく前《まえ》から病《やまい》の床《とこ》についていた。諸葛亮《しょかつりょう》は心細《こころぼそ》さをおぼえつつも、「趙雲《ちょううん》どのに、いつまでもたよっていてはだめだ」と気持《きも》ちを強《つよ》くもちなおし、つぎの作戦《さくせん》をたてた。

「このたびは、陳倉《ちんそう》をめざす。さあ、渭水《いすい》（黄河《こうが》の支流《しりゅう》のひとつ）をわたるぞ」

祁山《きざん》まで遠《とお》まわりをせず、途中《とちゅう》から、まっすぐ北《きた》へ向《む》かう道筋《みちすじ》を取《と》り、前回《ぜんかい》より短《みじか》い距離《きょり》で魏《ぎ》の内部《ないぶ》へ入《はい》りこむ計画《けいかく》である。陳倉《ちんそう》は魏《ぎ》、呉《ご》、蜀《しょく》の三国《さんごく》がとなりあう位置《いち》にある要所《ようしょ》だった。

目《め》の前《まえ》に見《み》えてきた陳倉《ちんそう》の城壁《じょうへき》は、想定《そうてい》していたより頑丈《がんじょう》に築《きず》かれていたが、諸葛亮《しょかつりょう》はあわてることなく、籠城《ろうじょう》している敵方《てきがた》の武将《ぶしょう》が郝昭《かくしょう》であること、守《まも》りについている兵《へい》は千人《せんにん》余《あま》りであることをさぐりだした。

「靳詳《きんしょう》。そなた、郝昭《かくしょう》とは故郷《こきょう》がおなじであろう。降伏《こうふく》をすすめてまいれ」

靳詳《きんしょう》は、こちらの兵力《へいりょく》が万《まん》を超《こ》す数《かず》であること、壁破壊《かべはかい》のための新兵器《しんへいき》をいくつも装備《そうび》していることなどを話《はな》して降伏《こうふく》をすすめたが、郝昭《かくしょう》はがんとして聞《き》きいれなかった。

「そうか、ならしかたがない。攻撃《こうげき》をはじめよ」

靳詳《きんしょう》の報告《ほうこく》を聞《き》いた諸葛亮《しょかつりょう》は、ただちに戦闘《せんとう》を開始《かいし》した。

「雲梯車《うんていしゃ》、衝車《しょうしゃ》、井闌車《せいらんしゃ》を出《だ》せ！　新兵器《しんへいき》の威力《いりょく》を見《み》せつけるのだ」

雲梯車《うんていしゃ》には、城壁《じょうへき》へよじ登《のぼ》るための高《たか》いはしごを取《と》りつけてあり、また衝車《しょうしゃ》には、城門《じょうもん》を突《つ》きとおすための先《さき》のとがった巨大《きょだい》な丸太《まるた》がつけてある。井闌車《せいらんしゃ》は、城壁《じょうへき》より高《たか》く組《く》んだやぐらに車《くるま》をつけたもので、弓矢《ゆみや》をたずさえた兵《へい》をのせて、城壁内《じょうへきない》をねらいうちする。

「うわぁ！」

郝昭《かくしょう》の軍《ぐん》ははじめ、おどろいて城壁《じょうへき》の中《なか》へ逃《に》げこんだが、しばらくすると、手《て》に火《ひ》のついた矢《や》をもってあらわれ、雲梯車《うんていしゃ》にむかっていっせいに放《はな》って、つぎつぎと燃《も》やした。さらに、衝車《しょうしゃ》の上《うえ》から、縄《なわ》でくくった石臼《いしうす》を投《な》げ落《お》とし、車《くるま》を押《お》しつぶしてしまった。

蜀軍《しょくぐん》がひるんだのを見《み》てか、今度《こんど》は城壁《じょうへき》の内側《うちがわ》に、つぎつぎと板《いた》を張《は》りめぐらしていく。それはあっという間《ま》に井闌車《せいらんしゃ》の高《たか》さをはるかに越《こ》えて、さらに矢《や》のとどかぬ高《たか》さになった。

「ううむ、なかなかやるな。では、これではどうだ」

諸葛亮《しょかつりょう》はつぎの作戦《さくせん》を指示《しじ》した。いったん攻撃《こうげき》をやめたと見《み》せかけて、兵《へい》をみな、地下《ちか》へもぐらせたのだ。

——まさか、地《ち》の下《した》から敵兵《てきへい》があらわれるとは思《おも》うまい。

兵《へい》はまず地中《ちちゅう》へと穴《あな》を掘《ほ》り、ある程度《ていど》のふかさになったところで城壁《じょうへき》のむこう側《がわ》へ出《で》られるよう、横穴《よこあな》を掘《ほ》っていった。ところが、地下《ちか》の兵《へい》から、おどろくべき知《し》らせがきた。

「だめです。横穴《よこあな》を掘《ほ》っていくと、すでにさらにふかい大《おお》きな落《お》とし穴《あな》が掘《ほ》ってあるのに出《で》くわしました。あれでは、上《うえ》へのぼることができません」

——見《み》やぶられていたというのか。なんということだ！

戦《たたか》いをはじめてから、すでに二十日《はつか》が経過《けいか》している。兵糧《ひょうろう》ののこりが少《すく》なくなっていた。

「もうしあげます。東《ひがし》に、魏《ぎ》の援軍《えんぐん》が見《み》えます。ひきいているのは張部《ちょうこう》のようです」

——あきらめよう。引《ひ》き際《ぎわ》もたいせつだ。つぎを考《かんが》えるために。

諸葛亮《しょかつりょう》は気《き》をとりなおして、成都《せいと》へと引《ひ》きかえした。

もうひとりの皇帝《こうてい》

229年《ねん》の春《はる》。

——今後《こんご》のことを考《かんが》えると、やはり武都《ぶと》と陰平《いんぺい》とをおさえたい。

諸葛亮《しょかつりょう》はこれまでの敗戦《はいせん》を分析《ぶんせき》し、兵《へい》をすすめ、さらに戦地《せんち》での長《なが》い滞在《たいざい》にそなえるために、確実《かくじつ》に魏《ぎ》へ侵入《しんにゅう》できる道筋《みちすじ》を確保《かくほ》しようと考《かんが》えた。

武都《ぶと》（涼州南部《りょうしゅうなんぶ》）と陰平《いんぺい》（益州北部《えきしゅうほくぶ》）の地《ち》が蜀《しょく》のものになれば、戦《たたか》いの準備《じゅんび》がしやすくなる。

諸葛亮《しょかつりょう》は部下《ぶか》のひとり、陳式《ちんしょく》に命《めい》じてこの二郡《ぐん》をうばわせた。

さいわい、この攻撃《こうげき》には、魏《ぎ》はあまり積極的《せっきょくてき》に応戦《おうせん》してこず、蜀《しょく》はほとんど犠牲《ぎせい》を出《だ》すことなく、支配地《しはいち》を広《ひろ》げることができた。

「諸葛亮《しょかつりょう》、このたびはご苦労《くろう》。さあ遠慮《えんりょ》せず、どうどうともう一度《ど》丞相《じょうしょう》を名《な》のりなさい」

戦《たたか》いからもどると、帝《みかど》がこういわれた。街亭《がいてい》での敗戦《はいせん》のあと、責任《せきにん》をとり、丞相《じょうしょう》の地位《ちい》を遠慮《えんりょ》して、仕事《しごと》はおなじなのに「丞相代理《じょうしょうだいり》」と称《しょう》していた諸葛亮《しょかつりょう》を、帝《みかど》は気《き》づかったのだ。

――かたじけない。

引《ひ》きつづき、地位《ちい》の名前《なまえ》には関係《かんけい》なく、ひたすら帝《みかど》の補佐役《ほさやく》として国《くに》をおさめる諸葛亮《しょかつりょう》のもとに、思《おも》いがけない知《し》らせがとどいたのは、夏《なつ》のことであった。

「呉《ご》の孫権《そんけん》どのが、皇帝《こうてい》を名《な》のられるそうです」

「皇帝《こうてい》だと……」

古来《こらい》、皇帝《こうてい》は天下《てんか》にひとりと決《き》まっている。

いま、魏《ぎ》の曹家《そうけ》と蜀《しょく》の劉家《りゅうけ》がそれぞれ名《な》のっているが、蜀《しょく》としては、古来《こらい》の漢王朝《かんおうちょう》の流《なが》れをくむこちらが、あくまで正統《せいとう》であって、魏《ぎ》の曹家《そうけ》は、禅譲《ぜんじょう》と主張《しゅちょう》はしているものの、その実《じつ》、不当《ふとう》にうばったものだ、という見解《けんかい》をもっている。

「孫権《そんけん》どのを皇帝《こうてい》とする天《てん》の祥瑞《しょうずい》（縁起《えんぎ》のよい前《まえ》ぶれ）が、呉《ご》のあちこちであらわれているといっています」

「黄色《きいろ》の龍《りゅう》と鳳凰《ほうおう》が姿《すがた》を見《み》せたとか」

――天《てん》の祥瑞《しょうずい》か。

皇帝《こうてい》、すなわち天子《てんし》が出現《しゅつげん》するときには、自然界《しぜんかい》からそのことを暗示《あんじ》するさまざまな現象《げんしょう》があると、古《ふる》くから信《しん》じられている。黄色《きいろ》は皇帝《こうてい》の色《いろ》で、龍《りゅう》と鳳凰《ほうおう》は王朝《おうちょう》を守護《しゅご》する生《い》き物《もの》だ。

この知《し》らせを聞《き》いて、部下《ぶか》たちは口々《くちぐち》に不満《ふまん》を述《の》べたてた。

「おかしいではないか。皇帝《こうてい》はわが帝《みかど》のみ。魏《ぎ》の曹叡《そうえい》が名《な》のっているのさえ不当《ふとう》なのに、孫権《そんけん》までもが名《な》のるとは、不当《ふとう》きわまりない」

「そうだ。祥瑞《しょうずい》などつくり話《ばなし》に決《き》まっている。同盟《どうめい》を破棄《はき》すべきだ」

これを聞《き》いた諸葛亮《しょかつりょう》は、困《こま》ったことになったと思《おも》った。

――まあたしかに理屈《りくつ》はそうなのだが……。しかしいま呉《ご》を敵《てき》にまわすなど、おろかにも程《ほど》がある。そんなことをしては、また、三《み》つ巴《どもえ》の油断《ゆだん》のならない世《よ》の中《なか》になってしまう。せっかく手《て》がかりを得《え》たばかりの、魏《ぎ》への攻勢《こうせい》も水《みず》の泡《あわ》だ。

諸葛亮《しょかつりょう》は、理屈《りくつ》ばかり述《の》べては怒《おこ》っているほかの者《もの》たちを、よくとおる声《こえ》で一喝《いっかつ》した。

「真実《しんじつ》はいずれ、天《てん》からしめされるだろう。いまは度量《どりょう》を広《ひろ》くして、呉《ご》に祝《いわ》いの使者《ししゃ》を送《おく》るべきだ」

諸葛亮《しょかつりょう》は帝《みかど》と相談《そうだん》し、陳震《ちんしん》という者《もの》を使者《ししゃ》として、孫権《そんけん》のもとに遣《つか》わすことにした。

つづく魏《ぎ》との対決《たいけつ》

230年《ねん》の秋《あき》になると、これまでは蜀《しょく》の攻撃《こうげき》に応戦《おうせん》してくるだけだった魏《ぎ》が、むこうのほうから蜀《しょく》へ攻《せ》めこんできた。

このときは、折《おり》からの長雨《ながあめ》にも助《たす》けられ、魏《ぎ》の進軍《しんぐん》をくいとめた諸葛亮《しょかつりょう》だが、その後《ご》は「いよいよ、このままではいけない」と、いっそう、魏《ぎ》の攻略《こうりゃく》に心《こころ》をかたむけることになった。

231年《ねん》の二月《がつ》、諸葛亮《しょかつりょう》は、四度目《どめ》になる魏《ぎ》への侵攻《しんこう》をすすめた。

「よし。今度《こんど》こそ、祁山《きざん》だ。もう失敗《しっぱい》はゆるされない」

ふたたび祁山《きざん》へすすむと決《き》めた諸葛亮《しょかつりょう》は、人《ひと》と道具《どうぐ》、それぞれについて、以前《いぜん》よりずっと、準《じゅん》備《び》に手数《てかず》も時間《じかん》もかけた。

魏《ぎ》の北側《きたがわ》を支配《しはい》する鮮卑族《せんぴぞく》の指導者《しどうしゃ》、軻比能《かびのう》のところに使者《ししゃ》をやり、交渉《こうしょう》のすえ、「蜀《しょく》が魏《ぎ》を攻《せ》めるときは協力《きょうりょく》する」との返事《へんじ》を取《と》りつけてあった。蜀《しょく》の軍《ぐん》が祁山《きざん》をとりかこむのとほぼ時《とき》を同《おな》じくして、軻比能《かびのう》は鮮卑《せんぴ》の軍《ぐん》を長安《ちょうあん》の北《きた》へむけてすすめる手《て》はずになっている。

——北《きた》と西《にし》の両方向《りょうほうこう》から同時《どうじ》に攻《せ》められれば、魏《ぎ》の軍《ぐん》はさぞ混乱《こんらん》するだろう。

さらに、今回《こんかい》は、木牛《ぼくぎゅう》、流馬《りゅうば》という、物資輸送《ぶっしゆそう》の奥《おく》の手《て》を、諸葛亮《しょかつりょう》は編《あ》みだしていた。

四輪車《りんしゃ》の木牛《ぼくぎゅう》は人《ひと》の最小限《さいしょうげん》の労力《ろうりょく》で、らくらくと何十人分《なんにんぶん》もの食糧《しょくりょう》を運《はこ》べる。いっぽう、一輪《りん》車《しゃ》の流馬《りゅうば》は、人《ひと》が走《はし》りながら荷物《にもつ》を楽《らく》に運《はこ》ぶことができた。

「よし。祁山《きざん》は完全《かんぜん》にこちらのものだ。上邽《じょうけい》（祁山《きざん》より北東方面《ほくとうほうめん》）へすすむ」

上邽《じょうけい》には、魏《ぎ》の精鋭部隊《せいえいぶたい》四千《せん》が待機《たいき》していたが、いきおいのある蜀軍《しょくぐん》はあっさりと占領《せんりょう》した。

「おお、あんなに麦《むぎ》がみのっているではないか。ぜんぶ刈《か》りとって蓄《たくわ》えにせよ」

諸葛亮《しょかつりょう》は、敵《てき》が放棄《ほうき》した麦畑《むぎばたけ》から、豊《ゆた》かなみのりを手《て》に入《い》れた。

「丞相《じょうしょう》さま。敵《てき》の援軍《えんぐん》がきます。どうやら、総大将《そうだいしょう》は司馬懿《しばい》という者《もの》らしいです」

――司馬懿《しばい》。どんな人物《じんぶつ》だろうか。

曹真《そうしん》が病《やまい》でたおれたとは、祁山《きざん》へ進軍《しんぐん》してきて聞《き》いていたが、かわって出《で》てくる相手《あいて》がどんな人物《じんぶつ》なのか、諸葛亮《しょかつりょう》にはまだ情報《じょうほう》がほとんどない。

「もうしあげます。いま、魏《ぎ》の軍《ぐん》が砦《とりで》に立《た》てこもりました」

「なに、最初《さいしょ》から立《た》てこもっただと？　攻撃《こうげき》してこないのか？」

「はい。いっこうにその気配《けはい》はありません」

――何《なに》を考《かんが》えているのだろう。ようすをさぐってみよう。

「ううむ。いったん退《ひ》いてみよう」

諸葛亮《しょかつりょう》が軍《ぐん》を退《ひ》かせると、司馬懿《しばい》の軍《ぐん》は追《お》ってきたが、攻撃《こうげき》はしかけてこない。

――これはもしや、こちらの兵《へい》のつかれや、兵糧《ひょうろう》が尽《つ》きるのを待《ま》つつもりだろうか。

そうはいかぬぞ、と諸葛亮《しょかつりょう》はせせら笑《わら》った。

食糧《しょくりょう》にはまだまだ余裕《よゆう》があるはずだし、それに、今回《こんかい》の軍《ぐん》は、兵《へい》を十の部隊《ぶたい》に分《わ》けて、交代制《こうたいせい》にしてあるのだ。兵《へい》たちは一定期間《いっていきかん》つとめると、いったん蜀《しょく》へもどることがゆるされるから、最《さい》前線《ぜんせん》を守《まも》る兵《へい》はつねに、気持《きも》ちも体力《たいりょく》も充実《じゅうじつ》した者《もの》で編成《へんせい》されていた。

――よし、もう少《すこ》し、退《ひ》いてみるか。

魏軍《ぎぐん》はまたこちらを追《お》って移動《いどう》したが、やはり攻《せ》めてはこない。こうして、少《すこ》し軍《ぐん》を退《ひ》いては司馬懿《しばい》の出方《でかた》をさぐる、というかけひきをくりかえすうち、五月《がつ》になった。

「丞相《じょうしょう》さま。敵《てき》が攻撃《こうげき》してきます！」

「やっときたか。よし、みな、これまでに養《やしな》った力《ちから》を存分《ぞんぶん》にふるえ！」

蜀《しょく》の兵《へい》がつぎつぎと、魏《ぎ》の兵《へい》をなぎたおしていく。討《う》ちとった敵《てき》の首《くび》の数《かず》は三千《ぜん》にもたっした。

「敵軍《てきぐん》はまた、砦《とりで》にこもりました」

「ふん。臆病《おくびょう》な。こちらはまだまだ、余力《よりょく》があるぞ」

ところが、六月《がつ》になると、帝《みかど》から「食糧《しょくりょう》をそちらへ送《おく》ることがむずかしくなった。いったん退《たい》却《きゃく》せよ」との命令《めいれい》があった。

「惜《お》しいな。今度《こんど》こそ長安《ちょうあん》まで攻《せ》め入《い》れるかと思《おも》ったのだが。しかし、帝《みかど》のご命令《めいれい》ではやむをえぬ」

残念《ざんねん》に思《おも》いながら退却《たいきゃく》した諸葛亮《しょかつりょう》は、この命令《めいれい》が、物資輸送《ぶっしゆそう》の責任者《せきにんしゃ》、李厳《りげん》によるいつわりであったことを知《し》った。李厳《りげん》は、じぶんの過失《かしつ》で食糧《しょくりょう》が不足《ふそく》しそうになったのをごまかそうと、ニセの命令《めいれい》をつたえたのだ。

「自分《じぶん》の過失《かしつ》をごまかすのに、こともあろうに帝《みかど》の名《な》をもちいるとは、なんというおそれ多《おお》いことを……」

諸葛亮《しょかつりょう》は激怒《げきど》した。すぐに李厳《りげん》を処刑《しょけい》しようかとも思《おも》った。

しかし、李厳《りげん》は、その昔《むかし》、劉備《りゅうび》から、諸葛亮《しょかつりょう》とともに、いまの帝《みかど》の補佐役《ほさやく》をたのまれたほどの人物《じんぶつ》である。処刑《しょけい》すれば劉備《りゅうび》の名《な》を汚《けが》すことにもなろう。

有能《ゆうのう》な人《ひと》であっても、時《とき》や場《ば》によっては、悪《わる》く変《か》わることもある。それを見《み》ぬけなかったのは自分《じぶん》にも非《ひ》がある。諸葛亮《しょかつりょう》はそう考《かんが》え、死刑《しけい》にはせず、李厳《りげん》からすべての官職《かんしょく》をうばい流罪《るざい》にした。

――もう少《すこ》しであったのに。

つぎは、かならず。つぎこそは。

いよいよ、志《こころざし》は胸《むね》のうちふかく、熱《あつ》さを増《ま》していった。

三国志《さんごくし》コラム

諸葛亮《しょかつりょう》の発明品《はつめいひん》

木牛《ぼくぎゅう》、流馬《りゅうば》のほかにも、諸葛亮《しょかつりょう》はさまざまな発明《はつめい》や工夫《くふう》をしたといわれます。

連弩《れんど》……弓《ゆみ》を改造《かいぞう》してつくった武器《ぶき》。現在《げんざい》のボーガンに似《に》ているとも。弓《ゆみ》より命中率《めいちゅうりつ》が高《たか》く、また連続《れんぞく》して矢《や》を発射《はっしゃ》できたという。

八陣図《はちじんず》……八卦陣《はっけじん》とも。戦《たたか》いにあたっての人《ひと》と装備《そうび》との配置《はいち》の方法《ほうほう》で、休《きゅう》・生《せい》・傷《しょう》・杜《と》・景《けい》・死《し》・驚《きょう》・開《かい》の八《やっ》つの門《もん》をつくり、敵《てき》を迷《まよ》いこませる迷路《めいろ》のようだったというが、くわしいことは不明《ふめい》。

諸葛菜《しょかつさい》（蕪《かぶ》の一種《いっしゅ》）……戦《たたか》いの陣中《じんちゅう》での食材《しょくざい》として、栽培《さいばい》を奨励《しょうれい》した。ザーサイの起源《きげん》ともいわれる。

饅頭《まんじゅう》……少数民族《しょうすうみんぞく》を平定《へいてい》したとき、神《かみ》に供物《くもつ》として人《ひと》の頭《あたま》をささげる風習《ふうしゅう》に出会《であ》った諸葛亮《しょかつりょう》が、小麦粉《こむぎこ》を練《ね》って中《なか》に牛《うし》や羊《ひつじ》の肉《にく》をつめたものをつくってみせて、「これからは人《ひと》の頭《あたま》ではなく、これを供物《くもつ》にせよ」と命《めい》じたという。

これらのうち、木牛《ぼくぎゅう》、流馬《りゅうば》、連弩《れんど》、八陣図《はちじんず》については「正史《せいし》」にも記述《きじゅつ》がありますが、諸葛菜《しょかつさい》と饅頭《まんじゅう》については、伝説《でんせつ》として語《かた》りつたえられてきたことのようです。

五丈原《ごじょうげん》――最後《さいご》の戦《たたか》い

諸葛亮《しょかつりょう》は、それから三年《ねん》の月日《つきひ》をかけて、つぎの戦《たたか》いの準備《じゅんび》をした。農業《のうぎょう》に力《ちから》を入《い》れて食糧《しょくりょう》の備蓄《びちく》を増《ふ》やし、兵《へい》ひとりひとりの体力《たいりょく》と技術《ぎじゅつ》の向上《こうじょう》のため、訓練《くんれん》をかさねた。さらに、木牛《ぼくぎゅう》と流馬《りゅうば》を大量《たいりょう》につくらせた。

234年《ねん》四月《がつ》。諸葛亮《しょかつりょう》は五十四歳《さい》になっていた。

帝《みかど》に「出師《すいし》の表《ひょう》」を奉《たてまつ》ってから、すでに七年《ねん》が過《す》ぎたことになる。

「出撃《しゅつげき》！」

十万《まん》の兵《へい》をひきいた諸葛亮《しょかつりょう》は、斜谷道《やこくどう》から兵《へい》をすすめた。

「丞相《じょうしょう》さま。塹壕《ざんごう》（兵《へい》が砲撃《ほうげき》や銃撃《じゅうげき》から身《み》を守《まも》るために使《つか》う穴《あな》）や砦《とりで》がしっかり築《きず》かれており、これ以上《いじょう》すすめません」

「敵《てき》もなかなかやるようだ。あわてるな。こちらは準備万端《じゅんびばんたん》だ」

諸葛亮《しょかつりょう》は、渭水《いすい》の南《みなみ》にある台地《だいち》、五丈原《ごじょうげん》に陣《じん》をかまえた。

「どうせ司馬懿《しばい》はまた持久戦《じきゅうせん》をする気《き》だろう。兵《へい》を、すぐに戦《たたか》える態勢《たいせい》の者《もの》と、屯田《とんでん》をする者《もの》とに分《わ》ける。屯田《とんでん》の者《もの》は、土地《とち》の民《たみ》たちに迷惑《めいわく》をかけぬよう、規律正《きりつただ》しくやってくれ」

屯田《とんでん》――現地《げんち》で農業《のうぎょう》をするというのも、今回《こんかい》の戦《たたか》いにむけての作戦《さくせん》のひとつだった。

——さあ、司馬懿《しばい》よ。いつでも出《で》てこい。

ここからは心理戦《しんりせん》だと考《かんが》えた諸葛亮《しょかつりょう》は、司馬懿《しばい》やその部下《ぶか》が怒《おこ》って戦《たたか》いたくなるような、ばかにした内容《ないよう》の手紙《てがみ》を敵陣《てきじん》へ何度《なんど》も送《おく》りこんだ。それでもなかなか挑発《ちょうはつ》にのってこないので、あるときなどは、女性用《じょせいよう》の衣服《いふく》と髪飾《かみかざ》りを送《おく》り「司馬懿《しばい》どのにはこれがお似合《にあ》いであろう」といってみたりもした。

——司馬懿《しばい》本人《ほんにん》はともかく、まわりの部下《ぶか》たちがいらいらするはずだが。

諸葛亮《しょかつりょう》はそう思《おも》って、いまかいまかと、攻撃《こうげき》できる時機《じき》を待《ま》っていた。

しかし、時《とき》の流《なが》れは残酷《ざんこく》だった。

陣《じん》をしいて三カ月《げつ》が過《す》ぎたころから、諸葛亮《しょかつりょう》は、床《とこ》からおきあがれないことが多《おお》くなっていった。体《からだ》にも心《こころ》にも、つかれがたまりすぎていた。

——もう長《なが》くないな。無念《むねん》だ……。

死期《しき》をさとった諸葛亮《しょかつりょう》は、じぶんの死後《しご》、だれに何《なに》をさせるべきかを、考《かんが》えはじめた。

十万《まん》にもおよぶ兵《へい》を、どのように撤退《てったい》させればよいか。蜀《しょく》の政治《せいじ》をだれに任《まか》せるのがよいか。

じぶんの亡骸《なきがら》をどう始末《しまつ》させるのがよいか……。

「丞相《じょうしょう》さま。帝《みかど》からお見舞《みま》いの使者《ししゃ》が」

八月《がつ》、諸葛亮《しょかつりょう》はたずねてきた使者《ししゃ》、李福《りふく》に自分《じぶん》の考《かんが》えをたくした。

「わたしの後継者《こうけいしゃ》は蒋琬《しょうえん》がよいでしょう。もし蒋琬《しょうえん》に何《なに》かあった場合《ばあい》は、費禕《ひい》を」

「そのほかの候補《こうほ》は……」

諸葛亮《しょかつりょう》はだまって首《くび》を横《よこ》にふった。

――その二人《ふたり》がいなくなるようなことがあれば、もうわたしから進言《しんげん》できることはない。

李福《りふく》が五丈原《ごじょうげん》をあとにしてまもなく、赤《あか》く光《ひか》る星《ほし》が、東北《とうほく》の空《そら》にあらわれて、西南《せいなん》へと流《なが》れていった。星《ほし》は、五丈原《ごじょうげん》の陣《じん》に落《お》ち、二度《にど》跳《は》ねて、そして消《き》えた。

諸葛亮《しょかつりょう》は陣中《じんちゅう》で死《し》んだ。劉備《りゅうび》との出会《であ》いから、二十七年後《ねんご》のことであった。

三国志《さんごくし》コラム

死《し》せる孔明《こうめい》、生《い》ける仲達《ちゅうたつ》を走《はし》らす――蜀軍《しょくぐん》の撤退《てったい》

諸葛亮《しょかつりょう》の死後《しご》、蜀軍《しょくぐん》はその遺言《ゆいごん》にしたがって、すぐに撤退《てったい》をはじめました。

諸葛亮《しょかつりょう》の死《し》はかくされていましたが、住民《じゅうみん》たちから、蜀軍《しょくぐん》が撤退《てったい》していくのを聞《き》いた司馬懿《しばい》は、「諸葛亮《しょかつりょう》が死《し》んだからではないか？　ならば攻撃《こうげき》するよい機会《きかい》だ」と考《かんが》え、蜀軍《しょくぐん》を追撃《ついげき》しようとします。

ところが、そのとき、諸葛亮《しょかつりょう》から軍《ぐん》の指揮《しき》をたくされていた楊儀《ようぎ》が、軍《ぐん》を反転《はんてん》させ、陣太鼓《じんだいこ》をうちならし、司馬懿《しばい》をむかえうつ気配《けはい》をみせました。

それを見《み》て、司馬懿《しばい》は「しまった。諸葛亮《しょかつりょう》は死《し》んだのではなかったのだ。ということは、これは何《なに》かのワナだ。きっと諸葛亮《しょかつりょう》の計略《けいりゃく》にちがいない」と思《おも》い、あわてて攻撃《こうげき》をやめ、引《ひ》きかえします。

のちのち、このことが世《よ》に知《し》れわたると、人々《ひとびと》は「死《し》せる孔明《こうめい》、生《い》ける仲達《ちゅうたつ》を走《はし》らす」（諸葛《しょかつ》亮《りょう》は死《し》んでいても司馬懿《しばい》をあわてさせた、という意味《いみ》。「孔明《こうめい》」は諸葛亮《しょかつりょう》の、「仲達《ちゅうたつ》」は司馬懿《しばい》の字《あざな》）と諸葛亮《しょかつりょう》をたたえました。

これを聞《き》いた司馬懿《しばい》は、「わたしは生《い》きている者《もの》なら相手《あいて》になるが、死者《ししゃ》の相手《あいて》は苦手《にがて》だ」といったそうです。

三国志《さんごくし》コラム

諸葛亮《しょかつりょう》――まじめで気配《きくば》り、「できる」官僚《かんりょう》

「じぶんの死《し》を公表《こうひょう》せず、すぐに退却《たいきゃく》せよ。指揮官《しきかん》は楊儀《ようぎ》、費禕《ひい》、姜維《きょうい》の三人《にん》とし、魏延《ぎえん》が殿《しんがり》（退却軍《たいきゃくぐん》の最後尾《さいこうび》）、姜維《きょうい》がその前《まえ》をつとめるように。ただし、もし魏延《ぎえん》が指示《しじ》にしたがわないときは、かまわず見捨《みす》てよ」諸葛亮《しょかつりょう》は、じぶんの死後《しご》、退却《たいきゃく》する蜀軍《しょくぐん》の配置《はいち》を、このように指示《しじ》していました。

実際《じっさい》に、魏延《ぎえん》は退却命令《たいきゃくめいれい》を聞《き》かず、味方《みかた》のはずの楊儀《ようぎ》を攻撃《こうげき》しようとし、「むほん人《にん》」とみなされて、斬《き》りすてられました。魏延《ぎえん》は、武勇《ぶゆう》にすぐれている一方《いっぽう》で、他人《たにん》を見下《みくだ》す傲慢《ごうまん》なところがあり、とりわけ楊儀《ようぎ》とは仲《なか》が悪《わる》かったといいます。部下同士《ぶかどうし》の争《あらそ》いが、蜀全体《しょくぜんたい》をほろぼすことになるのを心配《しんぱい》していた諸葛亮《しょかつりょう》は、魏延《ぎえん》の性格《せいかく》から、おそらくこうなるだろうと予想《よそう》して、退却軍《たいきゃくぐん》の配置《はいち》をしたと考《かんが》えられます。

この遺言《ゆいごん》からもわかるように、諸葛亮《しょかつりょう》は人《ひと》の行動《こうどう》をよく観察《かんさつ》し、性格《せいかく》を見《み》ぬいたうえで、綿密《めんみつ》な作戦《さくせん》をたてて、ものごとを動《うご》かす人《ひと》であったようです。「演義《えんぎ》」では、祈《いの》りで風《かぜ》をおこすなど、超人的《ちょうじんてき》な力《ちから》をもっているように描《えが》かれますが、これは、普通《ふつう》の人《ひと》なら見《み》ぬけない、できないことでも、諸葛亮《しょかつりょう》なら……と思《おも》わせる魅力《みりょく》があったからなのでしょう。

三国志《さんごくし》コラム

その後《ご》の蜀《しょく》はどうなったか――滅亡《めつぼう》への道筋《みちすじ》

諸葛亮《しょかつりょう》の死後《しご》、その遺言《ゆいごん》どおり、政治《せいじ》を担当《たんとう》していた蔣琬《しょうえん》が246年《ねん》に亡《な》くなると、やはり遺《ゆい》言《ごん》にしたがって、費禕《ひい》が国《くに》の中心《ちゅうしん》となります。費禕《ひい》は、暴走《ぼうそう》しがちな軍事担当《ぐんじたんとう》の姜維《きょうい》をうまくおさえながら、堅実《けんじつ》に蜀《しょく》を安定《あんてい》させていきました。

しかし、皇帝《こうてい》の劉禅《りゅうぜん》は、残念《ざんねん》ながら父《ちち》・劉備《りゅうび》のような才能《さいのう》はなかったようで、しだいに宦官《かんがん》の黄皓《こうこう》のいうなりになっていきます。

253年《ねん》に費禕《ひい》が魏《ぎ》の郭循《かくじゅん》に殺害《さつがい》されてしまうと、黄皓《こうこう》が政治《せいじ》に口《くち》だしするようになり、蜀《しょく》は混乱《こんらん》していきます。また、姜維《きょうい》が、内政《ないせい》をかえりみずに、魏《ぎ》への無理《むり》な侵攻《しんこう》をくりかえしたので、さらに国力《こくりょく》は弱《よわ》っていきました。

263年《ねん》の八月《がつ》になると、魏《ぎ》の大軍《たいぐん》がおしよせてきます。このとき、諸葛亮《しょかつりょう》の長男《ちょうなん》・瞻《せん》が最後《さいご》まで抵抗《ていこう》しますが、国力《こくりょく》の差《さ》はどうしようもありませんでした。

十一月《がつ》、棺《ひつぎ》を背負《せお》った劉禅《りゅうぜん》が、じぶんから魏軍《ぎぐん》へ出《で》むいて降伏《こうふく》の意思《いし》をしめし、蜀《しょく》は滅亡《めつぼう》します。

姜維《きょうい》はその後《ご》も反撃《はんげき》の機会《きかい》をねらっていましたが、やはり魏《ぎ》の兵《へい》に殺《ころ》されてしまいました。

三国志《さんごくし》コラム

竹林《ちくりん》の七賢《しちけん》――「白《しろ》い目《め》」ってどんな目《め》？

蜀《しょく》をほろぼした魏《ぎ》ですが、国《くに》の中心《ちゅうしん》はすでに司馬《しば》一族《いちぞく》によってにぎられており、曹操《そうそう》が築《きず》いた王朝《おうちょう》は力《ちから》を失《うしな》っていました。２６５年《ねん》には、司馬炎《しばえん》が皇帝《こうてい》になって魏《ぎ》は滅亡《めつぼう》、魏《ぎ》と蜀《しょく》は、司馬氏《しばし》による晋王朝《しんおうちょう》のもとで統一《とういつ》されていきます。

争《あらそ》いや陰謀《いんぼう》ばかり多《おお》かったこの時代《じだい》に、それらにまきこまれず、学問《がくもん》や芸術《げいじゅつ》、思想《しそう》の自由《じゆう》をつらぬきたいと、独自《どくじ》の行動《こうどう》をとっていた知識人《ちしきじん》たちがいました。

代表的《だいひょうてき》なのが、阮籍《げんせき》、嵆康《けいこう》、山濤《さんとう》、向秀《しょうしゅう》、劉伶《りゅうれい》、阮咸《げんかん》、王戎《おうじゅう》の七人《にん》で、「竹林《ちくりん》の七賢《しちけん》」とよばれています。中心《ちゅうしん》となっていた阮籍《げんせき》は、曹一族《そういちぞく》や司馬一族《しばいちぞく》からも、役職《やくしょく》につくよう命令《めいれい》を受《う》けるほどの有能《ゆうのう》な人《ひと》でしたが、うわべだけの礼儀《れいぎ》やお世辞《せじ》をきらい、人《ひと》がたずねてきてもかんたんには会《あ》おうとしませんでした。

阮籍《げんせき》の目《め》にはふしぎな力《ちから》があり、交流《こうりゅう》をもってもよいと判断《はんだん》した人物《じんぶつ》に会《あ》うときは青《あお》い目《め》で、きらいな人物《じんぶつ》に会《あ》うときは白《しろ》い目《め》で応対《おうたい》したとつたわっています。

現在《げんざい》、人《ひと》を冷《つめ》たい目《め》で見《み》ることを「白《しろ》い目《め》で見《み》る」というのは、阮籍《げんせき》のこうした態度《たいど》に由来《ゆらい》することばです。

四、孫《そん》権《けん》の章《しょう》

兄《あに》の死《し》

200年《ねん》。豫州《よしゅう》の小沛《しょうはい》で、劉備《りゅうび》が曹操《そうそう》に攻《せ》められて敗走《はいそう》し、関羽《かんう》が生《い》け捕《ど》りにされていたころ。

東南《とうなん》の揚州《ようしゅう》、長江《ちょうこう》の流《なが》れが海《うみ》へたどりつく場所《ばしょ》に近《ちか》い丹徒《たんと》の地《ち》で、一人《ひとり》の若者《わかもの》が空《そら》を見《み》あげてつぶやいた。

「兄上《あにうえ》の計画《けいかく》が、うまくいくといいな」

十九歳《さい》の孫権《そんけん》は、兄《あに》・孫策《そんさく》から聞《き》かされた壮大《そうだい》な計画《けいかく》に、胸《むね》をおどらせていた。

官渡《かんと》で曹操《そうそう》と袁紹《えんしょう》とがにらみあっているすきをついて、曹操《そうそう》の本拠地《ほんきょち》である許《きょ》へ進軍《しんぐん》し、帝《みかど》をこちらへおむかえしようというのだ。

「曹操《そうそう》の権力《けんりょく》は、帝《みかど》を盾《たて》にしたものだ。だから、そこをくずせば、一気《いっき》に世《よ》の中《なか》が変《か》わる」

兄《あに》の生《い》き生《い》きとした話《はな》しぶりに、孫権《そんけん》はすっかり魅《み》せられていた。そのとき――。

「孫権《そんけん》さま。すぐにおいでください。おはやく！」

部下《ぶか》のひとりが顔《かお》をこわばらせてよびにきた。声《こえ》がふるえている。

いそぎ足《あし》で行《い》ってみると、兄《あに》に仕《つか》える部下《ぶか》たちがずらりとならんでいた。彼《かれ》らの視線《しせん》の先《さき》には、傷《きず》から血《ち》を流《なが》したままの兄《あに》が横《よこ》たわっていた。

「これはいったい！　兄上《あにうえ》」

「孫権《そんけん》、すまない。わたしはもうだめだろう。みな、最期《さいご》のたのみだ」

兄《あに》は声《こえ》をふりしぼって、まず部下《ぶか》たちにいった。

「いま、中原《ちゅうげん》では天下《てんか》が争《あらそ》われている。わが孫《そん》家《け》には、この江東《こうとう》（江南《こうなん》のうち、東側《ひがしがわ》の地方《ちほう》）を本拠《ほんきょ》にしながら、中原《ちゅうげん》の争《あらそ》いを制《せい》する力《ちから》がかならずある。ぜひ、弟《おとうと》に力《ちから》を貸《か》してやってくれ」

部下《ぶか》たちがだまってうなずくと、兄《あに》は孫権《そんけん》にいった。

「おまえは、戦《たたか》いをする、軍事《ぐんじ》の才能《さいのう》では、わたしに勝《か》てない。だが、有能《ゆうのう》な人材《じんざい》をうまくもちいて、江東《こうとう》を守《まも》っていく、政治《せいじ》の才能《さいのう》なら、わたしよりすぐれているはずだ。ここにいるみなのことばに耳《みみ》をかたむけて、この乱世《らんせ》を勝《か》ちのこれ。いいな」

「兄上《あにうえ》！」

兄《あに》の呼吸《こきゅう》がどんどん小《ちい》さく、あさくなっていく。

「ああ、周瑜《しゅうゆ》が、周瑜《しゅうゆ》がここにいてくれたら……周瑜《しゅうゆ》、弟《おとうと》をたのむ」

兄《あに》の最期《さいご》のことばは、親友《しんゆう》の周瑜《しゅうゆ》に、弟《おとうと》をたくすことばだった。

このとき周瑜《しゅうゆ》は、別《べつ》の土地《とち》に軍《ぐん》をしいていて、孫策《そんさく》のそばにはいなかった。

とつぜんの兄《あに》の死《し》に、われを失《うしな》ったままの孫権《そんけん》の前《まえ》に、父《ちち》の代《だい》から仕《つか》えてくれている張昭《ちょうしょう》が、ひざまずいて丁寧《ていねい》におじぎをした。

「孫権《そんけん》さま。これからは、あなたさまが孫一族《そんいちぞく》の長《おさ》です。しっかりなさいますように」

偉大《いだい》な父《ちち》、すぐれた兄《あに》

兄《あに》を死《し》なせたのは、兄《あに》が以前《いぜん》処刑《しょけい》した呉郡太守《ごぐんたいしゅ》・許貢《きょこう》につながる者《もの》が送《おく》りこんできた、刺客《しかく》（暗殺《あんさつ》を目的《もくてき》として動《うご》くもの）であった。許貢《きょこう》は以前《いぜん》、讒言《ざんげん》の罪《つみ》（事実《じじつ》でないことを朝廷《ちょうてい》に報告《ほうこく》すること）で、兄《あに》から追及《ついきゅう》を受《う》けたすえに、殺《ころ》されたのだ。

もともと、孫家《そんけ》は揚州《ようしゅう》の呉郡富春県《ごぐんふうしゅんけん》に住《す》む一族《いちぞく》だった。あまり治安《ちあん》のよくない地域《ちいき》で、父《ちち》・孫《そん》堅《けん》は若《わか》いころ、武力《ぶりょく》をかわれ、あたりを警固《けいご》する役人《やくにん》になった。

その後《ご》、黄巾《こうきん》の乱《らん》や、それにつづく世《よ》の乱《みだ》れの中《なか》でつぎつぎと手柄《てがら》をたてた父《ちち》は、荊州長沙郡《けいしゅうちょうさぐん》の太守《たいしゅ》にまでなり、董卓討伐《とうたくとうばつ》の動《うご》きがおきたときには、袁紹《えんしょう》、袁術兄弟《えんじゅつきょうだい》と近《ちか》い関係《かんけい》にあった。

ところが、人《ひと》のよい父《ちち》は、この兄弟《きょうだい》の仲《なか》たがいにまきこまれてしまう。袁術《えんじゅつ》にそそのかされて、荊州《けいしゅう》の劉表《りゅうひょう》を攻《せ》めることになった父《ちち》は、劉表《りゅうひょう》の部下《ぶか》である黄祖《こうそ》の兵《へい》の放《はな》った矢《や》にたおれた。１９１年《ねん》のことだ。

袁術《えんじゅつ》は心《こころ》にもことばにも裏表《うらおもて》があって、どうにも信頼《しんらい》のできない人物《じんぶつ》だ。若《わか》くして父《ちち》のあとをついだ兄《あに》は、そんな袁術《えんじゅつ》ともなんとかわたりあい、交渉《こうしょう》を重《かさ》ねながら、人材《じんざい》を集《あつ》め兵《へい》を集《あつ》め、支《し》配地《はいち》を江東一帯《こうとういったい》にまで広《ひろ》げた。その名《な》は広《ひろ》く知《し》られるようになり、あの曹操《そうそう》にまで「孫策《そんさく》と先陣《せんじん》争《あらそ》いをするべきではない」といわれるほどになった。

兄《あに》は、軍事《ぐんじ》にすぐれていただけでなく、人望《じんぼう》もあった。見《み》た目《め》もよくて、性格《せいかく》も明《あか》るくて、一度《ど》会《あ》えばたいていの人《ひと》は、兄《あに》のことを好《す》きになる。

――兄上《あにうえ》のあとをつぐなんて、むりだ。

七《なな》つ上《うえ》の兄《あに》を、尊敬《そんけい》もし、憧《あこが》れてもいたが、一方《いっぽう》で引《ひ》け目《め》もあった。どうせじぶんは何《なに》をしても兄《あに》には勝《か》てない。そういう気持《きも》ちも強《つよ》かった。

――どうすればいいんだ。これから。

なんにも考《かんが》えたくない。じぶんにできるわけがない。

そう思《おも》ってふさぎこんでいた孫権《そんけん》に、おもおもしい声《こえ》が聞《き》こえてきた。

「孫権《そんけん》さま。つまらぬ感傷《かんしょう》におぼれている場合《ばあい》ではありませんぞ。さあ、こちらへ」

館《やかた》の入《い》り口《ぐち》に張昭《ちょうしょう》が立《た》っていた。外《そと》には馬《うま》が引《ひ》きだされ、兵《へい》たちが列《れつ》をつくっている。

張昭《ちょうしょう》は、孫権《そんけん》の手《て》をうやうやしくとって、馬《うま》にのせた。

反対側《はんたいがわ》から、張昭《ちょうしょう》とは別《べつ》の、朗々《ろうろう》とした声《こえ》がした。

「みなの者《もの》。あたらしいご主君《しゅくん》・孫権《そんけん》さまである。こころして、亡《な》き孫堅《そんけん》さま、孫策《そんさく》さま同様《どうよう》、いやそれ以上《いじょう》に、うやまって仕《つか》えるように」

——周瑜《しゅうゆ》！

声《こえ》の主《ぬし》は周瑜《しゅうゆ》だった。戦場《せんじょう》から駆《か》けつけてきてくれたのだ。

——しっかりしなくては。

孫権《そんけん》は思《おも》わず、馬上《ばじょう》であごを引《ひ》き、背筋《せすじ》をぐっと伸《の》ばしていた。

父《ちち》・孫堅《そんけん》と「伝国璽《でんこくじ》」

孫権《そんけん》の一族《いちぞく》は、兵法《へいほう》（軍事《ぐんじ》についての学問《がくもん》）の書物《しょもつ》「孫子《そんし》」で有名《ゆうめい》な、孫武《そんぶ》（紀元前《きげんぜん》500年《ねん》ごろ）の末裔《まつえい》だといわれています。

孫権《そんけん》の父《ちち》・孫堅《そんけん》は、191年《ねん》、亡《な》くなる少《すこ》し前《まえ》に、洛陽《らくよう》で思《おも》わぬ拾《ひろ》い物《もの》をしたといわれます。これは「正史《せいし》」には記述《きじゅつ》がありませんが、「注《ちゅう》」にはつぎのように、とりあげられています。

当時《とうじ》、献帝《けんてい》をあやつって政治《せいじ》を意《い》のままにしていた董卓《とうたく》にたいし、反発《はんぱつ》する勢力《せいりょく》がつぎつぎと洛陽《らくよう》をめざしていました。董卓《とうたく》は洛陽《らくよう》を捨《す》てて、むりやり、長安《ちょうあん》へ遷都《せんと》しようとします（27ページ参照《さんしょう》）。

洛陽《らくよう》に駆《か》けつけた孫堅《そんけん》は、荒《あ》らされた王室《おうしつ》の墓《はか》（董卓《とうたく》は歴代王《れきだいおう》とともに埋葬《まいそう》されていた財宝《ざいほう》を持《も》ち去《さ》ろうと王《おう》の墓《はか》を暴《あば》いていったのです）を掃除《そうじ》し、お参《まい》りをしました。すると、城《しろ》の井戸《いど》から五色《しょく》の水煙《すいえん》があがりました。

ふしぎに思《おも》って井戸《いど》の中《なか》をさぐらせてみると、漢《かん》の伝国璽《でんこくじ》がでてきた、というのです。

伝国璽《でんこくじ》とは、正統《せいとう》な皇位《こうい》の継承者《けいしょうしゃ》に受《う》けつがれる宝玉《ほうぎょく》です。日本《にほん》の皇室《こうしつ》では「古事記《こじき》」などの神話《しんわ》にも登場《とうじょう》する「三種《しゅ》の神器《じんぎ》」が、おなじようなものとして知《し》られています。

「演義《えんぎ》」では、若《わか》い女官《にょかん》の死体《したい》が伝国璽《でんこくじ》を大事《だいじ》にかかえていた、としたうえで、このことを知《し》った袁紹《えんしょう》が、孫堅《そんけん》から伝国璽《でんこくじ》をうばう機会《きかい》をつくるために、劉表《りゅうひょう》を攻《せ》めるようそそのかした、さらに、孫堅《そんけん》の死後《しご》、孫策《そんさく》は、この伝国璽《でんこくじ》を袁術《えんじゅつ》との交渉《こうしょう》のためにもちいた、などと描《えが》いています。

三国志《さんごくし》コラム

兄《あに》・孫策《そんさく》と太史慈《たいしじ》

孫権《そんけん》の兄《あに》・孫策《そんさく》と、周瑜《しゅうゆ》との友情《ゆうじょう》は、「正史《せいし》」のごくはじめにもとりあげられるほど、よく知《し》られていますが、ここでは、もう一人《ひとり》、孫策《そんさく》に真心《まごころ》を尽《つ》くした人物《じんぶつ》・太史慈《たいしじ》をご紹介《しょうかい》しましょう。

太史慈《たいしじ》は、もとは劉繇《りゅうよう》の部下《ぶか》でした。１９４年《ねん》、孫策《そんさく》が劉繇《りゅうよう》を攻《せ》めたとき、二人《ふたり》は戦場《せんじょう》で出《で》くわし、一騎打《いっきう》ちになりましたが、決着《けっちゃく》がつかないまま、いったん分《わ》かれます。

しばらくして、劉繇軍《りゅうようぐん》をやぶった孫策《そんさく》は、太史慈《たいしじ》を生《い》け捕《ど》りにします。

一騎打《いっきう》ち以来《いらい》、孫策《そんさく》に心《こころ》をひかれていた太史慈《たいしじ》は、部下《ぶか》となることを決《き》め、孫策《そんさく》に「六十日《にち》、わたしに時間《じかん》をくれれば、劉繇軍《りゅうようぐん》の生《い》き残《のこ》りたちをひきいて、あなたの配下《はいか》に入《はい》りましょう」といいます。それを聞《き》いた孫策《そんさく》のほかの部下《ぶか》たちは、太史慈《たいしじ》のことばを信《しん》じず、逃《に》げるための嘘《うそ》にちがいないといいますが、孫策《そんさく》は太史慈《たいしじ》を信《しん》じて、六十日《にち》待《ま》つことにします。

はたして、約束《やくそく》の日《ひ》になると、太史慈《たいしじ》は一万《まん》もの大軍《たいぐん》をひきいてもどり、あらためて孫策《そんさく》に仕《つか》えると誓《ちか》いました。太史慈《たいしじ》のことは、のちに曹操《そうそう》もとても気《き》にいって、じぶんのもとにこさせようと、「当帰《とうき》」という薬草《やくそう》（薬草《やくそう》の名《な》に、こちらへこいという意味《いみ》をこめていた）を贈《おく》ったりしますが、太《たい》史慈《しじ》は聞《き》きいれず、２０６年《ねん》に四十一歳《さい》で亡《な》くなるまで、孫策《そんさく》、つづいて孫権《そんけん》に仕《つか》えていました。

決断《けつだん》

孫権《そんけん》が兄《あに》のあとをついで二年後《ねんご》の、202年《ねん》のこと。

「いかがなさいますか、孫権《そんけん》さま。やはり、ここは曹操《そうそう》のいうことを聞《き》かれては」

「むりに抵抗《ていこう》して、せっかくこれまで築《きず》いてきたものをうばわれては無念《むねん》です」

官渡《かんと》の戦《たたか》いで袁紹《えんしょう》に勝利《しょうり》した曹操《そうそう》は、孫権《そんけん》に「一族《いちぞく》のだれかを宮廷《きゅうてい》に出仕《しゅっし》させないか」ともうしいれてきた。

宮廷《きゅうてい》に出仕《しゅっし》といえば聞《き》こえはよいが、事実上《じじつじょう》、これは人質《ひとじち》を出《だ》せという意味《いみ》である。曹操《そうそう》の監視下《かんしか》に身内《みうち》の者《もの》がいれば、何《なに》かあったとき、敵《てき》にまわるのはむずかしくなるだろう。

――曹操《そうそう》は、「自分《じぶん》にしたがえ」といいたいのだ。

ただし、張昭《ちょうしょう》をはじめ、部下《ぶか》のほとんどは、いまは曹操《そうそう》と対立《たいりつ》しないほうがよいという意見《いけん》だ。

――それしかないのだろうか。

孫権《そんけん》は、できればことわりたかった。身内《みうち》を危険《きけん》にさらしたくない。それに、いまじぶんのところには江東中《こうとうじゅう》から人材《じんざい》が集《あつ》まってくれている。南《みなみ》の山越族《さんえつぞく》（山岳地域《さんがくちいき》に住《す》む異民族《いみんぞく》）をしたがわせることにも成功《せいこう》した。ここで、弱気《よわき》な態度《たいど》を世《よ》の中《なか》にしめしたくなかった。

孫権《そんけん》はまよった。主君《しゅくん》はじぶんだから、じぶんの主張《しゅちょう》をとおして、おしきることもできなくはない。しかし、それでは部下《ぶか》たちが今後《こんご》、重要《じゅうよう》なことについて意見《いけん》を述《の》べにくくなるだろう。

「周瑜《しゅうゆ》。そなたはどう思《おも》うか」

孫権《そんけん》は、さっきから周瑜《しゅうゆ》だけがずっとだまっているのに気《き》づき、発言《はつげん》をうながした。

「はい。わたしは、なにもいま、曹操《そうそう》のことばにしたがう必要《ひつよう》はないと思《おも》います。たしかに曹操《そうそう》の勢《いきお》いは強大《きょうだい》ですが、ここで要求《ようきゅう》をのめば、ずっと見《み》くだされます。もっと誇《ほこ》りをもちましょう」

――ありがたい。

「わかった。どうだろう、みな。ここは周瑜《しゅうゆ》の意見《いけん》にしたがおうと思《おも》う。もちろん、責任《せきにん》はわたしにある。信《しん》じて、ついてきてもらいたい」

――兄上《あにうえ》は、乱世《らんせ》を勝《か》ちのこれといった。

「生《い》きのこれ」ではなかった。そのことの意味《いみ》を、孫権《そんけん》はかみしめていた。

父《ちち》の仇《かたき》

このころ、周瑜《しゅうゆ》や魯粛《ろしゅく》といった孫権《そんけん》の主《おも》な部下《ぶか》は、三十歳前後《さいぜんご》の若《わか》い世代《せだい》が中心《ちゅうしん》だった。孫権《そんけん》自身《じしん》はさらに若《わか》い二十代前半《だいぜんはん》だから、何《なに》かと強気《つよき》に出《で》たくなることも多《おお》い。

それをいさめて、冷静《れいせい》にしてくれるのが、張昭《ちょうしょう》ら、父《ちち》の代《だい》から仕《つか》える、年配《ねんぱい》の者《もの》たちだ。両者《りょうしゃ》がときにはげしく意見《いけん》を戦《たたか》わせたり、知恵《ちえ》を出《だ》しあったりしながら、孫権《そんけん》をささえてくれていた。

203年《ねん》、孫権《そんけん》は、支配地《しはいち》を西《にし》の荊州《けいしゅう》へと広《ひろ》げたいと考《かんが》えるようになった。

「それにはまず、江夏《こうか》（荊州《けいしゅう》の郡《ぐん》のひとつ）を手《て》に入《い》れましょう」

周瑜《しゅうゆ》の提案《ていあん》に、孫権《そんけん》はふかくうなずいた。

江夏《こうか》を支配《しはい》しているのは、父《ちち》の仇《かたき》でもある黄祖《こうそ》である。

孫権軍《そんけんぐん》は、おしよせてくる黄祖《こうそ》の水軍《すいぐん》をうちやぶりながら、江夏《こうか》の中心地《ちゅうしんち》へ入《はい》ろうとしたが、ここで、一度《ど》は降伏《こうふく》させたはずの山越族《さんえつぞく》が、ふたたび武装《ぶそう》をはじめているという知《し》らせがとどいた。

「無念《むねん》だが、ここで無理《むり》をしないほうがいい。戦力《せんりょく》を山越《さんえつ》のほうへふりむけよう」

引《ひ》きぎわもたいせつだ。孫権《そんけん》は、江夏《こうか》からいったんしりぞいて、部下《ぶか》たちをそれぞれ、山越《さんえつ》の重要地域《じゅうようちいき》に行《い》かせ、陣《じん》をしかせた。

――もう少《すこ》し、足元《あしもと》をしっかりかためてから、江夏《こうか》へ行《い》くべきだ。

そう考《かんが》えた孫権《そんけん》は、あたらしく支配下《しはいか》に入《はい》った地域《ちいき》の安定《あんてい》や、長江《ちょうこう》での戦《たたか》いに欠《か》かせない水軍《すいぐん》の強化《きょうか》など、心《こころ》おきなく江夏《こうか》を攻《せ》めるための、準備《じゅんび》をした。

「孫権《そんけん》さま。甘寧《かんねい》という者《もの》がきて、お目《め》どおりをねがっています」

「甘寧《かんねい》？　それはたしか、黄祖《こうそ》の部下《ぶか》ではなかったか」

甘寧《かんねい》のひきいる隊《たい》は、黄祖《こうそ》の軍《ぐん》の中《なか》でも手《て》ごわい隊《たい》だと、以前《いぜん》の戦《たたか》いのあと、報告《ほうこく》があった。

「なんだろう？　まさか、何《なに》かの計略《けいりゃく》ではあるまいな」

孫権《そんけん》はうたがいつつも、甘寧《かんねい》に会《あ》ってみた。

「孫権《そんけん》さま。わたしは、じぶんの力《ちから》をちゃんとみとめてくれる方《かた》の部下《ぶか》になりたいのです。劉表《りゅうひょう》どのも、黄祖《こうそ》どのも、軍事《ぐんじ》のことをあまりわかっておらず、わたしを評価《ひょうか》してくれない」

「そなたは、もともと劉表《りゅうひょう》どののところにいたのか？」

「はい。ですが、あまりにはたらきがいがないので、黄祖《こうそ》どののところに行《い》きました。ですが」

――ふうむ。こやつ、使《つか》えるかもしれぬ。

孫権《そんけん》は甘寧《かんねい》の顔《かお》をじっと見《み》た。万一《まんいち》、黄祖《こうそ》の間者《かんじゃ》であったら……。

「わかった。召《め》しかかえよう。ぞんぶんにはたらいてくれ」

最初《さいしょ》の進軍《しんぐん》から五年後《ねんご》の２０８年《ねん》。

いよいよ、孫権《そんけん》は江夏《こうか》を確実《かくじつ》に攻《せ》め落《お》とせる自信《じしん》がもてた。

「孫権《そんけん》さま。ご命令《めいれい》のあった箱《はこ》は、これでよろしいですか」

孫権《そんけん》は、人《ひと》の頭《あたま》がひとつ、入《はい》る大《おお》きさのあたらしい箱《はこ》を用意《ようい》させていた。

——ここに、黄祖《こうそ》の首《くび》を入《い》れて、父《ちち》への供物《くもつ》にするのだ。

「行《い》くぞ！」

総大将《そうだいしょう》は周瑜《しゅうゆ》。したがうのは、呂蒙《りょもう》や淩統《りょうとう》、董襲《とうしゅう》など、孫権《そんけん》のほこる猛将《もうしょう》たちで、もちろん、あの甘寧《かんねい》も参戦《さんせん》している。

長江《ちょうこう》にそってすすむと、思《おも》ったとおり、むこうは水軍《すいぐん》を先頭《せんとう》に立《た》てておしよせてくる。

「ひるむな！　日《ひ》ごろの訓練《くんれん》を思《おも》い出《だ》せ」

こう号令《ごうれい》して、黄祖《こうそ》の船《ふね》をつぎつぎに討《う》ち、水底《みなそこ》にしずめたのは、呂蒙《りょもう》の隊《たい》である。

味方《みかた》の船《ふね》が勢《いきお》いよくすすむのを見《み》て、ほかの隊《たい》たちもあっという間《ま》に川《かわ》をさかのぼり、黄祖《こうそ》が立《た》てこもった夏口城《かこうじょう》を取《と》りかこんだ。

「ここからなら矢《や》がよくとどく。たてつづけに射《い》よ！」

敵《てき》の内情《ないじょう》を知《し》る甘寧《かんねい》の作戦《さくせん》もあたり、黄祖軍《こうそぐん》は見《み》る間《ま》にくずれ、ちりぢりになっていく。

「あ！　あそこを一人《ひとり》で逃《に》げるのは黄祖《こうそ》だぞ。逃《のが》すな！　首《くび》を取《と》れ！」

黄祖《こうそ》の首《くび》は、馮則《ばそく》という、孫権《そんけん》の軍《ぐん》の中《なか》ではあまり階級《かいきゅう》の高《たか》くない兵《へい》の手《て》で討《う》ちとられ、孫権《そんけん》の前《まえ》にさしだされた。

——父上《ちちうえ》。兄上《あにうえ》。

箱《はこ》に入《はい》った、無念《むねん》そうな、仇《かたき》の死《し》に顔《がお》。勝利《しょうり》に酔《よ》う、という気分《きぶん》ではなかった。

ひとつまちがえばこうなるのだ。父《ちち》と兄《あに》が、そう教《おし》えてくれている気《き》がした。

勝《か》ちのこるための戦《たたか》いはまだまだつづく。孫権《そんけん》は、箱《はこ》の蓋《ふた》を閉《と》じた。

劉備《りゅうび》と曹操《そうそう》

孫権《そんけん》が勝利《しょうり》をおさめた直後《ちょくご》、曹操《そうそう》が大軍《たいぐん》をひきいて、荊州《けいしゅう》へむかったとの情報《じょうほう》がもたらされた。

曹操《そうそう》の動《うご》き方《かた》によっては、こちらも考《かんが》えなければならない。孫権《そんけん》が、できるだけ荊州《けいしゅう》の情報《じょうほう》をくわしく得《え》ようとつとめていると、つづいて、曹操《そうそう》の軍《ぐん》が荊州《けいしゅう》へ着《つ》く前《まえ》に、劉表《りゅうひょう》が死《し》に、劉家《りゅうけ》ではあとつぎをめぐる争《あらそ》いがおきているとの知《し》らせが入《はい》った。

――曹操《そうそう》が攻《せ》めてくるというのに、うちわもめか。もう劉家《りゅうけ》はおしまいだな。

曹操《そうそう》が、劉表《りゅうひょう》のもとに集《あつ》まっていた人《ひと》や富《とみ》をのみこんで、さらに強大《きょうだい》になれば、こちらにも攻《せ》めこんでくるだろう。勝《か》ち目《め》はないかもしれない。

すでに部下《ぶか》たちのうちには、「攻《せ》めこまれないうちに、いったん曹操《そうそう》に臣下《しんか》の礼《れい》をとったほうがよいのではないか」と進言《しんげん》してくる者《もの》もある。

どうすれば勝《か》ちのこれる？　孫権《そんけん》が頭《あたま》をなやませていると、魯粛《ろしゅく》が目《め》どおりをねがってきた。

「孫権《そんけん》さま。どうやら、荊州《けいしゅう》でいま、鍵《かぎ》をにぎっているのは、劉表《りゅうひょう》の息子《むすこ》たちではなく、劉備《りゅうび》のようです」

「劉備《りゅうび》か。名前《なまえ》は聞《き》いたことがあるが、しかし、どのような人物《じんぶつ》だろうか」

揚州《ようしゅう》を本拠地《ほんきょち》とする孫権《そんけん》には、北《きた》のほうの事情《じじょう》がもうひとつ、わかりにくいところがある。

「わたしを荊州《けいしゅう》へ行《い》かせてください。おもてむきは劉表《りゅうひょう》どのの弔問《ちょうもん》とすれば、あやしまれないでしょう」

「ようすをさぐってきてくれるというのだな。よし、わかった。たのむぞ」

孫権《そんけん》は、柴桑《さいそう》（揚州九江郡《ようしゅうきゅうこうぐん》の県《けん》）の陣《じん》で、魯粛《ろしゅく》の帰《かえ》りをじりじりした思《おも》いで待《ま》った。

しばらくすると、魯粛《ろしゅく》は、「孫権《そんけん》さまに会《あ》わせたい者《もの》があります」と、一人《ひとり》の男《おとこ》を連《つ》れて帰《かえ》ってきた。諸葛亮《しょかつりょう》という、劉備《りゅうび》の腹心《ふくしん》の部下《ぶか》で、しかも、諸葛瑾《しょかつきん》の弟《おとうと》だという。

「あのまじめで誠実《せいじつ》な諸葛瑾《しょかつきん》の弟《おとうと》だというなら、会《あ》ってみよう」

——おお、これはなかなか、思慮《しりょ》ぶかそうな。

背《せ》は180センチ以上《いじょう》あるだろうか。といっても、こちらを威圧《いあつ》する風貌《ふうぼう》ではなく、むしろおだやかで、知恵《ちえ》と知識《ちしき》をたくさんもっているようなようすだ。

提案《ていあん》したいことがあるというので、孫権《そんけん》は、諸葛亮《しょかつりょう》に率直《そっちょく》にすべて話《はな》すよう、うながした。

「もうしあげます。孫権《そんけん》さまが、ごじぶんの支配力《しはいりょく》をよくお考《かんが》えになって、曹操《そうそう》に対抗《たいこう》できると思《おも》うなら、つきあいをやめ、はっきりと敵対《てきたい》する態度《たいど》をおとりになるべきでしょう。しかし、そうでないなら、すぐに服従《ふくじゅう》したほうがよいと思《おも》います。どちらにせよ、決断《けつだん》をいそがないと、曹《そう》操《そう》はすぐにでもこちらへせまってくるでしょう」

「ほう。では、失礼《しつれい》ながら、いま確固《かっこ》たる支配地《しはいち》ももたぬ劉備《りゅうび》どのが、曹操《そうそう》に服従《ふくじゅう》しないのは、いかなる理由《りゆう》か」

「はい。劉備《りゅうび》さまは、漢王朝《かんおうちょう》の血筋《ちすじ》を引《ひ》く方《かた》です。どうして服従《ふくじゅう》などできましょうか。曹操《そうそう》と対《たい》決《けつ》してやぶれるなら、もはやそれはあの方《かた》の天運《てんうん》。そう覚悟《かくご》しているのです」

――ふむ。劉備《りゅうび》とやら、なかなか肝《きも》がすわっているではないか。

負《ま》けたくない。曹操《そうそう》にも、劉備《りゅうび》にも。

「いま、わたしには十万《まん》の兵《へい》がある。曹操《そうそう》に対抗《たいこう》して負《ま》けるとは思《おも》わぬぞ」

孫権《そんけん》がそういうと、諸葛亮《しょかつりょう》は目《め》をかがやかせた。

「そのおことばを待《ま》っていました。いかがでしょう、わたしに作戦《さくせん》がございます……」

それから長《なが》い間《あいだ》、孫権《そんけん》と諸葛亮《しょかつりょう》は、曹操《そうそう》をたおすための同盟《どうめい》について、話《はな》しあった。

諸葛瑾《しょかつきん》――まじめ、誠実《せいじつ》、温厚《おんこう》……

諸葛瑾《しょかつきん》は諸葛亮《しょかつりょう》の七歳年上《さいとしうえ》の兄《あに》です。若《わか》いころに都《みやこ》へ出《で》て学問《がくもん》を学《まな》んでいましたが、戦乱《せんらん》をさけて揚州《ようしゅう》へ移《うつ》り住《す》んでいたとき、孫権《そんけん》の姉《あね》の夫《おっと》であった弘咨《こうし》に推薦《すいせん》されて、孫権《そんけん》に仕《つか》えるようになります。

兄《あに》を失《うしな》ったばかりだった孫権《そんけん》は、諸葛瑾《しょかつきん》をたいへん信頼《しんらい》して、重要《じゅうよう》な仕事《しごと》をまかせ、また助言《じょげん》をもとめました。

諸葛瑾《しょかつきん》は、弟《おとうと》の諸葛亮《しょかつりょう》と同様《どうよう》、人《ひと》を見《み》ぬいて慎重《しんちょう》に行動《こうどう》する人《ひと》であったようです。孫権《そんけん》が、じぶんのいうことにすぐには耳《みみ》をかたむけそうにないときは、強《つよ》いことばでいましめたりせず、機会《きかい》を見《み》て少《すこ》しずつ、ほかのことにたとえるようないい方《かた》をしながら、じっくり説得《せっとく》したといいます。

呉《ご》と蜀《しょく》との同盟《どうめい》にあたっては、使者《ししゃ》に立《た》つなどして弟《おとうと》と同席《どうせき》することがありましたが、私的《してき》に会《あ》うのは避《さ》けていたといいます。たがいの立場《たちば》を考《かんが》えて、あえてそうしていたのだと思《おも》われます。

ほかの部下《ぶか》が、「諸葛瑾《しょかつきん》は弟《おとうと》をつうじて劉備《りゅうび》とつながっているのではないか」とうたがったとき、孫権《そんけん》は、「諸葛瑾《しょかつきん》がわたしをうらぎらないのは、わたしが彼《かれ》をうらぎらないのと、おなじほどにたしかなことだ」といったそうです。

赤壁《せきへき》の戦《たたか》い

孫権《そんけん》はすっかり劉備《りゅうび》と同盟《どうめい》して曹操《そうそう》と戦《たたか》うつもりになっていたが、部下《ぶか》たちはそうではなかった。しかも、まさにこのときに、曹操《そうそう》から「わが水軍《すいぐん》はいまや八十万《まん》。ぜひ、直接《ちょくせつ》お目《め》にかかって、そちらでいっしょに狩《か》りをしよう」という書状《しょじょう》が、孫権《そんけん》あてにとどいた。

そちらでいっしょに狩《か》りをしよう――このことばは本来《ほんらい》は「皇帝《こうてい》が地方《ちほう》を見《み》まわる」という意《い》味《み》だが、曹操《そうそう》は明《あき》らかに「そちらを攻《せ》めるぞ」という意味《いみ》でいっている。

詩的《してき》にものをいうのが好《す》きな曹操《そうそう》らしい、皮肉《ひにく》なことば遊《あそ》びである。

曹操《そうそう》に臣下《しんか》の礼《れい》をとるか、それとも、劉備《りゅうび》と同盟《どうめい》して戦《たたか》いにうってでるか――孫権《そんけん》は、部下《ぶか》たちを集《あつ》めて、みなに意見《いけん》をいわせた。

「八十万《まん》は、おどしで大《おお》げさにいっているのだろうが、それでも四十万《まん》はいるだろう」

「いま曹操《そうそう》と戦《たたか》うのは、危険《きけん》すぎる」

――みな、降伏派《こうふくは》ばかりだな。

ほとんどの者《もの》が、降伏《こうふく》を前提《ぜんてい》に、どうすれば曹操《そうそう》にいくらか条件《じょうけん》をつけられるかの交渉《こうしょう》の話《はなし》まではじめていて、孫権《そんけん》は気落《きお》ちしていた。周瑜《しゅうゆ》がいてくれれば、と思《おも》ったが、周瑜《しゅうゆ》はあいにく、遠《とお》くの地《ち》で水軍《すいぐん》の訓練中《くんれんちゅう》で、ここに居合《いあ》わせていない。

「すまぬ、少《すこ》し休憩《きゅうけい》しよう」

考《かんが》えつかれた孫権《そんけん》は、議論《ぎろん》をやめ、手洗《てあら》いに立《た》った。すると、魯粛《ろしゅく》がついてきた。

「孫権《そんけん》さま。もし、曹操《そうそう》に降伏《こうふく》すれば」

魯粛《ろしゅく》がここでことばを一度《ど》切《き》って、息《いき》を吸《す》いなおした。

「われら、家臣《かしん》たちは曹操《そうそう》に部下《ぶか》として組《く》みこまれるでしょうが、孫権《そんけん》さまは、そうはいきません。まちがいなく、お一人《ひとり》だけ追放《ついほう》されるか、あるいは……」

――殺《ころ》される。そういいたいのだな。

「孫権《そんけん》さま。ぜひ、今日《きょう》は結論《けつろん》を出《だ》さず、周瑜《しゅうゆ》どのをよびもどしましょう。残念《ざんねん》ながら、わたし一人《ひとり》では、みなを説得《せっとく》するだけの力《ちから》はないでしょうから」

数日後《すうじつご》、もどってきた周瑜《しゅうゆ》は、曹操《そうそう》に降伏《こうふく》することは、本来《ほんらい》の王朝《おうちょう》への忠誠《ちゅうせい》にならないこと、また、いまの曹操軍《そうそうぐん》には、弱点《じゃくてん》がたくさんあることなどを的確《てきかく》に述《の》べて、降伏派《こうふくは》を圧倒《あっとう》してしまった。

「よし。ではあらためて、われらは劉備《りゅうび》と同盟《どうめい》し、曹操《そうそう》を攻撃《こうげき》する。周瑜《しゅうゆ》と程普《ていふ》、それぞれ一万《まん》ずつの兵《へい》をひきいて、西《にし》へすすむ計画《けいかく》をたてよ」

孫権《そんけん》は、周瑜《しゅうゆ》だけでなく、父《ちち》の代《だい》からの部下《ぶか》である程普《ていふ》にも兵《へい》をあずけることで、降伏派《こうふくは》だった部下《ぶか》たちの心《こころ》をまとめようと考《かんが》えた。

208年《ねん》、長江《ちょうこう》を西《にし》へすすんだ孫権軍《そんけんぐん》は十万《まん》。数《かず》では圧倒的《あっとうてき》に不利《ふり》だったが、最初《さいしょ》の衝突《しょうとつ》で、曹操《そうそう》の軍《ぐん》にかなりの打撃《だげき》をあたえることに成功《せいこう》した。

ただ、そのあとは、赤壁《せきへき》の地《ち》で河《かわ》をはさんでにらみあったまま、どちらとも攻撃《こうげき》をしかけようとしないまま、時間《じかん》がたった。

「周瑜《しゅうゆ》どの。わたしに考《かんが》えがあります」

こうもうしでたのは、周瑜《しゅうゆ》の部下《ぶか》、といっても、周瑜《しゅうゆ》よりもずっと数多《かずおお》くの戦《たたか》いを経験《けいけん》している、年上《としうえ》の黄蓋《こうがい》だった。黄蓋《こうがい》は、曹操《そうそう》の船《ふね》が、数《かず》が多《おお》すぎて、たがいの距離《きょり》が近《ちか》すぎるのを利用《りよう》し、火《ひ》をつける作戦《さくせん》を考《かんが》えてきたのだ。

「普通《ふつう》に行《い》っては近《ちか》づけないでしょうが、わたしがニセの密書《みっしょ》で、『寝《ね》がえりたい』ともうしでます。そのあとに、小舟《こぶね》でむかえば、うたがわれることはないでしょう」

周瑜《しゅうゆ》は黄蓋《こうがい》のこの作戦《さくせん》を採用《さいよう》した。

「おお。曹操軍《そうそうぐん》の船《ふね》が、つぎつぎに燃《も》えていくぞ……」

赤壁《せきへき》の崖《がけ》を、水面《すいめん》に広《ひろ》がる炎《ほのお》が照《て》らしだす。孫権軍《そんけんぐん》の兵《へい》たちはそのようすを見《み》ながら、じぶんたちの勝利《しょうり》を確信《かくしん》した。

三国志《さんごくし》コラム

黄蓋《こうがい》――苦肉《くにく》の計《けい》

周瑜《しゅうゆ》と黄蓋《こうがい》が、曹操軍《そうそうぐん》の船《ふね》にしかけた戦略《せんりゃく》について、「演義《えんぎ》」ではさらに「苦肉《くにく》の計《けい》」とよばれるエピソードを追加《ついか》して、興味《きょうみ》ぶかく描《えが》いています。

二人《ふたり》は、火攻《ひぜ》めの作戦《さくせん》はたてたものの「あのうたぐりぶかい曹操《そうそう》が、黄蓋《こうがい》からの寝《ね》がえりの申《もう》し出《で》を、そんなにかんたんには信用《しんよう》しないだろう」と思《おも》います。というのは、黄蓋《こうがい》は孫堅《そんけん》の代《だい》からずっと仕《つか》えている、名高《なだか》い武人《ぶじん》だったので、曹操《そうそう》の立場《たちば》で考《かんが》えれば「何《なに》かのワナでは」と感《かん》じるにちがいなかったからです。

そこで、曹操《そうそう》をあざむくため、二人《ふたり》は味方《みかた》をもだます工夫《くふう》をします。

まず、作戦会議《さくせんかいぎ》において、黄蓋《こうがい》が「もう曹操軍《そうそうぐん》に降伏《こうふく》したほうがよい」と提案《ていあん》し、周瑜《しゅうゆ》と意見《いけん》を対立《たいりつ》させます。すると、周瑜《しゅうゆ》がはげしく怒《いか》り、「そんな弱気《よわき》な者《もの》はこうしてやる」といって、黄蓋《こうがい》をののしりながら裸《はだか》にしたうえ、杖《つえ》で五十回《かい》もたたいて、気絶《きぜつ》するほどのけがをさせます。

このことを、孫権軍《そんけんぐん》に入《はい》りこんでいた曹操《そうそう》の間者《かんじゃ》が知《し》り、曹操《そうそう》に報告《ほうこく》したのです。

苦肉《くにく》――みなの前《まえ》で、心《こころ》も体《からだ》も痛《いた》めつけられるほどの、そんなひどい目《め》にあったのなら、黄蓋《こうがい》がうらぎってもおかしくない。曹操《そうそう》は、こう思《おも》わされてしまったというわけです。

周瑜《しゅうゆ》の死《し》

２０９年《ねん》になると、あらたな問題《もんだい》が、孫権《そんけん》の頭《あたま》を悩《なや》ませていた。

「孫権《そんけん》さま。近《ちか》ごろの劉備《りゅうび》のやり方《かた》は目《め》にあまります。いまのうちにつぶしてしまわないと」

周瑜《しゅうゆ》が苦々《にがにが》しい顔《かお》で孫権《そんけん》にうったえた。

「劉備《りゅうび》がこちらへくるといっているのなら、よい機会《きかい》です。帰《かえ》らせずに、毎日《まいにち》ごちそうぜめにして、骨《ほね》ぬきにしてやったらいいでしょう。それに、関羽《かんう》と張飛《ちょうひ》は、それぞれに支配地《しはいち》でも分《わ》けてやって、劉備《りゅうび》と引《ひ》きはなすべきです。あの三人《にん》をいっしょにしておいてはいけません」

――周瑜《しゅうゆ》のいうことはもっともだが。

赤壁《せきへき》の戦《たたか》いに加《くわ》わった劉備《りゅうび》の兵《へい》はごくわずかで、実質《じっしつ》は孫権軍《そんけんぐん》、つまり、周瑜《しゅうゆ》のひきいていた兵《へい》たちの力《ちから》で得《え》た勝利《しょうり》だ。

当然《とうぜん》ながら、戦《たたか》いのあと、長江周辺《ちょうこうしゅうへん》の実権《じっけん》を、孫権《そんけん》は周瑜《しゅうゆ》にまかせていたのだが、劉備《りゅうび》はその地域《ちいき》をつぎつぎと侵略《しんりゃく》して、勝手《かって》に支配下《しはいか》に置《お》いている。周瑜《しゅうゆ》が怒《おこ》るのも無理《むり》はなかった。

「周瑜《しゅうゆ》。そなたのいうことはよくわかる。ただ、曹操《そうそう》も、この地域《ちいき》から兵《へい》を退《ひ》いただけであって、本拠地《ほんきょち》は万全《ばんぜん》にたもたれている。そんな中《なか》で、劉備《りゅうび》にたいしてあまり敵対《てきたい》すると、両方《りょうほう》を敵《てき》にまわすことになる。いまは少《すこ》し、怒《いか》りをおさめてくれないか」

孫権《そんけん》はそういって、まったく別《べつ》の手《て》を打《う》つことにした。

「妹《いもうと》よ。そなたはわたしとおなじ血《ち》を引《ひ》くだけあって、女《おんな》ながら武芸《ぶげい》の腕《うで》も心《こころ》がまえも、並《なみ》の男《おとこ》よりずっとすぐれている。劉備《りゅうび》の妻《つま》となって、荊州《けいしゅう》へ行《い》ってくれないか」

「わかりました、兄上《あにうえ》。お役《やく》に立《た》てるのなら、何《なに》よりです」

――婚姻《こんいん》によって、親密《しんみつ》な関係《かんけい》を築《きず》く。これもまた、戦略《せんりゃく》だ。

孫権《そんけん》は、劉備《りゅうび》に妹《いもうと》を妻《つま》としてむかえさせた。

「劉備《りゅうび》さまは、悪《わる》くない夫《おっと》です」――妹《いもうと》がそんな手紙《てがみ》を荊州《けいしゅう》からよこしたので、孫権《そんけん》は少《すこ》しだけほっとした。

しかし、その後《ご》も劉備《りゅうび》の動《うご》きははげしく、孫権《そんけん》の支配地《しはいち》をおびやかすのをやめようとしない。

「孫権《そんけん》さま。やはり劉備《りゅうび》を攻《せ》めましょう。甘《あま》い顔《かお》を見《み》せていてはだめです」

「わかった。思《おも》い知《し》らせてやろう。準備《じゅんび》をたのむ。吉報《きっぽう》を待《ま》っている」

そう言《い》って送《おく》りだした、力強《ちからづよ》くすらりとした、周瑜《しゅうゆ》の背中《せなか》。

それがまさか、周瑜《しゅうゆ》の姿《すがた》をみる最後《さいご》になるとは、孫権《そんけん》は思《おも》っていなかった。

210年《ねん》、周瑜《しゅうゆ》は江陵《こうりょう》へ戦《たたか》いの準備《じゅんび》に行《い》く途中《とちゅう》、病《やまい》にたおれ、帰《かえ》らぬ人《ひと》となった。三十六歳《さい》の若《わか》さだった。

「後任《こうにん》には、魯粛《ろしゅく》どのをというのが、ご遺言《ゆいごん》でございました」
知《し》らせを受《う》けて、孫権《そんけん》は目《め》の前《まえ》がまっ暗《くら》になった。
——実《じつ》の兄《あに》以上《いじょう》に思《おも》って、たよりにしていたのに……。
しかし、ここでくじけるわけにはいかない。
周瑜《しゅうゆ》のためにも、勝《か》ちのこらなければ。
孫権《そんけん》は、二十九歳《さい》になっていた。

三国志《さんごくし》コラム

周瑜《しゅうゆ》――音楽《おんがく》を愛《あい》する美青年《びせいねん》

軍事《ぐんじ》の才能《さいのう》で孫策《そんさく》、孫権兄弟《そんけんきょうだい》をささえつづけた周瑜《しゅうゆ》は、町《まち》の一般《いっぱん》の人々《ひとびと》からも人気《にんき》があり、「周郎《しゅうろう》」とよばれ親《した》しまれていました。

「～郎《ろう》」とは、若《わか》い男性《だんせい》を親《した》しみをこめてよぶときに使《つか》ういいかたですが、周瑜《しゅうゆ》は軍事《ぐんじ》の才能《さいのう》だけでなく、人柄《ひとがら》や容姿《ようし》もすぐれ、また立《た》ち居《い》ふるまいも優雅《ゆうが》だったといわれ、中国《ちゅうごく》では、現代《げんだい》でも「周郎《しゅうろう》」といえば、三国志《さんごくし》の人物《じんぶつ》の中《なか》でももっとも人気《にんき》のある一人《ひとり》となっています。

周瑜《しゅうゆ》については、あまりほかの人物《じんぶつ》にはないエピソードが、正史《せいし》にのこっています。それは、音楽《おんがく》にとてもくわしかったというのです。

お酒《さけ》をたくさん飲《の》んだあとでさえ、演奏《えんそう》にまちがいがあると聞《き》きのがさず、ミスをした演奏者《えんそうしゃ》のほうをかならず見《み》たので、人々《ひとびと》が「曲有誤、周郎顧（曲《きょく》に誤《あやま》り有《あ》らば、周郎《しゅうろう》が顧《かえり》みる）」と歌《うた》ったといわれます。

荊州《けいしゅう》争奪戦《そうだつせん》

周瑜《しゅうゆ》亡《な》きあと、軍事《ぐんじ》や外交《がいこう》の責任者《せきにんしゃ》となった魯粛《ろしゅく》は、周瑜《しゅうゆ》とはちがい、劉備《りゅうび》とできるだけ協調《きょうちょう》関係《かんけい》をたもつやりかたをとった。それは、孫権《そんけん》も納得《なっとく》のいくものだった。

――周瑜《しゅうゆ》のやりかたは、亡《な》き兄《あに》とおなじく、あの天才的《てんさいてき》な軍事《ぐんじ》の才能《さいのう》があってのことだ。けっしてそうではないじぶんと、そして魯粛《ろしゅく》とでやっていくのならば、劉備《りゅうび》にある程度《ていど》の譲歩《じょうほ》をするのはやむをえない。荊州《けいしゅう》で劉備《りゅうび》が力《ちから》をのばすのは、曹操《そうそう》が攻《せ》めてきたときの備《そな》えだとでも思《おも》うしかないだろう。

２１１年《ねん》、孫権《そんけん》は、これまで呉《ご》の地《ち》に置《お》いていた役所《やくしょ》などを、もう少《すこ》し北西《ほくせい》の町《まち》に移《うつ》し、そこを建業《けんぎょう》（揚州丹楊郡《ようしゅうたんようぐん》）と名《な》づけると、北側《きたがわ》の清涼山《せいりょうざん》（石頭山《せきとうざん》）の崖《がけ》を利用《りよう》し砦《とりで》を築《きず》いた。翌年《よくねん》には、長江《ちょうこう》の少《すこ》し上流《じょうりゅう》に位置《いち》する濡須口《じゅしゅこう》にも砦《とりで》を築《きず》いた。

いずれも、曹操《そうそう》の侵攻《しんこう》にそなえるためだった。

孫権《そんけん》のそうした努力《どりょく》をまるで試《ため》すように、曹操《そうそう》は何度《なんど》も何度《なんど》も、北《きた》から攻《せ》め入《い》ってきた。さいわい、その都度《つど》、孫権軍《そんけんぐん》はなんとか曹操軍《そうそうぐん》をくいとめることができたが、孫権《そんけん》は気《き》の休《やす》まる暇《ひま》がなかった。

そのころ、孫権《そんけん》が曹操《そうそう》への守《まも》りで苦戦《くせん》しているのをあざ笑《わら》うように、劉備《りゅうび》は、荊州《けいしゅう》のさらに西《にし》、益州《えきしゅう》へと勢力《せいりょく》を広《ひろ》げようとしていた。

「以前《いぜん》、いっしょに益州《えきしゅう》へ攻《せ》め入《い》ろうといったら、ことわったではないか。どうにもやりかたが気《き》にいらない」

怒《おこ》った孫権《そんけん》は、妹《いもうと》に「もどってこい」と書状《しょじょう》を出《だ》して、連《つ》れもどしてしまった。しかし、それでも劉備《りゅうび》のいきおいは止《と》まらず、益州《えきしゅう》はやがて、その支配下《しはいか》に入《はい》った。

「益州《えきしゅう》を手《て》に入《い》れたのなら、荊州《けいしゅう》はこちらに返《かえ》してもらおう」

孫権《そんけん》にとって、荊州《けいしゅう》は、赤壁《せきへき》の戦《たたか》いでじぶんたちが支配下《しはいか》に置《お》いたものだという気持《きも》ちが強《つよ》い場所《ばしょ》だった。劉備《りゅうび》にはあくまで「貸《か》した」だけだ。

215年《ねん》、孫権《そんけん》は諸葛瑾《しょかつきん》を使者《ししゃ》にたて、「荊州《けいしゅう》を返還《へんかん》せよ」ともうしいれたが、劉備《りゅうび》は拒絶《きょぜつ》してきた。

「ならば、実力行使《じつりょくこうし》だ」

孫権《そんけん》は、魯粛《ろしゅく》に一万《まん》、呂蒙《りょもう》に二万《まん》の兵《へい》をひきいさせ、荊州《けいしゅう》のうち、長沙《ちょうさ》、零陵《れいりょう》、桂陽《けいよう》の三《みっ》つの郡《ぐん》を攻《せ》めとらせた。

「むこうの兵《へい》は関羽《かんう》がひきいているらしい。気《き》をつけよ」

ここでさいわいだったのは、曹操《そうそう》が北《きた》から、益州《えきしゅう》の漢中《かんちゅう》へ攻《せ》め入《い》ってきたことだった。

あわてた劉備《りゅうび》は、孫権《そんけん》が江夏《こうか》、長沙《ちょうさ》、桂陽《けいよう》を支配下《しはいか》に置《お》くことを了承《りょうしょう》したうえで、和睦《わぼく》をもういれ、曹操《そうそう》に応戦《おうせん》するために、兵《へい》を引《ひ》きあげていった。

兵力《へいりょく》を温存《おんぞん》したまま、三郡《ぐん》を手《て》に入《い》れることができた孫権《そんけん》は、軍《ぐん》をそのまま、合肥《ごうひ》（揚州九江《ようしゅうきゅうこう》郡合肥県《ぐんごうひけん》）へむけた。

合肥《ごうひ》は、いくども曹操《そうそう》との争《あらそ》いの舞台《ぶたい》になっている。漢中《かんちゅう》へ攻《せ》め入《い》ったのなら、合肥《ごうひ》が手薄《てうす》になっているのではないか、と思《おも》ったのだが、それは、残念《ざんねん》ながら見《み》こみちがいだった。

「やはり手《て》ごわいな。あまり兵《へい》を失《うしな》わないうちに、しりぞこう」

そう決《き》めて帰《かえ》る態勢《たいせい》になっていた孫権軍《そんけんぐん》を、曹操《そうそう》の部下《ぶか》、張遼《ちょうりょう》の隊《たい》がおそってきた。

「これはいけません！　孫権《そんけん》さま、はやくお逃《に》げください」

敵《てき》の兵《へい》がせまってきた。部下《ぶか》が必死《ひっし》で応戦《おうせん》する中《なか》、孫権《そんけん》は危機一髪《ききいっぱつ》、馬《うま》をひたすらに走《はし》らせて、やっとの思《おも》いで逃《に》げることができた。

――部下《ぶか》や馬《うま》が優秀《ゆうしゅう》でなかったら、わたしはいまごろ、命《いのち》を落《お》としていたところだ。

建業《けんぎょう》へもどる孫権《そんけん》の背中《せなか》を、冷《ひ》や汗《あせ》がつーっと流《なが》れていった。

臣下《しんか》の礼《れい》

合肥《ごうひ》での敗北《はいぼく》のあと、孫権《そんけん》は北《きた》への守《まも》りを重視《じゅうし》して、濡須口《じゅしゅこう》に七万《まん》の兵《へい》を置《お》いていた。

216年《ねん》、魏王《ぎおう》を名《な》のるようになった曹操《そうそう》は、冬《ふゆ》になると、濡須口《じゅしゅこう》に近《ちか》い居巣《きょそう》（揚州廬江郡《ようしゅうろこうぐん》）に、四十万《まん》の大軍《たいぐん》をひきいて陣《じん》をしいた。

孫権《そんけん》は、甘寧《かんねい》に命《めい》じて、夜《よる》おそくに曹操《そうそう》の本陣《ほんじん》に突入《とつにゅう》させるなどの手《て》をうち、はじめは優勢《ゆうせい》に戦《たたか》ったが、結局《けっきょく》、全軍《ぜんぐん》を撃退《げきたい》するまでにはいたらず、たがいに陣《じん》をしいたまま、一カ月《げつ》がたってしまった。

もう、新《あたら》しい年《とし》がおとずれようとしている。孫権《そんけん》はなやんだ。

——これでは、身動《みうご》きがとれない。

ずっとそうだ。西《にし》へ攻《せ》めれば北《きた》から、北《きた》を攻《せ》めれば西《にし》から。

曹操《そうそう》と劉備《りゅうび》、両方《りょうほう》を敵《てき》にまわしていては、じぶんの支配地《しはいち》を安定《あんてい》させることができない。

いま、どちらと戦《たたか》うべきなのか？　単純《たんじゅん》な正義感《せいぎかん》だけで考《かんが》えるならば、王朝《おうちょう》を私物化《しぶつか》している曹操《そうそう》とは、けっして妥協《だきょう》せずに対決《たいけつ》していくべきなのだが……。

しかし、じぶんの支配地《しはいち》を守《まも》ること、この乱世《らんせ》で勝《か》ちのこることを考《かんが》えればどうだろう？

——いま、敵《てき》にまわすのは、劉備《りゅうび》のほうだ。

劉備《りゅうび》との協調路線《きょうちょうろせん》をずっとまとめてくれていた魯粛《ろしゅく》が、このごろ病《やまい》がちで、劉備《りゅうび》の動《うご》きがわかりづらいのも、孫権《そんけん》には気《き》がかりだった。

「曹操《そうそう》に降伏《こうふく》をもうしいれる。使者《ししゃ》に、適任《てきにん》の者《もの》はいるか」

孫権《そんけん》は、徐詳《じょしょう》という部下《ぶか》を使者《ししゃ》として派遣《はけん》した。徐詳《じょしょう》は、こうしたむずかしい交渉《こうしょう》や、それに必要《ひつよう》な文書《ぶんしょ》の作成《さくせい》に、とても有能《ゆうのう》だった。

217年《ねん》、孫権《そんけん》は、正式《せいしき》に曹操《そうそう》に臣下《しんか》の礼《れい》をとった。

関羽《かんう》を討《う》つ

魯粛《ろしゅく》が病《やまい》で亡《な》くなったあと、孫権《そんけん》は軍事《ぐんじ》・外交《がいこう》の責任者《せきにんしゃ》に呂蒙《りょもう》を任命《にんめい》した。

「孫権《そんけん》さま。やはり、荊州《けいしゅう》から関羽《かんう》を追《お》いだし、劉備《りゅうび》に思《おも》い知《し》らせてやらなければいけません。荊州《けいしゅう》はもともと、われらのものなのです」

「うむ。そのことはわたしもずっと考《かんが》えている。なにかよい作戦《さくせん》はあるか」

荊州《けいしゅう》は、北部《ほくぶ》を曹操《そうそう》が、南西部《なんせいぶ》を劉備《りゅうび》が、南東部《なんとうぶ》を孫権《そんけん》が支配《しはい》するという、いつどこで衝突《しょうとつ》がおこってもおかしくない状況《じょうきょう》にあった。じっさいに現地《げんち》で軍《ぐん》を指揮《しき》するのはそれぞれ、樊《はん》にいる曹仁《そうじん》、江陵《こうりょう》にいる関羽《かんう》、陸口《りくこう》にいる呂蒙《りょもう》である。

ちょうどそのころ、関羽《かんう》が江陵《こうりょう》をはなれ、曹仁《そうじん》を攻《せ》めようと樊《はん》にむかっているとの情報《じょうほう》があり、孫権《そんけん》もこの機会《きかい》に江陵《こうりょう》をうばおうと考《かんが》えてはいたのだが、さぐってみると、江陵《こうりょう》にはかなりの守《しゅ》備軍《びぐん》がのこしてあり、うかつに手出《てだ》しをするのは危険《きけん》なようすだった。

「孫権《そんけん》さま。わたしにひとつ、計略《けいりゃく》がございます。じつは……」

呂蒙《りょもう》の作戦《さくせん》を聞《き》いた孫権《そんけん》は、「わかった。実行《じっこう》せよ」と命《めい》じた。

呂蒙《りょもう》は、「持病《じびょう》が悪化《あっか》したので、建業《けんぎょう》へ帰《かえ》る」と宣言《せんげん》して、陸口《りくこう》から去《さ》り、じぶんのかわりとして、まだ若《わか》い陸遜《りくそん》を派遣《はけん》した。

すると、そのことを知《し》った関羽《かんう》は安心《あんしん》したのか、江陵《こうりょう》にいた守備軍《しゅびぐん》たちを、曹仁《そうじん》を攻《せ》めるほうへまわすようになった。

「孫権《そんけん》さま。樊《はん》の戦《たたか》いに、曹操《そうそう》どのが徐晃《じょこう》を援軍《えんぐん》として派遣《はけん》したようです。これで関羽《かんう》は苦戦《くせん》するでしょう。いまがもっともよい時機《じき》です」

じつは呂蒙《りょもう》の「持病《じびょう》の悪化《あっか》」は嘘《うそ》だった。以前《いぜん》から持病《じびょう》があるのはほんとうなので、まわりがみな信用《しんよう》してしまったのだが、すべては江陵《こうりょう》の守備《しゅび》を手薄《てうす》にするのが目的《もくてき》だった。

「よし。では、手《て》はずどおりに」

呂蒙《りょもう》はとくに腕《うで》のある兵《へい》ばかりを選抜《せんばつ》し、商人《しょうにん》に変装《へんそう》させて船《ふね》にのせ、長江《ちょうこう》をさかのぼらせた。

変装兵《へんそうへい》は、岸辺《きしべ》で見《み》はっている関羽《かんう》の兵《へい》をみつけると、てあたりしだいにしばりあげて、そのまま、あっという間《ま》に江陵《こうりょう》も公安《こうあん》も占領《せんりょう》した。

「関羽《かんう》の一行《いっこう》が少数《しょうすう》で逃《に》げ、麦城《ばくじょう》（荊州中部《けいしゅうちゅうぶ》、長江《ちょうこう》の北側《きたがわ》）に立《た》てこもっています」

これを知《し》った孫権《そんけん》は、使者《ししゃ》を行《い》かせ、「降伏《こうふく》せよ」とすすめた。

——あれほどの人物《じんぶつ》だ。死《し》なせるのはおしい。

劉備《りゅうび》と交渉《こうしょう》する切《き》り札《ふだ》にもなるだろうと孫権《そんけん》は考《かんが》えたのだが、関羽《かんう》はおそらくそれを見《み》ぬいていたのだろう。降伏《こうふく》すると見《み》せかけて、こっそり逃《に》げだしていってしまった。

しかし、孫権軍《そんけんぐん》の兵《へい》はそれを見《み》のがさなかった。

やがて兵《へい》からとどけられた関羽《かんう》の首《くび》を、孫権《そんけん》は「曹操《そうそう》のところへ献上品《けんじょうひん》としてとどけよ」と命《めい》じた。

それからしばらくして、呂蒙《りょもう》が病死《びょうし》した。

「病《やまい》の悪化《あっか》は、作戦《さくせん》のための嘘《うそ》のはずではなかったのか！　どういうことだ……」

魯粛《ろしゅく》につづいて、呂蒙《りょもう》も失《うしな》った孫権《そんけん》は、ふかい悲《かな》しみにしずんだ。

２１９年《ねん》のことであった。

関羽《かんう》と張飛《ちょうひ》の最期《さいご》

たとえていうなら、劉備《りゅうび》の頭脳《ずのう》をささえていたのが諸葛亮《しょかつりょう》とすると、関羽《かんう》と張飛《ちょうひ》は、左右《さゆう》の腕《うで》をささえるような存在《そんざい》だったといえるかもしれません。

そんな二人《ふたり》の死《し》は、ほどなく劉備《りゅうび》を追《お》いつめ、呉《ご》と蜀《しょく》との関係《かんけい》に、大《おお》きな変化《へんか》をもたらしました。

関羽《かんう》が孫権《そんけん》に討《う》ちとられたもっとも大《おお》きな原因《げんいん》は、呉《ご》が魏《ぎ》と手《て》をむすんだことですが、背景《はいけい》には、関羽《かんう》の個人的《こじんてき》な問題《もんだい》もからんでいたようです。

これより少《すこ》し前《まえ》に、孫権《そんけん》から、「娘《むすめ》さんを息子《むすこ》の妻《つま》にもらえないだろうか」と申《もう》し出《で》があったのを、関羽《かんう》がことわったという記述《きじゅつ》が「正史《せいし》」にはのこっています。

しかも関羽《かんう》は、ただことわったのではなく、使者《ししゃ》としてきた者《もの》をどなりつけて侮辱《ぶじょく》したので、孫権《そんけん》はたいへん腹《はら》をたてました。

また関羽《かんう》は、劉備《りゅうび》との絆《きずな》に自信《じしん》をもちすぎていたせいか、劉備《りゅうび》のほかの部下《ぶか》たちとは、かならずしもうまくいっていなかったという説《せつ》があります。そのため、関羽軍《かんうぐん》があやうくなったとき、積極的《せっきょくてき》に援軍《えんぐん》に行《い》こうとする者《もの》がいなかったというのです。

いっぽうの張飛《ちょうひ》は、前《まえ》のコラム（96ページ）でもふれましたが、自分《じぶん》の部下《ぶか》にたいして、適切《てきせつ》とは思《おも》えないあつかいをすることがありました。

劉備《りゅうび》から「関羽《かんう》の仇《かたき》を討《う》つ」といわれて攻撃《こうげき》の準備《じゅんび》をしている、そんなたいせつなときに、張《ちょう》飛《ひ》はやはり、部下《ぶか》からうらみをかい、首《くび》を斬《き》られてしまいます。「いつか災《わざわ》いをまねく」と劉備《りゅうび》が心配《しんぱい》していたとおりのことがおきたのです。

「正史《せいし》」には、このとき張飛《ちょうひ》が、いったいどんなことでうらみをかったのかについては書《か》かれていませんが、「演義《えんぎ》」では、部下《ぶか》に「（関羽《かんう》の弔《とむら》い合戦《がっせん》であるから）白装束《しろしょうぞく》で出征《しゅっせい》する。三日以内《みっかいない》に用意《ようい》せよ」と命《めい》じたとされています。とても三日《みっか》で用意《ようい》できるものではないので、もう少《すこ》し時《じ》間《かん》がほしいとねがう部下《ぶか》を、怒《おこ》った張飛《ちょうひ》がムチで打《う》ったので、部下《ぶか》たちはうらぎる決心《けっしん》をしたというのでした。

武勇《ぶゆう》にすぐれていた二人《ふたり》ですが、人間関係《にんげんかんけい》への心配《こころくば》りが少《すこ》し、欠《か》けたことが、最後《さいご》の最後《さいご》で、命《いのち》とりになってしまったようです。

呉王《ごおう》となる

２２０年《ねん》に曹操《そうそう》が死《し》ぬと、そのあとを息子《むすこ》の曹丕《そうひ》がつぎ、魏王《ぎおう》を名《な》のった。曹丕《そうひ》は、やがて、献帝《けんてい》から「禅譲《ぜんじょう》」によって皇帝《こうてい》の位《くらい》をゆずられた。もちろん、実質《じっしつ》はうばいとったも同《おな》じである。

「禅譲《ぜんじょう》とは本来《ほんらい》、天《てん》の意志《いし》によって、徳《とく》ある人《ひと》に皇帝《こうてい》の位《くらい》がうつることをいうのだがな」

長《なが》い間《あいだ》、すべての行動《こうどう》を見《み》はられ、曹操《そうそう》や曹丕《そうひ》のいうなりにされてきた献帝《けんてい》だ。ついには皇帝《こうてい》の位《くらい》をゆずれといわれても、拒否《きょひ》することはできなかったのだろう。

曹丕《そうひ》が皇帝《こうてい》になったことを聞《き》いた孫権《そんけん》はふくざつな気持《きも》ちになった。

翌年《よくねん》、２２１年《ねん》になると、曹丕《そうひ》から「孫権《そんけん》を呉王《ごおう》とする」との命令《めいれい》があった。

いっぽうで、二年前《ねんまえ》から「漢中王《かんちゅうおう》」と名《な》のっていた劉備《りゅうび》は、曹丕《そうひ》の皇帝即位《こうていそくい》を不当《ふとう》だとして、

「自分《じぶん》こそが漢王朝《かんおうちょう》の正統《せいとう》な流《なが》れを引《ひ》く」という主張《しゅちょう》のもと、みずからを「皇帝《こうてい》」と宣言《せんげん》した。

劉備《りゅうび》の支配地全体《しはいちぜんたい》は「蜀《しょく》」あるいは「蜀漢《しょっかん》」とよばれている。

皇帝《こうてい》・曹丕《そうひ》の魏《ぎ》。皇帝《こうてい》・劉備《りゅうび》の蜀《しょく》。そして、形《かたち》のうえでは魏《ぎ》に臣下《しんか》の礼《れい》をとる、孫権《そんけん》の呉《ご》。

これまでもたがいに支配力《しはいりょく》をきそってきたが、これではっきりと、天下《てんか》に三《みっ》つの国《くに》があることが、しめされたことになる。

そして、現在《げんざい》、孫権《そんけん》は、荊州《けいしゅう》に攻《せ》めいってきた劉備軍《りゅうびぐん》への対応《たいおう》に追《お》われていた。

——やはり、関羽《かんう》はとくべつの存在《そんざい》だったのだな。

今回《こんかい》の進軍《しんぐん》について、諸葛亮《しょかつりょう》はじめ、劉備《りゅうび》の部下《ぶか》たちは、ほとんどが反対《はんたい》したらしい。それをふりきって劉備本人《りゅうびほんにん》が兵《へい》をひきいてきたのは、やはり関羽《かんう》の仇討《かたきう》ちのつもりなのだろう。

こちらとしてもできれば戦《たたか》いたくはなく、和睦《わぼく》をもうしいれたのだが、劉備《りゅうび》はどうやら、聞《き》く耳《みみ》をもたなかったようだ。

「陸遜《りくそん》。たのむぞ」

孫権《そんけん》は、荊州《けいしゅう》でじっくりと戦《たたか》っている陸遜《りくそん》の顔《かお》を、いのるように思《おも》いうかべた。今回《こんかい》の総大将《そうだいしょう》である。

古《ふる》い部下《ぶか》たちの中《なか》には、若《わか》い陸遜《りくそん》に大《おお》きな戦《たたか》いをまかせたことに、不満《ふまん》や不安《ふあん》をもつ者《もの》もあるようだが、孫権《そんけん》は、これまでのはたらきぶりから、彼《かれ》をとても高《たか》く評価《ひょうか》していた。

——かならず、勝機《しょうき》はある。

出陣《しゅつじん》の直前《ちょくぜん》、孫権《そんけん》のもとに、あるものがとどいた。劉備《りゅうび》にとって、おそらく関羽《かんう》と同《おな》じくらいにたいせつな同志《どうし》、張飛《ちょうひ》の首《くび》だった。

劉備《りゅうび》とともに進軍《しんぐん》するつもりだった張飛《ちょうひ》は、部下《ぶか》の張達《ちょうたつ》にうらぎられて首《くび》を斬《き》られた。張達《ちょうたつ》は、その首《くび》をもって、孫権《そんけん》のところに出頭《しゅっとう》してきたのだ。

出陣《しゅつじん》の直前《ちょくぜん》に、こうした形《かたち》で同志《どうし》をうしなえば、かならず、劉備《りゅうび》の気持《きも》ちのどこかに穴《あな》があいているはずだ。そこを見《み》のがさなければ、勝《か》てる。

そう信《しん》じて、陸遜《りくそん》を送《おく》りだした孫権《そんけん》だったが、戦《たたか》いは長引《ながび》き、待《ま》ちわびていた知《し》らせがようやくとどいたのは、翌年《よくねん》のことだった。

「もうしあげます。陸遜《りくそん》どのが、猇亭《おうてい》の地《ち》で蜀軍《しょくぐん》を火攻《ひぜ》めし、形勢《けいせい》は完全《かんぜん》に逆転《ぎゃくてん》しました」

「おお、ついにやったか。で、劉備《りゅうび》はどうした」

「敵《てき》はちりぢりに逃《に》げだしたようで、まだ劉備《りゅうび》の行方《ゆくえ》はつかめておりませんが……」

「そうか……。まあよい。よくやった」

人質《ひとじち》と再同盟《さいどうめい》

――人《ひと》の心《こころ》というものは、変《か》わりやすいものだな。

陸遜《りくそん》の活躍《かつやく》で、呉《ご》では、「ここで一気《いっき》に劉備《りゅうび》を討《う》て」という者《もの》が増《ふ》えた。居所《いどころ》が白帝城《はくていじょう》とわかってからは、いっそうそう主張《しゅちょう》する者《もの》が増《ふ》えた。

しかし、とうの陸遜《りくそん》は、「ここで深追《ふかお》いは禁物《きんもつ》です」と慎重《しんちょう》だった。

「いま白帝城《はくていじょう》まで軍《ぐん》を動《うご》かせば、かならず魏《ぎ》が、わが呉《ご》へ攻《せ》めてきます。危険《きけん》です」

孫権《そんけん》は、曹丕《そうひ》に臣下《しんか》の礼《れい》はとっているが、それはけっして本心《ほんしん》ではない。蜀《しょく》への対策《たいさく》のための、いわば、とりあえず、その場《ば》しのぎの策《さく》だ。

「曹丕《そうひ》は、曹操《そうそう》ほどではないが、するどい人物《じんぶつ》だ。こちらの気持《きも》ちは見《み》ぬいているだろう」

孫権《そんけん》はそう考《かんが》えて、陸遜《りくそん》の意見《いけん》を採用《さいよう》した。

「孫権《そんけん》さま。皇帝《こうてい》より、書状《しょじょう》です」

――これは……。

書状《しょじょう》には、孫権《そんけん》の長男《ちょうなん》・孫登《そんとう》を、魏《ぎ》の宮廷《きゅうてい》に仕《つか》えさせよとあった。人質《ひとじち》である。

孫登《そんとう》は、いずれ孫権《そんけん》のあとをつぐべき男子《だんし》だ。それを、曹丕《そうひ》のもとへ行《い》かせろというのか……。

孫権《そんけん》は、あれこれと理由《りゆう》をつけて、返事《へんじ》をせずに時《とき》をかせぎ、この屈辱的《くつじょくてき》な要求《ようきゅう》をことわる手《しゅ》段《だん》を考《かんが》えた。

222年《ねん》九月《がつ》、孫権《そんけん》がとうとう人質《ひとじち》をことわると、すぐさま、魏《ぎ》の軍《ぐん》が押《お》しよせてきた。

「みなの者《もの》、聞《き》いてくれ。もうわたしは魏《ぎ》に臣下《しんか》の礼《れい》はとらない。これからはじまる戦《たたか》いは、われら呉《ご》のほこりをかけた戦《たたか》いだ。こころして、立《た》ちむかってもらいたい」

呉軍《ごぐん》は総力《そうりょく》をかけ、魏《ぎ》の侵略《しんりゃく》を防《ふせ》ごうと戦《たたか》った。

半年《はんとし》にもおよぶ戦《たたか》いの末《すえ》、呉《ご》はなんとか、魏《ぎ》を退却《たいきゃく》させることができた。

──劉備《りゅうび》は、どうしている。蜀《しょく》はどうなっているのだろう。

十二月《がつ》、孫権《そんけん》は白帝城《はくていじょう》に見舞《みま》いの使者《ししゃ》を送《おく》ってみた。

「いかがであった、劉備《りゅうび》のようすは」

「はい。もう長《なが》くはないでしょう。あとつぎはいますが、おそらく、実権《じっけん》はすべて、丞相《じょうしょう》の諸葛《しょかつ》亮《りょう》の手《て》にあると思《おも》われます」

帰《かえ》ってきた使者《ししゃ》の報告《ほうこく》に、孫権《そんけん》の迷《まよ》いはさらに大《おお》きくなった。

──魏《ぎ》と蜀《しょく》。どちらと、どうつきあうのがよいか。

翌年《よくねん》の223年《ねん》も、呉《ご》は、魏《ぎ》からのたびたびの侵攻《しんこう》を防《ふせ》ぐために、多大《ただい》の労力《ろうりょく》をついやさなければならなかった。

十一月《がつ》のある日《ひ》のこと。

「孫権《そんけん》さま。蜀《しょく》より、鄧芝《とうし》という者《もの》が、お目《め》にかかりたいといってやってきております」

──どういうつもりだろう。

劉備《りゅうび》は四月《がつ》に死《し》んだと聞《き》いている。その後《ご》の蜀《しょく》が、呉《ご》との関係《かんけい》をどう考《かんが》えているのか、孫権《そんけん》にはわからないことが多《おお》かった。

「会《あ》わぬといえ」

「よろしいのですか」

対面《たいめん》をことわられて、相手《あいて》がどう出《で》るか。孫権《そんけん》はようすを見《み》るつもりだった。

すると、鄧芝《とうし》はあきらめず、丁寧《ていねい》な手紙《てがみ》をよこして、くりかえし対面《たいめん》をもとめてくる。

――会《あ》ってみるか。

孫権《そんけん》は鄧芝《とうし》に会《あ》うと、わざと乱暴《らんぼう》ないい方《かた》で、蜀《しょく》をおとしめてみた。

「そちらの君主《くんしゅ》が幼《おさな》くて、不安《ふあん》なのだろう。都合《つごう》のよいときだけ、こちらをたよろうというのか」

しかし、鄧芝《とうし》はあくまで冷静《れいせい》で、おだやかに、理路整然《りろせいぜん》と話《はな》しはじめた。

「いいえ。これは、呉《ご》のためにもなることです。孫権《そんけん》さまが魏《ぎ》に臣下《しんか》の礼《れい》をとれば、曹丕《そうひ》はすぐ、孫権《そんけん》さまご自身《じしん》に洛陽《らくよう》へこい、あるいは、ご子息《しそく》を曹丕《そうひ》に仕《つか》えさせよなどと要求《ようきゅう》してくる。しかも、それをこばめば攻《せ》めてくる。ちがいますか」

――うむ。痛《いた》いところをついてくるな。

「もし、そのような折《おり》に、わが蜀《しょく》がつけこんだらいかがなさいますか。新帝《しんてい》さまはたしかにお若《わか》いですが、こちらには諸葛亮《しょかつりょう》どのをはじめ、多《おお》くの人材《じんざい》がおります。いかがでしょう、やはり、呉《ご》は蜀《しょく》と手《て》を組《く》むべきだとお思《おも》いになりませんか」

孫権《そんけん》は、鄧芝《とうし》のいうことに納得《なっとく》し、あらためて、同盟《どうめい》をむすぶことにし、こちらからも正式《せいしき》な使者《ししゃ》を送《おく》ると約束《やくそく》した。

これ以後《いご》、蜀《しょく》と呉《ご》は、友好的《ゆうこうてき》な関係《かんけい》をたもちつつ、それぞれ魏《ぎ》に対抗《たいこう》していくことになった。

皇帝《こうてい》になる

このころから、呉《ご》では、「魏《ぎ》も蜀《しょく》も君主《くんしゅ》が皇帝《こうてい》なのに、呉《ご》だけ王《おう》なのは、格下《かくした》のようでおかしい」「孫権《そんけん》さまも皇帝《こうてい》を名《な》のればよい」という意見《いけん》が出《で》はじめた。

孫権《そんけん》ははじめ、そうした意見《いけん》にはあまり耳《みみ》を貸《か》さずにいたのだが、だんだんと年《とし》をとってくると、「じぶんも皇帝《こうてい》を名《な》のってもいいのではないか」という気《き》がしてきた。

そうした気持《きも》ちを見《み》すかすように、国内《こくない》で「黄色《きいろ》の龍《りゅう》があらわれた」「鳳凰《ほうおう》があらわれた」といった、祥瑞《しょうずい》の報告《ほうこく》があいついだ。

――祥瑞《しょうずい》があるというのなら、天《てん》がわたしに、皇帝《こうてい》の地位《ちい》をゆるすのかもしれぬ。

そう考《かんが》えた孫権《そんけん》は、２２９年《ねん》、ついに皇帝即位《こうていそくい》を宣言《せんげん》した。四十八歳《さい》のときであった。

ただ、これが、孫権《そんけん》にとってよかったかどうかは、正直《しょうじき》、本人《ほんにん》にもわからなかったにちがいない。

魏《ぎ》との戦《たたか》いにおいては、変《か》わらぬ姿勢《しせい》を貫《つらぬ》いた孫権《そんけん》だったが、じぶんが皇帝《こうてい》になり、人々《ひとびと》からそれまで以上《いじょう》にあがめられるようになると、若《わか》いころには曇《くも》りのなかったはずの「政治《せいじ》の才能《さいのう》」に、陰《かげ》りがみえはじめた。

張昭《ちょうしょう》や諸葛瑾《しょかつきん》といった、孫権《そんけん》にはっきりと意見《いけん》できる昔《むかし》からの部下《ぶか》がつぎつぎに亡《な》くなると、以前《いぜん》の「人《ひと》の話《はなし》をしっかり聞《き》く」君主《くんしゅ》であった孫権《そんけん》の姿《すがた》は、どこかへ消《き》えてしまう。

それどころか、部下《ぶか》たちの処遇《しょぐう》や、後継者問題《こうけいしゃもんだい》などで、まわりの者《もの》をあきれさせるようなわがままや過《あやま》ちをくりかえすようになっていく。

その結果《けっか》、あれほどはたらいてくれた陸遜《りくそん》をはじめ、何人《なんにん》もの忠実《ちゅうじつ》な部下《ぶか》たちが、くやしさや嘆《なげ》きの中《なか》で死《し》んでいくことになった。

252年《ねん》、国内《こくない》に多《おお》くのもめ事《ごと》の種《たね》をまいたまま、孫権《そんけん》は七十一歳《さい》でこの世《よ》を去《さ》る。

あとをついだのは、まだ七歳《さい》の末《すえ》っ子《こ》、孫亮《そんりょう》だった。

三国志《さんごくし》コラム

孫権《そんけん》――紫髯碧眼《しぜんへきがん》!?

「正史《せいし》」の記述《きじゅつ》はとても簡潔《かんけつ》なので、読者《どくしゃ》がその人物《じんぶつ》の容姿《ようし》などについて知《し》りたいと思《おも》っても、なかなか情報《じょうほう》が得《え》られにくいのが残念《ざんねん》なのですが、孫権《そんけん》については、つぎのようなことが書《か》かれています。

「孫氏《そんし》の兄弟《きょうだい》は、それぞれすぐれた才能《さいのう》と見識《けんしき》があるが、みなそのさいわいを全《まっと》うできそうにない。ただ次男《じなん》の孫権《そんけん》だけは、容貌《ようぼう》がすぐれていて、骨相《こっそう》も非凡《ひぼん》で、高貴《こうき》な位《くらい》にのぼる特徴《とくちょう》をもっているし、寿命《じゅみょう》も長《なが》そうだ」

これは、まだ兄《あに》の孫策《そんさく》が生《い》きていたころ、漢《かん》の朝廷《ちょうてい》の使者《ししゃ》として孫策《そんさく》のもとをおとずれた劉琬《りゅうえん》が予言《よげん》したこととして書《か》かれています。じっさい、孫権《そんけん》には弟《おとうと》が二人《ふたり》あったようですが、二人《ふたり》とも赤壁《せきへき》の戦《たたか》いより前《まえ》に亡《な》くなりました。

すぐれていたとされる容貌《ようぼう》について、「正史《せいし》」には具体的《ぐたいてき》な記述《きじゅつ》がありませんが、「注《ちゅう》」には「あごが張《は》って口《くち》が大《おお》きく、瞳《ひとみ》にはきらきらした光《ひかり》があった」という説《せつ》がとりあげられています。またほかの書物《しょもつ》では「紫髯《しぜん》（赤《あか》ひげ）の持《も》ち主《ぬし》だった」とも書《か》かれています。「演義《えんぎ》」では、さらに「碧眼《へきがん》（青《あお》い目《め》）」となっていて、いっそう、その風貌《ふうぼう》に興味《きょうみ》がひかれるところです。

三国志《さんごくし》コラム

その後《ご》の呉《ご》はどうなった?――混乱《こんらん》と滅亡《めつぼう》

孫権《そんけん》は、はじめ長男《ちょうなん》の孫登《そんとう》をあとつぎ(皇太子《こうたいし》)にしていましたが、孫登《そんとう》が三十三歳《さい》で亡《な》くなってしまったので、三男《さんなん》の孫和《そんか》をあとつぎに決《き》めます。

ところが孫権《そんけん》にとっては、孫和《そんか》より、四男《よんなん》の孫覇《そんは》のほうが、お気《き》にいりの息子《むすこ》だったので、ついつい、孫覇《そんは》を、孫和《そんか》とおなじようにたいせつにあつかいました。まわりの部下《ぶか》たちもそうした孫権《そんけん》の気《き》持《も》ちを察《さっ》して行動《こうどう》するので、だんだんとどちらが皇太子《こうたいし》なのかわからないような状態《じょうたい》になってしまいます。

当時《とうじ》すでに、張昭《ちょうしょう》や諸葛瑾《しょかつきん》といった、孫権《そんけん》にきちんと意見《いけん》できる年上《としうえ》の部下《ぶか》は亡《な》くなっていました。丞相《じょうしょう》として責任《せきにん》ある地位《ちい》についていたのは陸遜《りくそん》で、彼《かれ》は、いったん決《き》めたとおり、年上《としうえ》の孫和《そんか》を重《おも》んじるように意見《いけん》しますが、孫権《そんけん》はこれを聞《き》きいれず、むしろ孫和《そんか》をたてようとする部《ぶ》下《か》たちを処刑《しょけい》したりします。

245年《ねん》、陸遜《りくそん》が亡《な》くなると(『正史《せいし》』には「憤死《ふんし》」と表現《ひょうげん》されています)、あとつぎ問題《もんだい》がさらにもめますが、孫権《そんけん》は何《なに》を思《おも》ったのか、おどろくようなやりかたで、これにむりやり、終止符《しゅうしふ》をうちます。孫覇《そんは》には自殺《じさつ》を命《めい》じ、孫和《そんか》からは皇太子《こうたいし》の地位《ちい》をうばってしまったのです。

そうして、まだ幼《おさな》かった末《すえ》の息子《むすこ》・孫亮《そんりょう》をあとつぎにして、二年後《ねんご》に孫権《そんけん》は亡《な》くなりました。皇帝《こうてい》や王《おう》が幼《おさな》いと、それを補佐《ほさ》する立場《たちば》に、権力《けんりょく》が集《あつ》まって……というのは、漢王朝《かんおうちょう》がほろんだのとおなじような状況《じょうきょう》です。

以後《いご》、呉《ご》の皇帝《こうてい》の地位《ちい》は、孫亮《そんりょう》↓孫休《そんきゅう》↓孫皓《そんこう》と受《う》けつがれますが、いずれも、みにくい権力争《けんりょくあらそ》いが背景《はいけい》にあり、たがいに殺《ころ》しあうような空気《くうき》が、一族中《いちぞくじゅう》にただよっていました。

そんな中《なか》で帝位《ていい》についた孫皓《そんこう》は、ぜいたく好《ず》きで、しかも後宮《こうきゅう》におおぜいの女《おんな》を集《あつ》めておいて、気《き》にいらない者《もの》を川《かわ》へ投《な》げいれたりするような、残酷《ざんこく》な性格《せいかく》の持《も》ち主《ぬし》だったようです。

部下《ぶか》たちにたいしても、宦官《かんがん》に言動《げんどう》を見《み》はらせて、じぶんに反対《はんたい》する意見《いけん》をもつ者《もの》をつぎつぎに殺《ころ》すといった態度《たいど》をとりつづけたので、とうぜん、国《くに》としての呉《ご》の力《ちから》は、どんどん弱《よわ》くなっていきました。

274年《ねん》、それまで晋《しん》との国境《こっきょう》をまもっていた陸抗《りくこう》(陸遜《りくそん》の息子《むすこ》)が亡《な》くなると、晋《しん》はちゃくちゃくと呉《ご》への侵攻《しんこう》をすすめます。

280年《ねん》三月《がつ》、晋《しん》の軍《ぐん》はついに呉《ご》の首都《しゅと》・建業《けんぎょう》にまでせまり、孫皓《そんこう》は降伏《こうふく》してしまいます。

こうして、「魏《ぎ》・呉《ご》・蜀《しょく》」の三国《さんごく》の時代《じだい》はついに終《お》わりをむかえ、司馬氏《しばし》の建《た》てた晋《しん》が、全土《ぜんど》を統一《とういつ》することになりました。

三国志《さんごくし》コラム

「三国志《さんごくし》」に書《か》かれた日本《にほん》――邪馬台国《やまたいこく》と卑弥呼《ひみこ》

西暦《せいれき》200年代《ねんだい》というと、日本《にほん》では残念《ざんねん》ながら、まだ文字《もじ》による記録《きろく》がのこっていない時代《じだい》です。

ただ、「三国志《さんごくし》」には、当時《とうじ》の日本《にほん》についての記述《きじゅつ》がみられます。

「三国志《さんごくし》」のうちの、魏《ぎ》の三十巻《かん》は異民族《いみんぞく》について述《の》べたもので、「東夷《とうい》」（東《ひがし》の異民族《いみんぞく》）のひとつとして、「倭《わ》」が出《で》てきます。

これによれば、当時《とうじ》の日本《にほん》と考《かんが》えられる地域《ちいき》には、いくつかの国《くに》が存在《そんざい》し、その中《なか》に女王《じょおう》・卑弥呼《ひみこ》によっておさめられる邪馬台国《やまたいこく》があったこと、魏《ぎ》へ使者《ししゃ》を送《おく》ってきたこと、卑弥呼《ひみこ》の死後《しご》、いったん男性《だんせい》の王《おう》が即位《そくい》したが国《くに》が乱《みだ》れ、壹與《いよ》という少女《しょうじょ》がかわって王《おう》になったことなどが書《か》かれています。

また、邪馬台国以外《やまたいこくいがい》の国名《こくめい》として、狗邪韓国《くやかんこく》、対馬国《つしまのくに》、一大国《いきこく》、末盧国《まつらこく》、伊都国《いとのくに》、奴国《なのくに》、不弥国《ふみこく》、投馬国《とうまこく》などものっています。

ほかに、男子《だんし》はみな体《からだ》に入《い》れ墨《ずみ》をしている、女子《じょし》は一枚《まい》の布《ぬの》に穴《あな》をあけ、そこから頭《あたま》を出《だ》す「貫頭衣《かんとうい》」を着《き》ている、特別《とくべつ》なことを決《き》めるときには骨《ほね》を焼《や》いて占《うらな》いをする、といった風俗習慣《ふうぞくしゅうかん》などについての記述《きじゅつ》もみられ、貴重《きちょう》な史料《しりょう》ということができます。

『三国志《さんごくし》ヒーローズ!!』年表《ねんぴょう》

155年《ねん》　**曹操《そうそう》（孟徳《もうとく》）生《う》まれる。**

161年《ねん》　**劉備《りゅうび》（玄徳《げんとく》）生《う》まれる。**

181年《ねん》　**諸葛亮《しょかつりょう》（孔明《こうめい》）生《う》まれる。**

182年《ねん》　**孫権《そんけん》（仲謀《ちゅうぼう》）生《う》まれる。**

184年《ねん》　太平道宗徒《たいへいどうしゅうと》（黄巾軍《こうきんぐん》）による反乱《はんらん》「黄巾《こうきん》の乱《らん》」が起《お》こる。
劉備《りゅうび》、関羽《かんう》、張飛《ちょうひ》が義兄弟《ぎきょうだい》の契《ちぎ》りを結《むす》び、黄巾賊討伐《こうきんぞくとうばつ》のための義勇軍《ぎゆうぐん》に参加《さんか》する。

189年《ねん》　董卓《とうたく》が漢王朝《かんおうちょう》の都《みやこ》・洛陽《らくよう》に入城《にゅうじょう》。あらたに献帝《けんてい》を即位《そくい》させ、後見《こうけん》となる。曹操《そうそう》が、董卓《とうたく》に支配《しはい》された洛陽《らくよう》から脱出《だっしゅつ》する。

190年《ねん》　袁紹《えんしょう》を盟主《めいしゅ》として反董卓連合軍《はんとうたくれんごうぐん》がつくられ、曹操《そうそう》も加《くわ》わる。董卓《とうたく》が都《みやこ》を洛陽《らくよう》から長安《ちょうあん》へ移《うつ》す。

192年《ねん》　董卓《とうたく》が配下《はいか》である呂布《りょふ》に暗殺《あんさつ》される。曹操《そうそう》が黄巾賊残党《こうきんぞくざんとう》と兗州《えんしゅう》の地《ち》を配下《はいか》に治《おさ》める。

193年《ねん》　曹操《そうそう》が父《ちち》や弟《おとうと》のかたきを討《う》つため、陶謙《とうけん》のいる徐州《じょしゅう》の地《ち》に攻《せ》め入《い》る。

194年《ねん》　兗州《えんしゅう》の地《ち》をめぐって、曹操《そうそう》と呂布《りょふ》の争《あらそ》いが起《お》こる。
劉備《りゅうび》が陶謙《とうけん》亡《な》き後《あと》の徐州《じょしゅう》の地《ち》を治《おさ》める。

195年《ねん》　曹操《そうそう》が呂布《りょふ》との戦《たたか》いに勝利《しょうり》し兗州《えんしゅう》の地《ち》を奪還《だっかん》する。敗《やぶ》れた呂布《りょふ》が劉備《りゅうび》のもとへ逃《に》げる。
曹操《そうそう》が洛陽《らくよう》の地《ち》に戻《もど》っていた献帝《けんてい》を迎《むか》え、漢王朝《かんおうちょう》の新《あたら》しい都《みやこ》を許《きょ》の地《ち》に定《さだ》める。のち曹操《そうそう》が献帝《けんてい》より司空《しくう》に任命《にんめい》される。

196年《ねん》　劉備《りゅうび》が呂布《りょふ》に徐州《じょしゅう》の地《ち》を奪《うば》われる。追《お》われた劉備《りゅうび》が曹操《そうそう》を頼《たよ》り配下《はいか》になる。

198年《ねん》　曹操《そうそう》が徐州《じょしゅう》の地《ち》を攻《せ》め、捕《と》らえた呂布《りょふ》を処刑《しょけい》する。

199年《ねん》　劉備《りゅうび》が曹操《そうそう》に背《そむ》き徐州《じょしゅう》の地《ち》を奪《うば》う。

200年《ねん》　曹操《そうそう》が徐州《じょしゅう》の地《ち》を攻《せ》め、劉備《りゅうび》を破《やぶ》る。敗《やぶ》れた劉備《りゅうび》が曹操《そうそう》と敵対《てきたい》する袁紹《えんしょう》を頼《たよ》る。
曹操《そうそう》が「官渡《かんと》の戦《たたか》い」にて袁紹軍《えんしょうぐん》を壊滅《かいめつ》させる。
孫権《そんけん》の兄《あに》・孫策《そんさく》が刺客《しかく》によって暗殺《あんさつ》され、孫権《そんけん》が当主《とうしゅ》になる。

201年《ねん》　曹操《そうそう》が袁紹《えんしょう》の支配地域《しはいちいき》の多《おお》くを奪取《だっしゅ》し、追《お》われた劉備《りゅうび》が劉表《りゅうひょう》の治《おさ》める荊州《けいしゅう》の地《ち》へ逃《に》げる。

202年《ねん》　袁紹《えんしょう》が病死《びょうし》し、その息子《むすこ》たちのあいだで争《あらそ》いが起《お》こる。

207年《ねん》　曹操《そうそう》が袁紹《えんしょう》の息子《むすこ》たちを討《う》ち滅《ほろ》ぼし、河北一帯《かほくいったい》を支配下《しはいか》に治《おさ》める。

曹操《そうそう》（孟徳《もうとく》）（155年《ねん》生《う》まれ）

劉備《りゅうび》（玄徳《げんとく》）（161年《ねん》生《う》まれ）

諸葛亮《しょかつりょう》（孔明《こうめい》）（181年《ねん》生《う》まれ）

孫権《そんけん》（仲謀《ちゅうぼう》）（182年《ねん》生《う》まれ）

208年《ねん》	劉備《りゅうび》が荊州《けいしゅう》の地《ち》で諸葛亮《しょかつりょう》と出会《であ》い、三顧《さんこ》の礼《れい》をもって軍師に迎える。 曹操《そうそう》が荊州《けいしゅう》の地《ち》に攻《せ》め入《い》り、「長阪坡《ちょうはんは》の戦《たたか》い」で劉備《りゅうび》を破《やぶ》る。劉備《りゅうび》は彼《か》の地《ち》より敗走《はいそう》し、のち諸葛亮《しょかつりょう》を使者《ししゃ》にたて孫権《そんけん》と同盟《どうめい》を結《むす》ぶ。 「赤壁《せきへき》の戦《たたか》い」にて、劉備《りゅうび》・孫権連合軍《そんけんれんごうぐん》が、曹操軍《そうそうぐん》を破《やぶ》る。
209年《ねん》	劉備《りゅうび》が紆余曲折《うよきょくせつ》のすえ荊州《けいしゅう》の地《ち》を治《おさ》める。
213年《ねん》	曹操《そうそう》が献帝《けんてい》より魏公《ぎこう》の位《くらい》を与《あた》えられ、九錫《きゅうしゃく》を賜《たまわ》る。
214年《ねん》	劉備《りゅうび》が益州《えきしゅう》の地《ち》に攻《せ》め入《い》り、配下《はいか》に治《おさ》める。
216年《ねん》	曹操《そうそう》が献帝《けんてい》より魏王《ぎおう》に任《にん》じられる。
217年《ねん》	孫権《そんけん》が曹操《そうそう》の配下《はいか》になる。
219年《ねん》	劉備《りゅうび》が「定軍山《ていぐんざん》の戦《たたか》い」で曹操軍《そうそうぐん》を破《やぶ》り、漢中王《かんちゅうおう》を名《な》のる。
220年《ねん》	**曹操《そうそう》死去《しきょ》**。曹操《そうそう》の息子《むすこ》・曹丕《そうひ》が魏王《ぎおう》をつぎ、のち帝《みかど》の地位《ちい》を禅譲《ぜんじょう》され魏《ぎ》の皇帝《こうてい》となる。
221年《ねん》	劉備《りゅうび》が漢王朝《かんおうちょう》の再興《さいこう》を掲《かか》げ、蜀《しょく》の皇帝《こうてい》に即位《そくい》する。諸葛亮《しょかつりょう》が丞相《じょうしょう》となる。 孫権《そんけん》が魏《ぎ》の皇帝《こうてい》・曹丕《そうひ》より呉王《ごおう》の地位《ちい》を与《あた》えられる。
222年《ねん》	孫権《そんけん》が魏《ぎ》からの人質要請《ひとじちようせい》を断《ことわ》り、関係《かんけい》が決裂《けつれつ》する。
223年《ねん》	**劉備《りゅうび》死去《しきょ》**。息子《むすこ》の劉禅《りゅうぜん》が即位《そくい》する。
225年《ねん》	諸葛亮《しょかつりょう》が呉《ご》とふたたび同盟《どうめい》を結《むす》び、のち南中《なんちゅう》の地《ち》を平定《へいてい》する。
227年《ねん》	諸葛亮《しょかつりょう》が蜀《しょく》の皇帝《こうてい》・劉禅《りゅうぜん》へ「出師《すいし》の表《ひょう》」を上奏《じょうそう》する。
228年《ねん》	諸葛亮《しょかつりょう》が魏打倒《ぎだとう》にむけて、春《はる》に第《だい》一次北伐《じほくばつ》、冬《ふゆ》に第《だい》二次北伐《じほくばつ》をおこなうも失敗《しっぱい》する。
229年《ねん》	諸葛亮《しょかつりょう》が第《だい》三次北伐《じほくばつ》をおこなう。 孫権《そんけん》が呉《ご》の皇帝《こうてい》に即位《そくい》する。
231年《ねん》	諸葛亮《しょかつりょう》が第《だい》四次北伐《じほくばつ》をおこなうも兵糧不足《ひょうろうぶそく》により撤退《てったい》する。
234年《ねん》	**諸葛亮《しょかつりょう》が第《だい》五次北伐《じほくばつ》「五丈原《ごじょうげん》の戦《たたか》い」の最中《さいちゅう》に死去《しきょ》**。
252年《ねん》	**孫権《そんけん》死去《しきょ》**。
263年《ねん》	魏《ぎ》が蜀《しょく》を征服《せいふく》する。のち（265年《ねん》）魏《ぎ》の家来《けらい》だった司馬炎《しばえん》が、帝位《ていい》を禅譲《ぜんじょう》され晋《しん》を建国《けんこく》。
280年《ねん》	晋《しん》が呉《ご》を征服《せいふく》する。これにより三国志時代《さんごくしじだい》が終焉《しゅうえん》を迎《むか》える。

死去《しきょ》 享年《きょうねん》66歳《さい》（220年《ねん》）

死去《しきょ》 享年《きょうねん》63歳《さい》（223年《ねん》）

死去《しきょ》 享年《きょうねん》54歳《さい》（234年《ねん》）

死去《しきょ》 享年《きょうねん》71歳《さい》（252年《ねん》）

あとがき～歴史《れきし》と物語《ものがたり》

自分《じぶん》の野心《やしん》を大胆《だいたん》に実現《じつげん》していく曹操《そうそう》、天命《てんめい》を信《しん》じて人々《ひとびと》の期待《きたい》にこたえようとする劉備《りゅうび》、自分《じぶん》を見《み》いだしてくれた劉備《りゅうび》にどこまでも真心《まごころ》をつくす諸葛亮《しょかつりょう》、若《わか》くして人《ひと》の上《うえ》に立《た》つことになった孫権《そんけん》。さらに、四人《にん》をとりまく、さまざまな個性《こせい》の持《も》ち主《ぬし》たち……。

三国志《さんごくし》の世界《せかい》、楽《たの》しんでいただけたでしょうか。

正史《せいし》の三国志《さんごくし》も、小説《しょうせつ》の三国志演義《さんごくしえんぎ》も、原書《げんしょ》はもっとずっと長《なが》い書物《しょもつ》です。現代《げんだい》の日本語《にほんご》に翻訳《ほんやく》されている本《ほん》でいうと、どちらも４００頁《ページ》前後《ぜんご》の文庫本《ぶんこぼん》で七～八冊分《さつぶん》くらいになります。登場人物《とうじょうじんぶつ》も、千人《せんにん》をこえてしまいます。

そんな大長編《だいちょうへん》なのに、書《か》かれた中国《ちゅうごく》だけでなく、現代《げんだい》の日本《にほん》でも大勢《おおぜい》の人《ひと》が読《よ》み、さらに、何人《なんにん》もの学者《がくしゃ》が研究《けんきゅう》の対象《たいしょう》にしたり、何人《なんにん》もの作家《さっか》、漫画家《まんがか》が、三国志《さんごくし》を素材《そざい》に、新《あら》たな作品《さくひん》を生《う》み出《だ》したりしています。

なぜ、こんなに人々《ひとびと》を惹《ひ》きつけるのか。

それはやはり、歴史《れきし》の持《も》つ面白《おもしろ》さにあるのでしょう。

みらい文庫《ぶんこ》の伝記《でんき》シリーズの『戦国《せんごく》ヒーローズ!!』や『大江戸《おおえど》ヒーローズ!!』などをすでに読《よ》んでくださっている方《かた》なら、「あ、三国志《さんごくし》のこの人《ひと》と、戦国武将《せんごくぶしょう》のこの人《ひと》はよく似《に》ている」とか、「大江戸《おおえど》のあのエピソードは、三国志《さんごくし》のこのお話《はなし》と共通点《きょうつうてん》がある」と思《おも》ったかもしれません。

時代《じだい》や場所《ばしょ》が遠《とお》くへだたっていても、人間《にんげん》の志《こころざし》や気持《きも》ちには、何《なに》かしら、通《つう》じるものがある。それを感《かん》じさせてくれるのが歴史《れきし》だとすれば、物語《ものがたり》は、歴史《れきし》に感《かん》じた面白《おもしろ》さを、さらに広《ひろ》げたり深《ふか》めたりしながら、多《おお》くの人々《ひとびと》と共有《きょうゆう》していく手段《しゅだん》だと言《い》えるでしょう。

今回《こんかい》、本書《ほんしょ》で取《と》り上《あ》げることができたのは、三国志《さんごくし》のごくごく基本的《きほんてき》な事柄《ことがら》のみです。これを読《よ》んで面白《おもしろ》いと思《おも》った方《かた》には、三国志《さんごくし》について、これからたくさんの本《ほん》を読《よ》む楽《たの》しみが用意《ようい》されていますから、ぜひ、本屋《ほんや》さんや図書館《としょかん》へ行《い》って、いろんな本《ほん》を手《て》にとってみてください。

もちろん、本書《ほんしょ》を読《よ》んだご感想《かんそう》も、お聞《き》かせくださったらうれしいです。編集部《へんしゅうぶ》あてにお便《たよ》りをくださいね、お待《ま》ちしています。

２０１６年冬《ねんふゆ》

奥山景布子《おくやまきょうこ》

主要参考文献

『正史　三国志　1〜8』
陳寿／裴松之著　今鷹真／井波律子／小南一郎訳　ちくま学芸文庫
『三国志演義　1〜7』井波律子訳　ちくま文庫
『三国志　きらめく群像』高島俊男著　ちくま文庫
『読み切り三国志』井波律子著　ちくま文庫
『三国志人物事典』渡辺精一著　講談社
『オールカラーでわかりやすい！三国志』渡辺精一監修　西東社
『大判ビジュアル図解　大迫力！写真と絵でわかる三国志』
入澤宣幸著　西東社

この作品《さくひん》は、「集英社《しゅうえいしゃ》みらい文庫《ぶんこ》」のために書《か》き下《お》ろされました。

集英社みらい文庫

三国志《さんごくし》ヒーローズ!!

奥山景布子《おくやまきょうこ》 著

RICCA《リッカ》 絵

ファンレターのあて先

〒101-8050 東京都千代田区一ツ橋2-5-10 集英社みらい文庫編集部

いただいたお便りは編集部から先生におわたしいたします。

2016年12月27日 第1刷発行

発行者 北畠輝幸

発行所 株式会社 集英社

〒101-8050 東京都千代田区一ツ橋2-5-10

電話 編集部 03-3230-6246

読者係 03-3230-6080

販売部 03-3230-6393（書店専用）

http://miraibunko.jp

装丁 小松 昇（Rise Design Room） 中島由佳理

年表・コラム図表作成 津田隆彦

印刷 大日本印刷株式会社 凸版印刷株式会社

製本 大日本印刷株式会社

ISBN978-4-08-321351-9 C8298 N.D.C.913 220P 18cm

「みらい文庫《ぶんこ》」読者《どくしゃ》のみなさんへ

言葉《ことば》を学《まな》ぶ、感性《かんせい》を磨《みが》く、創造力《そうぞうりょく》を育《はぐく》む……、読書《どくしょ》は「人間力《にんげんりょく》」を高《たか》めるために欠《か》かせません。たった一枚《いちまい》のページをめくる向《む》こう側《がわ》に、未知《みち》の世界《せかい》、ドキドキのみらいが無限《むげん》に広《ひろ》がっている。これこそが「本《ほん》」だけが持《も》っているパワーです。

学校《がっこう》の朝《あさ》の読書《どくしょ》に、休《やす》み時間《じかん》に、放課後《ほうかご》に……。いつでも、どこでも、すぐに続《つづ》きを読《よ》みたくなるような、魅力《みりょく》に溢《あふ》れる本《ほん》をたくさん揃《そろ》えていきたい。読書《どくしょ》がくれる、心《こころ》がきらきらしたり胸《むね》がきゅんとする瞬間《しゅんかん》を体験《たいけん》してほしい、楽《たの》しんでほしい。みらいの日本《にほん》、そして世界《せかい》を担《にな》うみなさんが、やがて大人《おとな》になった時《とき》、「読書《どくしょ》の魅力《みりょく》を初《はじ》めて知《し》った本《ほん》」「自分《じぶん》のおこづかいで初《はじ》めて買《か》った一冊《いっさつ》」と思《おも》い出《だ》してくれるような作品《さくひん》を一所懸命《いっしょけんめい》、大切《たいせつ》に創《つく》っていきたい。

そんないっぱいの想《おも》いを込《こ》めながら、作家《さっか》の先生方《せんせいがた》と一緒《いっしょ》に、私《わたし》たちは素敵《すてき》な本作《ほんづく》りを続《つづ》けていきます。「みらい文庫《ぶんこ》」は、無限《むげん》の宇宙《うちゅう》に浮《う》かぶ星《ほし》のように、夢《ゆめ》をたたえ輝《かがや》きながら、次々《つぎつぎ》と新《あたら》しく生《う》まれ続《つづ》けます。

本《ほん》を持《も》つ、その手《て》の中《なか》に、ドキドキするみらい――。本《ほん》の宇宙《うちゅう》から、自分《じぶん》だけの健《すこ》やかな空想力《くうそうりょく》を育《そだ》て、〝みらいの星《ほし》〟をたくさん見《み》つけてください。

そして、大切《たいせつ》なこと、大切《たいせつ》な人《ひと》をきちんと守《まも》る、強《つよ》くて、やさしい大人《おとな》になってくれることを心《こころ》から願《ねが》っています。

2011年《ねん》　春《はる》

集英社《しゅうえいしゃ》みらい文庫編集部《ぶんこへんしゅうぶ》